W0380518

Hector Malot

Daheim

18.80
21.10-F

Hector Malot
Daheim

aare

© der vorliegenden Ausgabe 1982 by Verlag AARE Solothurn
Aus dem Französischen
unter Verwendung alter Übersetzungen,
bearbeitet von Hanna Bautze.
Titel der Originalausgabe: »En famille«
Illustrationen von H. Lanos
Umschlaggestaltung von Christl Burggraf
ISBN 3 7260 0208 1

1. Kapitel

Vor Paris

Wie das an Samstagen gegen drei Uhr häufig der Fall ist, so war auch heute die Zufahrt zum Tor von Bercy völlig verstopft. In vier langen Reihen standen die Fuhrwerke auf dem Fahrdamm nebeneinander: mit Weinfässern beladene Rollwagen, Kohlen- und Ziegelkarren, Leiterwagen voll Heu oder Stroh. Alle warteten in der strahlenden Julisonne auf die Abfertigung durch die Zollbeamten, um noch vor Sonntag in Paris einfahren zu können.

Unter den Wagen, die noch ziemlich weit vom Schlagbaum entfernt waren, wirkte einer in seiner Armseligkeit fast rührend: Es war eine Art Zirkuswagen, dessen Wände aus grober Leinwand bestanden, die auf verblichenem blauem Grund die Überreste zahlreicher verwaschener Aufschriften trugen. Sie entstammten verschiedenen Sprachen und waren die Übersetzungen des Wortes »Photographie«, das in frischeren Farben auf einer Längsseite zu lesen war. Diese Vielsprachigkeit zeigte deutlich den Weg durch viele Länder, den das Fahrzeug hinter sich hatte, ehe es nun vor Paris angekommen war.

War es möglich, daß auch der den Wagen ziehende Esel eine so weite Strecke zurückgelegt hatte?

Beim ersten Blick mußte man das bezweifeln, da das Tier mager und erschöpft war. Bei näherem Zusehen aber erkannte man, daß sein erbärmlicher Zustand nur von Überanstrengung und Entbehrungen herrührte. Der Esel war von Natur aus kräftig gebaut, von höherem Wuchs als sein europäischer Vetter, schlank und mit einem seidigen, aschgrauen Fell, und so müde er auch sein mochte, hielt er den Kopf doch stolz erhoben. Sein Geschirr entsprach dem Wagen, es war mit verschiedenfarbigen, zufällig vorhanden gewesenen Schnüren vielfach ausgebessert. Doch dieses Flickwerk verschwand unter blühenden Zweigen und Schilfhalmen, die in die Riemen gesteckt worden waren, um das Tier vor Sonne und Mücken zu schützen.

Neben dem Esel saß am Rand des Fußweges ein elf- oder zwölfjähriges Mädchen. Es war von ungewöhnlichem Aussehen. Die mandelförmig geschnittenen, schwarzen Augen und die gelbliche Haut standen in starkem Gegensatz zum blonden Haar. Auch noch in der Ruhestellung fiel die Feingliedrigkeit des Körpers auf, die dem anmutigen Gesichtchen entsprach und durch die schäbige Kleidung in keiner Weise beeinträchtigt wurde.
Da der Esel hinter einem hochbeladenen Heuwagen stand, konnte er der Versuchung nicht widerstehen, von Zeit zu Zeit ein Maulvoll Heu aus dem Fuder zu zupfen. Er tat dies äußerst behutsam, als sei er sich durchaus bewußt, etwas Unerlaubtes zu tun.
»Willst du wohl aufhören, Palikar?«
Sofort ließ er wie ein ertappter Sünder seinen Kopf hängen. Sobald er aber sein Heu verschluckt hatte, fing er von neuem an, seinen Hunger zu stillen.
Als das Mädchen den Esel zum vierten oder fünften Male anrief, ertönte eine Stimme aus dem Wagen: »Perrine!«
Sofort erhob es sich, schob einen Vorhang zur Seite und schlüpfte in den Wagen, in dem eine Frau auf einer dünnen Matratze am Boden lag. »Möchtest du etwas haben, Mutter?«
»Was ist mit Palikar?«
»Er hat vom Heu des vor uns wartenden Wagens gefressen.«
»Du mußt ihn daran hindern.«
»Er ist so hungrig.«
»Der Hunger gibt uns kein Recht, etwas zu nehmen, was uns nicht gehört.«
»Ich werde Palikars Zügel verkürzen.«
»Werden wir denn noch nicht bald in Paris einfahren können?«
»Wir müssen auf die Beamten warten.«
»Wird das noch lange dauern?«
»Geht es dir nicht gut, Mutter?«
»Keine Angst, es ist die eingeschlossene Luft, die mir Beschwerden verursacht«, keuchte sie und hoffte, mit diesen Worten das Kind zu beruhigen. In Wirklichkeit befand sie sich in einem erbarmungswürdigen Zustand. Sie vermochte kaum mehr zu atmen, war völlig geschwächt und lag, obwohl sie noch nicht einmal dreißig Jahre

zählen mochte, im letzten Stadium eines völligen Kräfteverfalls, doch hatten noch Spuren einstiger Schönheit ihre Leiden überdauert.
»Soll ich dir etwas bringen?« fragte Perrine.
»Was denn?«
»Ich habe da drüben Verkaufsstände gesehen. Ich könnte dir eine Zitrone holen und wäre sofort wieder hier.«
»Nein, wir müssen sparen. Wir haben ja so wenig Geld. Geh zu Palikar zurück und paß auf, daß er kein Heu mehr stiehlt.«
»Das wird schwer sein.«
»Du mußt ihn daran hindern.«
Perrine stellte sich wieder neben den Esel, und bei der nächsten Bewegung, die in die Wagenreihe kam, hielt sie ihn fest, so daß er nun weit genug vom Fuder entfernt war und das Heu nicht mehr erreichen konnte. Zwar drängte Palikar vorwärts, aber das Mädchen sprach freundlich auf ihn ein, streichelte ihn, küßte ihn auf die Nase, und schließlich ließ er seine langen Ohren hängen und gab sich zufrieden.
Da sie sich nun nicht länger um das Tier zu kümmern brauchte, fand Perrine Zeit, alles um sich her zu betrachten: das Hin und Her der Boote und Schleppkähne auf dem Fluß, das Ausladen der Schiffe mit Hilfe großer Kräne, die nach den Frachten wie mit Händen griffen und sie, wenn es sich um Steine, Sand oder Kohlen handelte, in Wagen schütteten oder, wenn es Fässer waren, in langer Reihe am Ufer aufstellten. Sie folgte mit den Blicken den Eisenbahnzügen auf einer Brücke, deren hohe Bogen die volle Aussicht auf Paris verstellten, das in einem düsteren Dunst mehr erahnt als zu sehen war. Dann sah sie den Zollbeamten zu, die mit langen Lanzen in die Strohfuder stießen oder auf die mit Fässern beladenen Rollwagen kletterten, die Fässer anzapften, den herausfließenden Wein in kleinen silbernen Bechern auffingen, einige Tropfen davon kosteten, ihn aber sofort wieder ausspuckten.
Das alles war so neuartig und merkwürdig für Perrine, daß es ihr gar nicht zum Bewußtsein kam, wie die Zeit verging. So hatte sie bisher auch den etwa zwölfjährigen Jungen nicht bemerkt, der sich seit zehn Minuten in ihrer Nähe aufhielt. Nach seinem Kostüm zu schließen, gehörte er zu der Seiltänzergruppe, deren Wohnwagen

den Schluß der wartenden Wagenreihe bildeten. Schließlich entschloß sich der Knabe, das Mädchen anzureden: »Einen sehr schönen Esel hast du da.«
Sie gab keine Antwort.
»Das ist sicher ein ausländischer.«
Perrine betrachtete den Buben aufmerksam, und da sein Gesicht vertrauenerweckend aussah, erklärte sie ihm, daß das Tier aus Griechenland stamme. »Deshalb heißt er auch Palikar.«
»Ach, deshalb also! Ist das weit von hier, Griechenland?«
»Sehr weit.«
»Weiter noch – als China?«
»Das nicht. Aber doch sehr, sehr weit.«
»Dann kommst auch du aus Griechenland?«
»Noch von weiter her.«
»Geht ihr zum Invalidenfest?«
»Nein.«
»Wo wollt ihr denn hin?«
»Nach Paris.«
»Und wo werdet ihr euren Wagen einstellen?«

»Man hat uns in Auxerre gesagt, daß es bei den Festungswällen immer genügend Platz gibt.«
Der Junge schlug sich zweimal kräftig auf die Schenkel und neigte den Kopf vor. »Bei den Festungswällen, sagst du? Oje, je!«
»Wieso? Ist dort kein Platz mehr?«
»O doch!«
»Also –«
»Aber nicht für euch. Dort treibt sich nur Lumpengesindel umher. Oder habt ihr vielleicht Männer in eurem Wagen, unerschrockene Burschen, denen es auf einen Messerstich mehr oder weniger nicht ankommt?«
»Ich bin allein mit meiner Mutter. Und meine Mutter ist krank.«
»Da haben wir's. Und euren Esel möchtet ihr doch auch behalten?«
»Natürlich.«
»Morgen wäre er todsicher gestohlen, und das wäre nur der Anfang.«
»Ist das wahr?«
»Natürlich ist es wahr. Ihr seid wohl noch nie in Paris gewesen?«
»Niemals.«
»Das merkt man. Was für ein Unsinn, euch zu den Festungswällen zu schicken! Warum geht ihr nicht zum Salzhering?«
»Salzhering? Den kenne ich nicht.«
»Er ist der Eigentümer vom Champ Guillot, das eingezäunt ist und dessen Eingänge in der Nacht abgeschlossen werden. Dort hättet ihr nichts zu befürchten, denn jeder weiß, daß Salzhering eine Flinte besitzt und auf jeden nächtlichen Eindringling schießen würde.«
»Kostet es dort viel?«
»Im Winter wohl, wenn alles nach Paris zurückkommt. Doch in dieser Jahreszeit wird er euch wohl nicht mehr als zwei Francs für die Woche abfordern. Auch fände euer Esel dort genug zu fressen, besonders, wenn er Disteln mag.«
»Die liebt er über alles.«
»Nun, dann wird es ihm gutgehen. Zudem ist Salzhering kein schlechter Mensch.«
»Ist das sein richtiger Name?«
»Man nennt ihn so, weil er ständig Durst hat. Als Lumpensammler

verdiente er früher viel Geld. Seitdem er aber einen Arm verloren hat, kann er diesem Geschäft nicht mehr gut nachgehen, so daß er sich nun mit dem Vermieten seines Hofes und mit der Aufzucht von Hunden durchschlägt.«

»Ist es weit bis zum Champ Guillot?«

»Nein, es ist in Charonne. Aber ich wette, du kennst nicht einmal Charonne?«

»Ich bin ja noch nie in Paris gewesen.«

»Nun gut, dort drüben liegt es.« Er zeigte in nördlicher Richtung. »Wenn ihr einmal den Schlagbaum passiert habt, wendet ihr euch nach rechts und geht an den Festungswällen entlang. Wenn ihr dann nach einer knappen halben Stunde den Platz von Vincennes erreicht habt, dann haltet euch links und fragt euch durch; jedermann kennt dort das Champ Guillot.«

»Vielen Dank, ich werde das meiner Mutter ausrichten. Wenn du für zwei Minuten bei Palikar bleiben wolltest, könnte ich gleich mit ihr sprechen.«

»Das will ich schon. Ich werde den Esel bitten, mich unterdessen Griechisch zu lehren.«

»Paß lieber auf, daß er kein Heu mehr stiehlt.«

Perrine kletterte in den Wagen und erzählte der Mutter, was ihr der junge Seiltänzer mitgeteilt hatte.

»Wenn es sich so verhält, dann wollen wir uns nach Charonne aufmachen. Wirst du aber den Weg finden? Bedenke, daß wir in Paris sind!«

»Er scheint sehr leicht zu finden zu sein.«

Als Perrine schon im Begriff war, zu gehen, wandte sie sich noch einmal nach der Mutter um. »Draußen stehen viele Planwagen, auf denen ›Fabriken von Maraucourt‹ geschrieben steht, darunter steht der Name ›Vulfran Paindavoine‹. Auch auf den Zeltbahnen, mit denen die am Ufer entlang aufgestellten Weinfässer zugedeckt sind, ist dieselbe Aufschrift zu lesen.«

»Das ist nichts Besonderes.«

»Es fällt mir nur auf, daß sich diese Namen so oft wiederholen.«

2. Kapitel

Ein schwerer Entschluß

Als Perrine zu ihrem Esel zurückkehrte, hatte er seine Nase völlig im Heufuder vergraben und fraß mit Behagen, als stünde er vor einer Futterkrippe. »Du läßt ihn einfach fressen?« schrie sie den Jungen an.

»Das siehst du doch.«

»Und wenn der Fuhrmann zornig wird?«

»Das wird er hübsch bleibenlassen.« Der Junge stemmte die Fäuste in die Hüften und warf den Kopf zurück, als gelte es, sich einem Gegner gegenüber zur Wehr zu setzen.

»Oh, du Aufschneider!« lachte Perrine.

Aber seine Verteidigung Palikars war gar nicht nötig, da soeben das Heufuhrwerk an die Reihe kam und von den Zollbeamten mit Lanzenstichen untersucht wurde. Dann rollte es davon und unter dem geöffneten Schlagbaum durch.

»Nun kommt die Reihe an euch«, bemerkte der Seiltänzerjunge. »Ich gehe jetzt. Auf Wiedersehen. Und wenn du je von mir hören möchtest, dann erkundige dich nur nach Gras Double, und jedermann wird dir Bescheid geben.«

Obwohl die Zollbeamten von Paris an die absonderlichsten Anblicke gewöhnt sind, verriet das Gesicht des Mannes, der den Fotografenwagen bestieg, doch ehrliches Entsetzen, als er die auf dem Boden liegende junge Frau sah und sein rasch umherschweifender Blick überall dem Elend begegnete. »Haben Sie nichts zu verzollen?« fragte er.

»Nichts.«

»Keinen Wein? Keine Vorräte?«

»Nein.«

Das entsprach der bitteren Wahrheit, gab es doch außer der Matratze, zwei Stühlen mit Strohgeflecht, einem kleinen Tisch, einem irdenen Ofen und einem Fotoapparat nichts in diesem Wagen, weder Koffer noch Körbe, noch Kleider.

»Gut, Sie können einfahren.«

Als sie endlich den Schlagbaum hinter sich hatten, wandte sich Perrine, den Esel am Zaum führend, nach rechts, wie es ihr Gras Double geraten hatte. Die Straße führte an den Festungswällen entlang, und überall an den Böschungen lagen Menschen im kurzen, staubigen Gras. Was Perrine von ihren Gesichtern wahrnehmen konnte, war wenig vertrauenerweckend und ließ es wahrhaftig nicht ratsam erscheinen, diesen Strolchen zur Nachtzeit zu begegnen.

Halb furchtsam, halb angewidert wandte sich Perrine ab, um in entgegengesetzter Richtung, nach Paris hin, zu schauen. Aber ach, diese elenden Häuser, diese Schuppen und schmutzigen Höfe, diese mit großen Kehrichthaufen verschmutzten Plätze, das sollte Paris sein, jenes Paris, von dem ihr der Vater so oft erzählt hatte, von dem sie so lange schon träumte als von einem Wirklichkeit ge-

wordenen Märchen? Und diese Menschen, die sich auf der anderen Seite wie Tiere im Grase wälzten, diese Männer und Frauen mit ihren Galgengesichtern, das sollten nun Pariser sein?

Den Platz von Vincennes erkannte Perrine an seiner Größe. Nachdem sie ihn überquert hatte, erkundigte sie sich nach dem Champ Guillot. Wenn dieses auch allen bekannt war, so waren sich doch nicht alle einig über den dorthin einzuschlagenden Weg, so daß sich das Mädchen mehr als einmal verirrte. Schließlich erreichte sie aber doch einen Lattenzaun, und als sie durch das Tor spähte, dessen beide Flügel offenstanden, bemerkte sie auf dem eingezäunten Platz eine alte, räderlose Postkutsche und einen Eisenbahnwagen, der gleichfalls ohne Räder auf dem Erdboden stand.

Obwohl sich die Behausungen in der nächsten Umgebung kaum in besserem Zustand befanden, vermutete das Mädchen doch sofort, das Champ Guillot vor sich zu haben. Ein Dutzend rundlicher Hündchen, die sich im Gras herumbalgten, bestätigten ihr die Annahme.

Perrine ließ Palikar vorläufig vor dem Zaun stehen und trat ein. Sofort purzelten ihr die Hunde winselnd und kläffend zwischen die Füße.

»Was ist denn los?« schrie eine Stimme.

Perrine blickte in die Richtung, aus der sie den Ruf vernommen hatte, und bemerkte einen länglichen Bau, der möglicherweise ein Wohnhaus war, aber ebensogut einem anderen Zweck dienen konnte. Die Wände waren aus Gipsplatten, Sandsteinen, Holzstücken und Weißblechbüchsen errichtet, das Dach bestand aus geteerter Pappe und Leinwand, und die Fenster waren mit Abdichtungen aus Papier, Latten, Zinkblech und sogar aus Glas versehen. Das Ganze sah aus, als wäre es von Robinson erdacht und von Freitag gebaut worden. Unter einem Vordach stand ein graubärtiger Mann, der damit beschäftigt war, Lumpen zu sortieren und in verschiedene Körbe zu werfen. »Tritt nicht auf meine Hunde!« rief er. »Komm näher!«

Perrine kam seiner Aufforderung nach.

»Was willst du?« fragte er das Mädchen, als es vor ihm stand.

»Sind Sie der Besitzer des Champ Guillot?«

»Man sagt es.«
Nun setzte sie ihm mit wenigen Worten ihre Bitte auseinander, während er, um beim Zuhören keine Zeit zu verlieren, ein Glas mit Rotwein füllte und diesen mit einer einzigen Bewegung des Handgelenks in die Kehle goß. »Das läßt sich machen, wenn du im voraus bezahlst.«
»Wieviel kostet es?«
»In der Woche zweiundvierzig Sous für den Wagen und einundzwanzig Sous für den Esel.«
»Das ist aber sehr teuer.«
»Es ist mein Preis.«
»Ihr Sommerpreis?«
»Mein Sommerpreis.«
»Dürfte der Esel die Disteln fressen?«
»Meinetwegen auch das Gras, vorausgesetzt, daß seine Zähne kräftig genug sind.«
»Wir wollen aber nur ein paar Tage bleiben. Wir sind unterwegs nach Amiens und möchten uns hier in Paris nur ein wenig ausruhen.«
»Nun, das ändert nicht viel an der Sache. Dann bezahlt ihr eben täglich sechs Sous für den Wagen und drei für den Esel.«
Aus ihrer Kleidertasche zog Perrine Münze um Münze hervor, um sie dem Alten in die Hand zu zählen. »So, das ist für den ersten Tag.«
»Sag deinen Leuten, daß sie reinkommen können. Wie viele seid ihr denn? Wenn es sich um eine Truppe handelt, kostet es für jede Person noch zwei Sous mehr.«
»Ich habe nur meine Mutter.«
»Gut. Aber warum ist denn nicht sie gekommen, um mit mir zu verhandeln?«
»Weil sie krank im Wagen liegt.«
»Krank? Wir haben hier kein Krankenhaus.«
Aus Furcht, daß sie zurückgewiesen werden könnte, erklärte Perrine, die Mutter sei nicht eigentlich krank, sondern nur sehr müde, da sie von weither kämen.
»Ich frage niemanden aus.« Dann wies er nach einer Ecke des Feldes. »Dort stellst du deinen Wagen auf. Den Esel bindest du an.

Wenn er mir einen meiner Hunde zertritt, zahlst du mir fünf Francs.«
Als sie sich entfernen wollte, rief er sie zurück: »Hier, nimm ein Glas Wein!«
»Vielen Dank, aber ich trinke keinen Wein.«
»Auch recht, dann trinke ich ihn für dich.«
Er kippte ein zweites Glas und wandte sich dann wieder seinen Lumpen zu.
Nachdem Perrine das Gefährt auf dem angewiesenen Platz aufgestellt hatte, was trotz aller Sorgfalt nicht ohne Erschütterungen möglich war, stieg sie in den Wagen. »Endlich sind wir angelangt, Mutter!«
»Ach, nicht länger gerüttelt und geschüttelt zu werden, nicht mehr fahren zu müssen! Kilometer um Kilometer! Mein Gott, wie groß ist doch die Erde!«
»Nun, da wir ein Ruheplätzchen gefunden haben, werde ich dir eine Mahlzeit bereiten. Was hättest du gern?«

»Vor allem spanne den armen Palikar aus, der sich hier auch wohlfühlen soll. Gib ihm zu fressen und zu trinken.«
»Gewiß. Ich habe nie so viele Disteln gesehen wie hier. Außerdem gibt's in der Nähe einen Ziehbrunnen. Ich komme gleich zurück.«
Sobald Perrine den Esel versorgt hatte, begann sie, im Wagen herumzusuchen. Zuerst schleppte sie den kleinen Feldofen, einige Stücke Kohle und eine alte Pfanne hinaus, dann brach sie Reisig, zündete es an, kniete vor dem Herd nieder und blies hinein. »Du möchtest doch gern Reis, nicht wahr, Mutter?«
»Ach, ich habe gar keinen Hunger!«
»Hast du vielleicht auf etwas anderes Appetit? Ich werde holen, was du haben möchtest.«
»Ich mag Reis ganz gern.«
So machte sich Perrine daran, eine Handvoll Reis in Wasser gar zu kochen. Während Palikar mit Behagen seine Disteln fraß, trug das Mädchen die einfache, aber in einer Schüssel hübsch angerichtete Speise in den Wagen, wo sie schon vorher einen kleinen Krug voll Wasser, zwei Gläser und zwei Teller mit zwei Gabeln neben das Lager der Mutter auf den Boden gestellt hatte. Die Schüssel mit dem Reis kam in die Mitte. »Und jetzt«, sagte Perrine wie ein kleines Mädchen, das mit der Puppe spielt, »jetzt werden wir speisen, und ich werde dich bedienen.«
Trotz des fröhlichen Tones, den sie angeschlagen hatte, musterte Perrine die Mutter mit tiefer Beunruhigung. Sie saß auf ihrer Matratze, in einen schäbigen Umhang gehüllt, der früher einmal ein kostbares Stück gewesen sein mochte, jetzt aber ein abgetragener Lumpen war.
»Du bist wohl recht hungrig?« fragte die Mutter.
»Das will ich meinen. Seit der letzten Mahlzeit ist es lange her.«
»Warum hast du denn nicht wenigstens ein Stück Brot gegessen?«
»Ich habe sogar zwei gegessen, trotzdem habe ich noch einen Riesenhunger. Du wirst sehen, wie ansteckend mein Appetit sein wird. Unser Schüsselchen wird sicherlich nicht reichen.«
Die Mutter nahm eine Gabel voll Reis in den Mund; aber sie schob den Bissen lange Zeit hin und her, ohne ihn hinunterbringen zu können. »Es geht nicht recht«, sagte sie leise auf den fragenden Blick des Mädchens hin.

»Du mußt dich zwingen. Die zweite Gabel wird schon besser und die dritte noch besser gehen.«
Aber so weit kam es nicht. Schon nach dem zweiten Bissen legte die Mutter die Gabel auf den Teller zurück. »Es wird mir übel, es ist wohl vernünftiger, wenn ich mich nicht zwinge.«
»O Mutter!«
»Ängstige dich nicht, Liebling, das hat nichts zu bedeuten. Wenn man sich nicht anzustrengen braucht, kann man es ganz gut aushalten, ohne zu essen. Wenn ich mich erst wieder einmal richtig ausgeruht habe, wird auch der Appetit wieder da sein.« Sie knüpfte ihr Tuch auf und legte sich keuchend auf ihre Matratze zurück. Als sie in den Augen Perrines Tränen bemerkte, bemühte sie sich, das Kind auf andere Gedanken zu bringen. »Dein Reis schmeckt ausgezeichnet«, sagte sie, »iß ihn nur. Da du für uns beide arbeiten mußt, ist es wichtig, daß du bei Kräften bleibst. Iß, mein Liebling, iß jetzt.«
»Ja, Mutter, ich esse, schau nur her, wie ich esse.«
In Wahrheit mußte Perrine sich zwingen, den Bissen hinunterzuwürgen. Ihre Kehle war wie zugeschnürt. Erst nach und nach, unter dem Einfluß der aufmunternden Worte der Mutter, löste sich der Krampf, so daß sie nun richtig zu essen anfing. So war das Reisgericht bald von der Schüssel verschwunden. »Siehst du nun, Mutter, wie man es machen muß?«
»Ganz recht, aber ich bin eben krank.«
»Und darum mußt du mir erlauben, einen Arzt zu holen. Wir sind jetzt in Paris, und in Paris gibt es gute Ärzte.«
»Gute Ärzte bemühen sich nicht her, wenn man sie nicht gut bezahlt.«
»Wir werden ihn eben bezahlen.«
»Womit?«
»Mit unserem Geld. Du mußt in der Tasche deines Kleides noch sieben Francs und einen österreichischen Taler haben, den wir hier umwechseln können. Ich selbst habe auch noch über siebzehn Sous. Schau nur in deinem Kleid nach.«
In diesem schwarzen Kleid, das der Kranken als Decke diente, fand sich tatsächlich das Geld, von dem Perrine soeben gesprochen hatte.

»Wieviel ist das im ganzen?« fragte Perrine. »Ich kenne mich mit dem französischen Geld schlecht aus.«
»Es geht mir nicht besser.«
Sie begannen zu rechnen und stellten fest, daß sie, wenn sie den Wert des Talers mit zwei Francs einschätzten, fast zehn Francs besaßen. »Siehst du, Mutter, so viel wird ein Arzt nicht verlangen.«
»Gutes Kind, er wird mich nicht mit bloßen Worten gesund machen können. Er wird mir Arzneien verschreiben, die auch bezahlt werden müssen.«
»Mutter, ich habe mir einen Plan zurechtgelegt. Wenn ich so an Palikars Seite gehe, dann unterhalte ich mich nicht die ganze Zeit mit ihm, wie er es wohl am liebsten hätte. Nein, ich denke dabei auch an uns, vor allem an dich, liebe Mutter, und an unsere Reise, unser Eintreffen in Maraucourt. Glaubst du, daß es klug wäre, dort mit unserem Jahrmarktswagen anzukommen? Ich bezweifle, daß wir dann mit einem guten Empfang rechnen könnten.«
»Ja, gewiß, ein solcher Einzug wäre selbst für Verwandte, die weniger stolz sind, demütigend, ja beschämend.«
»Also wird es besser sein, wenn wir dafür sorgen, daß so ein Einzug gar nicht stattfindet. Da wir den Wagen nicht mehr brauchen, verkaufen wir ihn. Seit du krank bist, hat sich kein Mensch mehr fotografieren lassen wollen. Und selbst, wenn sich noch jemand dazu bereit erklären würde, haben wir ja keine Chemikalien mehr. Nein, es ist besser, wenn wir den Wagen mitsamt seinem Inhalt verkaufen.«
»Was glaubst du, wieviel uns das eintragen wird?«
»Nun, das Objektiv unseres Apparates ist noch in gutem Zustand, dann ist da die Matratze –«
»Willst du denn alles hergeben?«
»Bedrückt es dich, Mutter?«
»Seit mehr als einem Jahr haben wir in diesem Wagen gelebt. Dein Vater ist darin gestorben. Das ist der Grund – mag der Wagen in einem auch noch so schlechten Zustand sein –, daß mich der Gedanke schmerzt, mich von ihm trennen zu müssen. An jeden der uns noch gebliebenen, armseligen Gegenstände knüpfen sich Erinnerungen an deinen Vater.« Sie hielt inne, und Tränen rannen über ihr eingefallenes Gesicht.

»O Mutter«, rief Perrine, »verzeih mir, daß ich davon gesprochen habe.«
»Ich habe dir nichts zu verzeihen, mein liebes Kind. An mir wäre es gewesen, so offen über diese Dinge zu sprechen, wie du es eben getan hast. Ich hätte wie du voraussehen sollen, daß wir nicht mit unserem Budenwagen in Maraucourt einziehen und uns in diesen Lumpen zeigen können. Gleichzeitig hätte ich aber auch über Möglichkeiten zur Beschaffung der notwendigen Geldmittel nachdenken sollen. Statt dessen hat mir mein müder Kopf nur Hirngespinste vorgegaukelt und mich stets auf den nächsten Tag vertröstet, als ob dieser kommende Tag Wunder wirken könnte. Ich malte mir aus, daß ich plötzlich genesen würde, daß wir große Einnahmen hätten – ach, es waren Wunschträume, wie alle Verzweifelten sie haben! Das alles war Unsinn. Ich werde morgen nicht gesund sein, und wir werden es weder zu einer großen noch zu einer kleinen Einnahme bringen, so daß uns tatsächlich keine andere Wahl bleibt, als den Wagen und alles, was er enthält, zu verkaufen. Doch das ist noch nicht alles. Wir werden uns auch entschließen müssen –«
»Palikar zu verkaufen«, flüsterte Perrine.
»Hast du auch schon daran gedacht?«
»Natürlich. Aber ich wollte nicht davon sprechen. Seitdem es mir klar war, daß wir eines Tages gezwungen sein würden, ihn zu verkaufen, habe ich es kaum mehr gewagt, ihn anzusehen, aus Furcht, er könnte erraten, daß wir uns von ihm trennen wollen, statt ihn nach Maraucourt zu bringen, wo er nach all den Strapazen und Entbehrungen glücklich sein würde.«
»Ach, Kind, wissen wir denn, ob wir selbst in Maraucourt freundlich empfangen werden? Wir hoffen es nur. Stößt man uns zurück, dann bleibt uns nichts übrig, als in einem Straßengraben zugrunde zu gehen. Wir müssen so schnell wie möglich nach Maraucourt und uns dort so vorstellen, daß uns nicht die Tür vor der Nase zugeschlagen wird.«
»Wäre das denn möglich, Mutter? Wird uns denn nicht das Andenken an Vater schützen? Er war ja so gut. Oder bewahrt man auch den Verstorbenen gegenüber seinen Groll?«
»Das wird sich weisen. Wir werden also den Wagen und Palikar

verkaufen. Mit dem Geld, das wir daraus lösen, bezahlen wir einen Arzt, damit er mir meine Kräfte wenigstens für ein paar Tage zurückgeben kann. Das ist alles, was ich verlange. Sobald ich mich dann etwas besser fühle, kaufen wir uns anständige Kleider und fahren mit der Eisenbahn nach Maraucourt. Kostet das zuviel, dann benützen wir die Bahn eben nur so weit, wie das Geld reicht, und legen den übrigen Weg zu Fuß zurück.«

»Palikar ist ein schöner Esel. Der Junge, der beim Zoll mit mir sprach, sagte es auch. Als Seiltänzer kennt er sich in solchen Dingen aus. Nur weil ihm Palikar so gut gefiel, hat er überhaupt mit mir gesprochen.«

»Ich weiß nicht, wieviel in Paris für einen Esel bezahlt wird, vor allem nicht für einen orientalischen Esel. Wir werden ja sehen. Aber da wir nun zum Verkauf entschlossen sind, wollen wir nicht weiter davon reden. Ich bin so müde.«

Sie schien wirklich völlig erschöpft zu sein, und mehr als einmal hatte sie, nach Atem ringend, ihre Rede unterbrechen müssen.

»Möchtest du nicht ein wenig schlafen?«

»Ich habe nur das Verlangen, zu ruhen und nachzudenken.«

»Dabei will ich dich nicht stören. Bis es dunkel wird, habe ich gerade noch Zeit, unsere Wäsche zu waschen.«

»Überanstrenge dich nicht.«

»O Mutter, du weißt doch, daß ich nie müde werde.«

Während Perrine die Wäsche einseifte, wusch, ausspülte und endlich zwischen Wagen und Zaun an einem Seil aufhängte, sah Palikar aufmerksam zu ihr herüber. Als er merkte, daß sie mit ihrer Arbeit fertig war, streckte er den Hals und stieß sein Iah aus, das wie ein gebieterischer Ruf klang.

»Ich habe dich nicht vergessen«, rief das Mädchen. Dann ging es zu ihm, führte ihn an einen besseren Platz und brachte ihm dann in der Schüssel frisches Wasser. Als das getan war, fing es an, ihn zu streicheln, sagte ihm zärtliche Worte ins Ohr, und der Esel, der sich sofort über das neue Gras hergemacht hatte, hielt im Fressen inne und legte den Kopf auf die Schulter seiner kleinen Herrin, um sich so noch besser liebkosen lassen zu können.

Sowohl im Hof, dessen Tor nun geschlossen war, als auch in den menschenleeren Straßen der Nachbarschaft war es still geworden.

Nur aus weiter Ferne hörte man ein dumpfes Brausen, tief, mächtig und geheimnisvoll, wie die Stimme des Meeres. Das war das Leben von Paris, das trotz der niedersinkenden Nacht fieberhaft weiterging.
Im abendlichen Schweigen überkam Perrine eine tiefe Traurigkeit. Die Schwere des mit der Mutter gefaßten Entschlusses wurde ihr erst jetzt so ganz bewußt. Den Kopf an den ihres Esels gedrückt, ließ sie ihren lange zurückgehaltenen Tränen freien Lauf, während ihr das Tier die Hände leckte.

3. Kapitel

Neue Sorgen

Die Kranke hatte eine schlechte Nacht. Sie litt unsäglich unter der drückenden Hitze, so daß Perrine, die angekleidet neben der Mutter am Boden lag, mehrmals aufstehen mußte, um vom Brunnen frisches Wasser zu holen. Als endlich der Tag graute und die Morgenkühle in den Wagen drang, begann die Mutter zu zittern und mußte in den Umhang gehüllt werden, in das einzige Warme, das ihnen noch geblieben war.

Obwohl sich Perrine vorgenommen hatte, den Arzt so bald wie möglich zu holen, mußte sie sich doch noch gedulden, bis Salzhering aufgestanden war. Wer sonst hätte ihr Namen und Wohnung eines guten Arztes nennen sollen?

Tatsächlich kannte er einen Arzt, sogar einen berühmten, der zu seinen Krankenbesuchen in einer Kutsche fuhr und nicht wie ein gewöhnlicher Arzt zu Fuß ging. Dr. Cendrier hieß er und wohnte in der Rue Riblette neben der Kirche. Um aber in die Rue Riblette zu gelangen, brauchte Perrine nur dem Bahngleis zu folgen.

Als das Mädchen von einem so berühmten Arzt sprechen hörte, wurde ihr bange, sie möchte am Ende zu wenig Geld haben, um ihn bezahlen zu können.

»Wahrhaftig, billig ist er nicht«, meinte Salzhering. »Mit zwei Francs wirst du schon rechnen müssen. Und damit du sicher bist, daß er überhaupt kommt, wird es am besten sein, wenn du ihn im voraus bezahlst.«

Perrine fand die Rue Riblette ohne Schwierigkeit. Da aber der Arzt noch nicht aufgestanden war, mußte sie auf ihn warten. Neben einem Wagenschuppen, in dem eben ein Pferd angeschirrt wurde, setzte sie sich auf einen Stein. Sie mußte lange warten.

Endlich wurde die Tür des Schuppens geöffnet, und eine altmodische, gelbgestrichene Kutsche, die von einem schweren Ackergaul gezogen wurde, fuhr vor das Haus, aus dem im selben Augenblick

der Arzt trat, groß, breitschultrig und wohlbeleibt, das rote Gesicht von einem grauen Bart umrahmt.
Noch ehe er in den Wagen gestiegen war, stand Perrine neben ihm und brachte ihre Bitte vor.
»Im Champ Guillot?« fragte er. »Hat es dort wieder einmal eine Schlägerei gegeben?«
»Nein Herr, es ist meine Mutter, die krank ist, sehr krank sogar.«
»Wer ist das, deine Mutter?«
»Wir sind Fotografen.«
Er setzte den Fuß auf das Trittbrett. Rasch reichte sie ihm ihr Zweifrancsstück: »Wir können Sie bezahlen!«
»Nun gut, der Besuch kostet drei Francs.«
Sie legte noch einen Franc dazu. Er nahm das Geld und steckte es in die Westentasche. »In einer Viertelstunde werde ich bei deiner Mutter sein.«
So schnell sie ihre Füße trugen, eilte Perrine mit der guten Nachricht zurück. »Er wird dir helfen können, Mutter!«
Eifrig beschäftigte sie sich mit der Kranken, wusch ihr Gesicht und Hände, ordnete das schwarze, wunderbar seidige Haar, dann räumte sie im Wagen auf, was allerdings zur Folge hatte, daß es darin noch kahler und elender aussah als zuvor.
Sie brauchten nicht lange zu warten, Räderrollen kündigte ihnen

die Ankunft des Arztes an, und Perrine eilte hinaus, um ihn abzuholen. »Wir wohnen in dem Wagen«, erklärte sie, als der Arzt auf das Gebäude zugehen wollte.

Da der Arzt bei seinen Patienten an Armut gewöhnt war, zeigte er keinerlei Überraschung, und erst, als er die auf der dünnen Matratze am Boden liegende Kranke sah, verdüsterte sich sein Gesicht. »Strecken Sie die Zunge heraus – reichen Sie mir die Hand.« In weniger als einer Minute hatte er seine Untersuchung beendet. »Sie müssen ins Krankenhaus«, entschied er.

Mutter und Tochter stießen gleichzeitig einen Ruf des Entsetzens aus.

»Laß mich mit deiner Mutter allein, Kleine«, sagte der Arzt in befehlendem Ton.

Perrine zögerte, doch auf ein Zeichen ihrer Mutter verließ sie den Wagen, ohne sich aber von ihm zu entfernen.

»Muß ich sterben?« fragte die Frau mit schwacher Stimme.

»Wer sagt denn so etwas! Sie bedürfen der Pflege, die Ihnen hier nicht zuteil werden kann.«

»Könnte ich mein Töchterchen ins Krankenhaus mitnehmen?«

»Sie würden die Kleine jeden Dienstag und Sonntag sehen.«

»Uns trennen? Was soll ohne mich aus ihr werden, so ganz allein in Paris? Und was aus mir ohne sie?«

»Jedenfalls können Sie nicht in diesem Wagen bleiben, wo die Nachtkühle für Sie tödlich sein kann. Ist es Ihnen nicht möglich, ein Zimmer zu mieten?«

»Vielleicht, für eine nicht zu lange Zeit.«

»Salzhering hat welche zu vermieten, er wird Ihnen billig eins überlassen. Mit dem Zimmer allein ist es aber noch nicht getan. Sie brauchen Arzneien, kräftige Nahrung und Pflege, all das, was Sie in einem Krankenhaus finden würden.«

»Das ist aber nicht möglich. Ich kann mich nicht von meiner Tochter trennen. Was würde aus ihr?«

»Nun, wie Sie wollen. Das ist schließlich Ihre Sache. Ich habe Ihnen gesagt, wozu ich mich verpflichtet fühlte.« Dann rief er das Mädchen herein, zog einen Notizblock aus der Tasche, schrieb mit Bleistift ein paar Zeilen darauf und riß das Blatt heraus. »Trag das in die Apotheke«, sagte er zu Perrine, »in die neben der Kirche, in keine andere. Du reichst deiner Mutter jede Stunde von der Arznei, den Chinawein gibst du ihr zu den Mahlzeiten. Es ist wichtig, daß sie etwas ißt. Was, ist gleichgültig. Eier wären besonders gut. Ich werde am Abend noch einmal vorbeikommen.«

Perrine begleitete ihn hinaus. »Ist die Mutter sehr krank?«

»Versuch, Sie zu überreden, ins Krankenhaus zu gehen.«

»Können Sie ihr nicht helfen?«

»Natürlich kann ich das, ich hoffe es wenigstens. Aber das, was sie im Krankenhaus fände, kann ich ihr nicht geben. Es ist töricht, nicht hingehen zu wollen, nur, um sich nicht von dir trennen zu müssen. Du siehst doch wie ein verständiges Mädchen aus, das sich zu helfen weiß.«

Dann entfernte er sich mit großen Schritten nach seiner Kutsche hin. Perrine wollte ihn zurückhalten, ihn noch weiter ausfragen; aber er stieg ein und fuhr davon. So kehrte sie in den Wohnwagen zurück.

»Was hat dir der Arzt gesagt?« erkundigte sich die Mutter.

»Daß er dich heilen wird.«

»So geh schnell in die Apotheke und bring auch zwei Eier mit. Nimm all unser Geld!«

Und doch reichte es nicht aus. Als der Apotheker das Rezept gelesen hatte, musterte er Perrine von oben bis unten. »Kannst du das auch bezahlen?« Er rechnete aus. »Es wird sieben Francs fünfzig kosten.«

Sie zählte das Geld in der Hand nach und fand, daß ihr dreizehn Sous fehlten, wenn sie den Taler zu zwei Francs rechnete. Was sollte sie tun? Niedergeschmettert stand sie da, auf das Geld in ihrer Hand starrend. »Wenn Sie den Taler annehmen wollten, hätte ich nur dreizehn Sous zu wenig, die ich Ihnen später bringen könnte.« Der Apotheker wollte jedoch weder etwas vom Taler noch von der Stundung des kleinen Betrages wissen. »Da der Chinawein nicht unbedingt notwendig ist, kannst du ihn später einmal holen. Ich werde nun die Arznei zubereiten, die nur drei Francs fünfzig kosten wird.«

Vom verbleibenden Geld kaufte Perrine noch Eier und einen Milchwecken, mit dem sie den Appetit der Mutter anzuregen hoffte. In eiligem Lauf langte sie auf dem Champ Guillot an. »Die Eier sind ganz frisch«, rief sie, »ich habe sie gegen das Licht gehalten. Und schau, wie gut der Wecken durchgebacken ist! Der wird dir schmecken, nicht wahr, Mutter?«

»Gewiß, mein Liebling.«

Beide waren voller Hoffnung und Perrine fest davon überzeugt, daß der Arzt die Mutter gesund machen werde. Er hatte es ja versprochen.

Hoffnung ist das beste Heilmittel. Die Kranke, die seit zwei Tagen nichts mehr hatte zu sich nehmen können, aß nun ein Ei und verzehrte die Hälfte des Weckens.

Nach dem Essen war die Mutter ruhiger als sonst, so daß sich Perrine entschloß, die Gelegenheit zu nützen und zu Salzhering hinüberzugehen, um sich von ihm raten zu lassen, auf welche Weise Wagen und Esel wohl am besten verkauft werden könnten.

Mit dem Wagen war es einfach genug. Salzhering war bereit, ihn selber zu kaufen, wie er Möbel, Kleider, Werkzeug, Musikinstrumente, Stoffe und Materialien aller Art, Altes und Neues kaufte. Aber mit Palikar war das etwas anderes, weil er, kleine Hunde ausgenommen, nicht mit Tieren handelte. Er schlug vor, den Mittwoch abzuwarten und den Esel auf dem Pferdemarkt zu verkaufen.

Nach langer Prüfung bot Salzhering für den Wagen samt Inhalt fünfzehn Francs.

»Wie! Nur fünfzehn Francs?«

»Und das nur, um euch einen Dienst zu erweisen. Was soll ich mit dem Plunder anfangen?« Und mit dem Haken, den er an Stelle des fehlenden Armes trug, klopfte er die verschiedenen Teile des Wagens ab, indem er zwischendurch geringschätzig mit den Achseln zuckte.
Alles, was Perrine schließlich von Salzhering zu erreichen vermochte, war ein Draufgeld von zweieinhalb Francs und die Zusicherung, daß der Wagen erst nach ihrer Abreise auseinandergenommen würde, damit er tagsüber weiterhin als Aufenthaltsraum für die Kranke dienen konnte.
Als Perrine die Räume besichtigte, die Salzhering zu vermieten hatte, erkannte sie erst, wie froh sie noch über den Wagen sein würden. Denn obschon Salzhering mit hochtrabenden Worten von seinen »Appartements« sprach, handelte es sich dabei doch nur um Gelasse, die so elend und voller Gestank waren, daß es schon der größten Not bedurfte, um hier als Mieter einzuziehen.
Allerdings hatte dieses Haus ein Dach und Wände, die nicht nur aus Leinwand bestanden, das war aber auch der einzige Vorzug, den es vor dem Wagen besaß. Alles, womit Salzhering handelte, lag in Haufen um das Gebäude herum: zerbrochenes Glas, Knochen und Alteisen, während im Innern des Hauses, im Gang und in den dunklen Winkeln das aufgestapelt war, was eines schützenden Daches bedurfte, wie Papier, Lumpen, Brotkrusten, Stiefel, altes Schuhwerk und all jene andern Abfälle und Trümmer, die den Müll von Paris bilden. Von diesen Haufen strömten abscheuliche Gerüche aus.
Als Perrine mit ihrer Zusage zögerte, weil sie sich ernstlich fragte, ob dieser Gestank die Mutter nicht geradezu vergiften könnte, drang Salzhering in sie: »Entscheide dich, meine Sammler können jeden Augenblick kommen, und dann muß ich bei ihnen sein, um ihre Ware in Empfang zu nehmen.«
»Sind diese Räume dem Arzt bekannt?« fragte das Mädchen beklommen.
»Natürlich kennt er sie. Er ist mehr als einmal im Zimmer nebenan gewesen, als er die Gräfin behandelte.«
Dieses Wort bestimmte Perrine, zuzusagen. Wenn der Arzt diese Zimmer kannte und sie dennoch empfahl, konnten sie doch nicht

so schlimm sein. Und wenn sogar eine Gräfin sich mit einem von ihnen begnügte, durfte auch der Mutter zugemutet werden, hier einzuziehen.

»Es kostet euch täglich acht Sous«, sagte Salzhering. »Dazu kommen die drei Sous für den Esel und die sechs für den Wagen.«

»Aber den haben Sie doch gekauft!«

»Gewiß. Da ihr ihn jedoch weiterhin benützen wollt, ist es nur recht und billig, daß ihr auch weiterhin für ihn bezahlt.«

Sie wußte nichts zu antworten. Es war nicht das erste Mal, daß ihre Not in solcher Weise ausgenützt wurde. Offenbar war es ein Naturgesetz, daß die Besitzenden ihre einträglichen Geschäfte auf Kosten der Armen tätigten.

4. Kapitel

Trennung von Palikar

Den größten Teil des Tages verwendete Perrine auf die Reinigung des Zimmers, das sie gemietet hatte. Sicherlich waren seit Bestehen des Gebäudes Wände und Fußboden dieses Raumes noch nie mit solcher Gründlichkeit gefegt und die Scheiben noch nie so blank geputzt worden.

Auf ihren wiederholten Gängen vom Haus zum Ziehbrunnen bemerkte das Mädchen, daß auf dem Champ Guillot nicht nur Gras und Disteln wuchsen. Aus den benachbarten Gärten hatten der Wind und die Vögel allerlei Samen herübergetragen, und die Nachbarn aus ihren Gärten ausgerissene Blütenstauden über den Bretterzaun geworfen, so daß an den weniger begangenen Stellen des Feldes eine blühende Wildnis entstanden war. Die fröhlichen Farben und der Wohlgeruch dieser Blumen brachten Perrine auf den Gedanken, Nelken und rote und lavendelfarbene Levkojen zu pflücken, um sie ins Zimmer zu stellen und mit ihrem Duft den schlechten Geruch zu überdecken.

Obschon die Blumen vermutlich niemand gehörten und Palikar sich an ihnen gütlich tat, wagte sie es doch nicht, auch nur ein Hälmchen zu brechen, ohne vorher Salzhering um Erlaubnis gefragt zu haben.

»Willst du sie verkaufen?« fragte er.

»Nein, ich möchte nur ein Sträußchen ins Zimmer stellen.«

»Dann kannst du nehmen, soviel du willst. Wären sie zum Verkauf bestimmt gewesen, dann hätte ich mich schon lieber selbst damit befaßt. Du liebst den Duft der Blumen, während ich nun einmal den Duft des Weines vorziehe.«

Auf den Scherbenhaufen fand Perrine ein paar noch gut verwendbare Gläser, in die sie ihre Blumen verteilen konnte. Sie war dann selbst überrascht von der Veränderung des vorher so trostlosen Raumes. Es war, als strahlten die Nelken und Levkojen vor dem Gemäuer etwas vom Sonnenlicht aus, in dem sie erblüht waren.

Während ihrer Arbeiten in Haus und Hof lernte Perrine auch die Nachbarn kennen, die zu beiden Seiten des gemieteten Zimmers wohnten. Da war einmal eine alte Frau, die auf ihrem grauen Haar ein Häubchen mit Bändern in den Farben der französischen Fahne trug. Sie war eine Straßensängerin und keine andere als die Gräfin, von der Salzhering gesprochen hatte. Jeden Tag verließ sie das Champ Guillot, bewaffnet mit einem roten Regenschirm und einem dicken Rohrstock, in dem sie den Schirm an den Straßenkreuzungen oder Brückenanfängen aufpflanzen konnte, um in seinem Schatten ihre Lieder zu singen und die Textblätter zu verkaufen. Der andere Nachbar war ein alter, gutmütiger Kerl. Er hatte einen krummen Rücken und steckte in einer mächtigen Lederschürze, die nichts von seinen übrigen Kleidern sehen ließ. Von der Gräfin erfuhr Perrine, daß sich der Alte mit dem Zertrennen und Auseinanderreißen von altem Schuhwerk befaßte und, da er von früh bis spät stumm wie ein Fisch über seiner Arbeit saß, nur Vater Karpfen genannt wurde. Aber wenn er auch nicht gern sprach, so vollführte er wenigstens mit seinem Hammer einen ohrenbetäubenden Lärm.

Noch vor Sonnenuntergang hatte Perrine das Zimmer so weit eingerichtet, daß sie die Mutter aus dem Wagen herüberholen konnte. Als die Kranke die Blumen erblickte, huschte ein Schimmer freudiger Überraschung über ihr Gesicht: »Wie gut du zu mir bist, Liebling!«

»Oh, ich bin es ja gegen mich selbst. Denn wenn ich dir eine Freude bereiten kann, bin ich selber glücklich.«

Als dann vor Einbruch der Nacht die Blumen aus dem Zimmer entfernt werden mußten, machte sich der Gestank des Mülls von neuem bemerkbar. Aber die Kranke wagte nicht, sich darüber zu beschweren. Es hätte ja auch nichts geholfen, da sie keine Möglichkeit hatten, das Champ Guillot mit einem anderen Ort zu vertauschen.

Ihr Schlaf war unruhig und fiebrig, sie wurde von Angstträumen gequält, und als der Arzt am andern Morgen eine Verschlimmerung ihres Zustandes feststellte, entschloß er sich, es mit einer andern Behandlung zu versuchen. Perrine wurde mit neuen Rezepten zum Apotheker geschickt, der diesmal fünf Francs von ihr verlangte. Sie zahlte, ohne zu zögern; aber als sie zurückkam, wußte sie keinen Ausweg mehr. Wie sollte sie, wenn es mit den Ausgaben so weiterging, bis zum Mittwoch, Palikars Verkaufstag, durchhalten können? Woher sollte sie das Geld nehmen, wenn der Arzt wieder andere Arzneien verschrieb?

Ach, hätte sich doch nur ein kleiner Hoffnungsschimmer gezeigt, sie wäre gleich wieder zuversichtlicher und mutiger geworden! Und wenn die Mutter auch nie klagte, sondern im Gegenteil immer wieder zu trösten versuchte: »Es wird schon gehen«, so mußte Perrine doch einsehen, daß es in Wirklichkeit eben nicht mehr so weiterging, da es der Kranken immer mehr an Schlaf und Appetit fehlte, während Fieber und Schwäche zunahmen.

Beim Besuch, den der Arzt am Dienstagmorgen abstattete, trat dann ein, was Perrine befürchtet hatte. Nach einer flüchtigen Untersuchung der Kranken zog Dr. Cendrier seinen Notizblock aus der Tasche, jenen abscheulichen Block, der Perrine schon so viel Ängste verursacht hatte. Aber als er den Bleistift auf das Papier setzte, fand sie den Mut, ihn anzureden: »Herr Doktor, bitte, verordnen Sie heute nur die unumgänglich notwendigen Arzneimittel.«

»Was willst du damit sagen?« fragte er aufgebracht.

Sie zitterte am ganzen Körper, als sie fortfuhr: »Ich wollte sagen, daß wir heute kein Geld mehr haben und daß erst morgen wieder etwas hereinkommen wird. Deshalb –«

Er sah sie erstaunt an, schaute sich dann mit raschem Blick um, als bemerke er zum erstenmal ihre Armut und ließ den Notizblock wieder in die Tasche gleiten. »Wir wollen die Behandlung bis morgen nicht ändern«, sagte er. »Es hat wirklich keine Eile. Die Arzneien von gestern können auch heute noch verabfolgt werden.«

»Es hat keine Eile«, das waren die Worte, die sich Perrine einprägte und immer wiederholte. Wenn es keine Eile hatte, dann stand es mit der Mutter wohl gar nicht so schlimm, wie sie befürchtet hatte. Man konnte also noch hoffen und warten.

Der Mittwoch war der sehnlich erwartete Tag; aber der Ungeduld, ihn anbrechen zu sehen, stellte sich der schmerzliche Gedanke entgegen, daß die Hilfe, die er brachte, mit der Trennung von Palikar erkauft werden mußte.

Sooft Perrine ihre Mutter verlassen konnte, eilte sie in den Hof hinaus, um dem Freund ein freundliches Wort zu sagen. Palikar war nie vergnügter gewesen als jetzt. Er brauchte ja nicht zu arbeiten, hatte nichts zu leiden und konnte nach den vielen Entbehrungen fressen, soviel er nur wollte. Sobald er das Mädchen kommen sah, stieß er vier oder fünf Schreie aus, die an den Buden des Champ Guillot die Scheiben erzittern ließen. Mit ein paar übermütigen Sprüngen kam er ihr entgegen und legte den Kopf auf ihre Schulter, ohne sich mehr zu bewegen.

»Wenn du wüßtest!« flüsterte sie zärtlich.

Aber er wußte von nichts und kümmerte sich um nichts. Ganz den Annehmlichkeiten des Augenblicks hingegeben, genoß er nur die Ruhe, die gute Nahrung und die Liebkosungen seiner Herrin. Er war der glücklichste Esel der Welt. An Salzhering hatte er einen Freund gewonnen, der seinen Spaß an ihm hatte. Denn einmal hielt Salzhering dem Esel ein Glas voll Wein vor die Nase. Palikar faßte die Einladung durchaus ernst auf. Er machte seine vorgestreckten, dicken Lippen so schmal wie möglich, um dann das Glas ganz auszutrinken.

»O lala!« staunte Salzhering und brach in schallendes Gelächter aus. Dann rief er die Gräfin und Vater Karpfen herbei.

»Was ist denn los?« fragte die Gräfin.

»Das werdet ihr gleich sehen, macht euch nur auf einen tüchtigen Spaß gefaßt!«

Er füllte sein Glas von neuem und hielt es Palikar hin, der es, wie das erstemal, unter dem Gelächter und dem Beifall seiner Zuschauer halb austrank.

»Sie sollten ihn kaufen«, wandte sich die Gräfin an Salzhering. »Er könnte Ihnen vorzüglich Gesellschaft leisten.«

Doch Salzhering kaufte ihn nicht, hatte aber seine Freude an ihm und schlug Perrine vor, sie am Mittwoch auf den Pferdemarkt zu begleiten. Das war ihr eine große Erleichterung. Wie hätte sie allein in Paris den Pferdemarkt finden und wie dann um den Esel feilschen sollen? Auch hatte man ihr viel von dem sich in Paris herumtreibenden Gesindel erzählt, vor dem sie sich fürchtete und gegen das sie sich unmöglich hätte zur Wehr setzen können.

Am Mittwochmorgen ging Perrine daran, Palikar herauszuputzen. Sie unterließ es nicht, ihn bei dieser Gelegenheit immer wieder zu umarmen und zu liebkosen. Aber ach, mit welch traurigen Gefühlen! Es war ja ein Abschied für immer, der ihnen bevorstand. In was für Hände würde er wohl kommen, ihr armer Freund? Und mit Zittern dachte sie an die vielen grausamen Eseltreiber, denen sie schon begegnet war, Tierquäler, die sich ihrer Grausamkeit nicht einmal bewußt waren.

Als Palikar erkannte, daß man ihm, anstatt ihn an den Wagen zu spannen, ein Halfter anlegte, zeigte er sich überrascht, und sein Erstaunen wuchs noch, als ihm Salzhering der den langen Weg bis zum Pferdemarkt nicht zu Fuß machen wollte, mit Hilfe eines Stuhles auf den Rücken stieg. Da ihn aber Perrine am Kopfe festhielt und ihm gut zuredete, wuchs seine Überraschung nicht bis zum Widerstand, schließlich war ja Salzhering ein Freund.

So zogen sie ab, Palikar würdevoll dahinschreitend und von Perrine durch Straßen geführt, wo es nur wenige Wagen und Fußgänger gab. So gelangten sie zu einer breiten Brücke, die zu einem großen Park führte.

»Das ist der Jardin des Plantes«, erklärte Salzhering. »Zweifellos haben sie da drinnen keinen Esel, der sich mit dem deinen vergleichen ließe.«

»Könnte man ihnen da nicht Palikar verkaufen?« fragte Perrine aus der Überlegung heraus, daß die Tiere eines zoologischen Gartens ja nur herumzuspazieren brauchen.
Doch Salzhering wollte von diesem Vorschlag nichts wissen. »Da hätte man mit den Behörden zu tun, und das – das wäre mir durchaus nicht angenehm.«
Nun war der Verkehr der Wagen und Pferdebahnen um sie her so lebhaft geworden, daß Perrine ihrer ganzen Aufmerksamkeit bedurfte, um zwischen all diesen Hindernissen durchzukommen. Für nichts anderes hatte sie Augen und Ohren, weder für die Denkmäler, an denen sie vorüberkamen, noch für die Scherzworte und spöttischen Zurufe der Fuhrleute und Kutscher, die dem auf dem Esel daherreitenden Salzhering galten. Salzhering, aller andern Pflichten enthoben, war um fröhliche Antworten nicht verlegen. Die Fußgänger mischten sich ein, so daß sich Palikars Wanderung in einem wahren Konzert von Gelächter und Zurufen vollzog.
Endlich, nach einer leichten Steigung der Straße, langten sie vor einem Gitter an, hinter dem sich ein großer Platz ausdehnte, auf dem sich in verschiedenen, durch Seile hergestellten Abteilungen Pferde befanden. Nun stieg Salzhering ab.
Inzwischen hatte Palikar Zeit gehabt, seine Umgebung zu betrachten. Als ihn nun Perrine durch das Gitter führen wollte, blieb er eigensinnig stehen. Weder freundliche Worte noch Befehle Perrines vermochten ihn zu bestimmen, seinen Widerstand aufzugeben. Salzhering glaubte, daß man ihn nur von hinten zu schieben brauche, doch Palikar, der ja nicht wissen konnte, was für Hände sich diese Vertraulichkeit erlaubten, fing an, auszuschlagen und zurückzuweichen, Perrine mit sich ziehend.
Schon hatte sich ein Kreis von Neugierigen um die Gruppe gebildet. Wie immer, so standen auch hier die Zeitungsverkäufer und Bäckerjungen zuvorderst, und jeder wußte weise Ratschläge zu erteilen, wie man es anfangen müsse, um das Tier auf den Platz zu zwingen.
»Das ist wahrhaftig ein Esel, mit dem sich sein Käufer die Zeit vertreiben kann«, ließ sich eine Stimme vernehmen.
Das waren gefährliche Worte, die sich auf den Verkauf ungünstig

auswirken konnten, weshalb sich Salzhering verpflichtet fühlte, Einsprache zu erheben. »Er ist ein Schlingel«, sagte er. »Weil er erraten hat, daß er verkauft werden soll, versucht er mit allen möglichen Kapriolen, seine Herren nicht verlassen zu müssen.«
»Sind Sie dessen so sicher, Salzhering?«
»Heda! Wer kennt hier meinen Namen?«
»Erinnern Sie sich nicht mehr an La Rouquerie?«
»Ja wahrhaftig!«
Sie reichten sich die Hände.
»Ist es Ihr Esel?«
»Nein, er gehört dieser Kleinen.«
»Sie kennen aber das Tier?«
»Das will ich meinen, haben wir doch schon manches Glas miteinander geleert. Wenn Sie einen tüchtigen Esel brauchen, La Rouquerie, dann kann ich Ihnen diesen wirklich empfehlen.«
»Nun, ich könnte schon einen brauchen.«
»Dann wollen wir etwas trinken. Es hat ja keinen Sinn mehr, noch hineinzugehen und dort die Gebühr zu entrichten.«
»Besonders, da der Esel nicht hinein will.«
»Ich habe es Ihnen schon gesagt, er ist ein Schlingel.«
»Wenn ich ihn kaufe, dann geschieht das nicht zu meinem Vergnügen, sondern um ihn arbeiten zu lassen.«
»Oh, da wären Sie gut versorgt, er kommt ja aus Griechenland.«
»Aus Griechenland?«
Perrine, die vom Gespräch der beiden nur einzelne Worte verstanden hatte, erhielt von Salzhering einen Wink, ihnen zu folgen. Und Palikar, der nun nicht mehr auf den Markt mußte, trottete so willig hinterher, daß sie ihn nicht einmal am Strick zu ziehen brauchte.
Ob die Person, mit der sich Salzhering unterhielt, ein Mann oder eine Frau war, konnte Perrine nicht herausbringen. Ihre Haltung und ihr glattes Gesicht hätten ohne weiteres auf eine etwa fünfzigjährige Frau schließen lassen, wogegen die aus langen Beinkleidern, einer Bluse und einem ledernen Kutscherhut bestehende Kleidung sowie die kurze schwarze Pfeife, die nie aus dem Mund genommen wurde, zu einem Mann gehörten. Aber wichtiger noch als die Beantwortung dieser Frage war für Perrine die

Feststellung, daß der Gesichtsausdruck weder Härte noch Bosheit erkennen ließ.

Nachdem sie in ein Gäßchen gelangt waren, blieben Salzhering und La Rouquerie vor einer kleinen Wirtschaft stehen, ließen sich dann an einem vor dem Hause stehenden Tischchen nieder und bestellten eine Flasche Wein und zwei Gläser, während Perrine, den Esel haltend, vor ihnen auf der Straße stehenblieb.

»Nun werden Sie sehen, ob er nicht ein Schlingel ist«, sagte Salzhering und hielt dem Esel das gefüllte Glas hin. Palikar streckte sofort seinen Hals, spitzte die Lippen und trank das halbe Glas aus, ohne daß ihn Perrine daran hindern konnte.

»Habe ich's nicht gesagt!« triumphierte Salzhering.

Aber La Rouquerie war davon wenig entzückt. »Ich brauche ihn nicht, um mir von ihm meinen Wein wegtrinken zu lassen, sondern damit er mein Wägelchen mit den Kaninchenfellen zieht.«

Palikar wurde einer gründlichen Musterung unterzogen, und als diese abgeschlossen war, erkundigte sich La Rouquerie bei Perrine nach dem Verkaufspreis. Das Mädchen nannte den schon vorher mit Salzhering vereinbarten Preis von hundert Francs.

Nun fing La Rouquerie zu lärmen an. »Was, hundert Francs für einen Esel, der ohne Garantie verkauft wird! Ihr wollt mich wohl zum Narren halten?« Und nun wurde der unglückliche Palikar von der Nase bis zu den Hufen hinunter abgeschätzt. »Zwanzig Francs, mehr ist er nicht wert, und außerdem –«

»Genug«, erklärte Salzhering, um der langen Verhandlung ein Ende zu bereiten. »Wir führen ihn auf den Markt.«

Perrine atmete auf, denn der Gedanke, nur zwanzig Francs zu erhalten, hatte sie völlig niedergeschmettert. Was wären zwanzig Francs in ihrer Notlage gewesen, wo hundert kaum ausreichten, um die wichtigsten Auslagen zu bestreiten!

»Vorausgesetzt, daß er diesmal mehr Lust hat, hineinzugehen«, bemerkte La Rouquerie spöttisch.

Bis zum Gitter des Pferdemarktes folgte der Esel seiner Herrin willig. sobald sie aber beim Tor angekommen waren, blieb er wieder stehen. Und als ihm Perrine zusprach und ihn vorwärtsziehen wollte, legte er sich kurzerhand mitten auf der Straße nieder.

»Palikar, ich bitte dich!« rief Perrine verzweifelt. »Palikar!«

Aber er stellte sich tot und wollte nichts mehr hören.

Wieder scharten sich die Zuschauer um sie und machten ihre Witze.

»Zündet ihm den Schwanz an«, rief einer.

»Das wäre ein ausgezeichnetes Mittel, um ihn verkaufen zu können«, meinte ein anderer.

»Verprügelt ihn!«

Salzhering war wütend, Perrine entmutigt.

»Nun seht ihr selbst, daß er nicht hineingehen wird«, stellte La Rouquerie fest. »Ich bin bereit, dreißig Francs zu geben, weil mir sein Trotz beweist, daß er ein guter Kerl ist. Aber beeilt euch, sie anzunehmen, sonst kaufe ich einen andern.«

Salzhering sah Perrine fragend an und gab ihr zugleich ein Zeichen, das Angebot anzunehmen. Aber vor Enttäuschung war sie wie gelähmt, unfähig, einen Entschluß zu fassen. In diesem Augenblick kam ein Polizist daher und forderte sie barsch auf, die Straße zu räumen. »Entweder vorwärts oder zurück; hier könnt ihr nicht bleiben!«

Da mit dem störrischen Palikar an ein Vorwärtsgehen nicht zu denken war, blieb ihr nichts anderes übrig, als zurückzuweichen, und sobald der Esel merkte, daß sie es aufgegeben hatte, den Markt betreten zu wollen, erhob er sich und folgte Perrine geduldig wie ein Lamm.

»Und jetzt«, sagte La Rouquerie, nachdem sie Perrine dreißig Francs in Hundertsousstücken in die Hand gezählt hatte, »jetzt müßt ihr mir den braven Burschen nach Hause führen. Ich fange an, ihn zu durchschauen. Er wäre imstande, mir nicht folgen zu wollen. Die Rue de Château-des-Rentiers ist ganz nahe.«

Aber Salzhering wollte von diesem Vorschlag nichts wissen, der Weg sei ihm zu weit. »Geh du mit Madame«, sagte er zu Perrine. »Du brauchst nicht traurig zu sein. Dein Esel wird es nicht schlecht haben bei ihr. Sie ist eine gute Frau.«

»Und wie soll ich wieder nach Charonne zurückkommen?« fragte Perrine voller Angst, sich in Paris zu verirren, dessen ungeheure Größe ihr an diesem Tage zum erstenmal bewußt geworden war.

»Du brauchst nur den Befestigungen zu folgen. Nichts ist einfacher als das.«

Und tatsächlich war die Rue de Château-des-Rentiers gar nicht weit vom Pferdemarkt entfernt. Schon nach kurzer Zeit erreichten sie ein paar Baracken, die an jene im Champ Guillot erinnerten.

Nun war der Augenblick der Trennung gekommen. Nachdem Perrine den Esel in einem kleinen Stall festgebunden hatte, schlang sie die Arme um seinen Hals.

»Er wird nicht unglücklich sein, ich verspreche es dir«, sagte La Rouquerie.

»Wir haben uns so lieb gehabt!« Perrine brach in Tränen aus.

5. Kapitel

Die Bitten der Mutter

Was sollten sie mit dreißig Francs anfangen, wo sich ihre Berechnungen doch auf den Betrag von hundert Francs gestützt hatten? Das war die Frage, die sich Perrine immer wieder vorlegte, als sie traurig an den Festungswällen entlang nach Charonne zurück ging.

Die Mutter war rasch entschlossen. »Wir müssen abreisen«, sagte sie, »sofort nach Maraucourt abreisen.«

»Bist du denn kräftig genug?«

»Ich muß es sein. In der Hoffnung auf meine baldige Genesung haben wir schon viel zu lange gewartet. Unterdessen sind unsere Mittel erschöpft, und ebenso würde der Erlös aus dem Verkauf des armen Palikar aufgebraucht. Es wäre mir ja lieber gewesen, wenn wir uns nicht in diesem heruntergekommenen Zustand vorstellen müßten; aber vielleicht werden wir so wenigstens Mitleid erregen. Wir müssen unbedingt abreisen.«

»Noch heute?«

»Für heute ist es zu spät, wir kämen erst mitten in der Nacht an, ohne zu wissen, wohin wir uns wenden sollten. Aber morgen früh. Du mußt noch heute abend die Abfahrtszeiten der Züge und die Fahrpreise erfragen. Wir werden die Nordbahn benützen, die Ankunftsstation heißt Picquigny.«

Perrine suchte bei Salzhering Rat.

»Such unter dem Altpapier nach einem Fahrplan. Das ist einfacher und weniger ermüdend, als nach dem Nordbahnhof zu gehen, der sehr weit von Charonne entfernt liegt.«

Wirklich fand sich ein solcher Fahrplan, und Perrine fand heraus, daß es am Vormittag zwei Züge gab, einen um sechs, den andern um zehn Uhr, und daß eine Fahrkarte dritter Klasse nach Picquigny neun Francs fünfundzwanzig kostete.

»Wir werden den Zehnuhrzug benützen«, entschied die Mutter. »Bis zum Bahnhof werden wir einen Wagen nehmen, da ich den langen Weg nicht zu Fuß zurücklegen könnte. Bis zur Droschke werde ich schon kommen.«

Aber ihre Kräfte reichten nicht einmal so weit. Denn als sie um neun Uhr am Arm ihrer Tochter den von Perrine geholten Wagen zu erreichen versuchte, wäre sie hingefallen, wenn das Mädchen sie nicht gestützt hätte. »Ich werde mich rasch erholen«, sagte sie mit schwacher Stimme. »Du brauchst dich nicht zu beunruhigen, es wird schon gehen.«

Aber es ging nicht. Die Gräfin, die den Aufbruch der beiden beobachtet hatte, brachte einen Stuhl herbei. Sobald sich die Kranke, die sich mit verzweifelter Anstrengung aufrecht gehalten hatte, darauf niederließ, fiel sie in Ohnmacht.

»Man muß sie niederlegen und ihr Herz massieren«, entschied die Gräfin. »Meine Kleine, ängstige dich nicht, hole lieber Vater Karpfen herbei, damit wir zwei deine Mutter in euer Zimmer tragen können. An eine Abreise ist jetzt sowieso nicht zu denken, wenigstens vorläufig nicht.«

Die Gräfin schien tatsächlich Erfahrung zu haben. Denn sobald sie die Kranke niedergelegt hatten, begann das Herz wieder zu arbeiten und der Atem zurückzukehren. Doch als sie sich nach einer Weile aufrichten wollte, bekam sie einen neuen Anfall.

»Sehen Sie denn nicht ein, daß Sie liegenbleiben müssen!« herrschte die Gräfin die Kranke an. »Sie können erst morgen reisen und müssen jetzt eine Tasse Fleischbrühe trinken, die ich bei Vater Karpfen holen werde. Fleischbrühe ist nämlich seine Leidenschaft, so, wie sich unser Hausmeister dem Wein verschrieben hat. Sommer und Winter steht er um fünf Uhr auf, um seinen Fleischtopf ans Feuer zu stellen. Darauf versteht er sich ausgezeichnet. Es gibt in ganz Paris keine bessere Fleischbrühe zu trinken.« Und ohne erst eine Antwort abzuwarten, trat sie bei ihrem Nachbarn ein, der sich wieder an seine Arbeit gemacht hatte.

»Würden Sie mir für unsere Kranke eine Tasse Fleischbrühe geben?«

Lächelnd hob Vater Karpfen den Deckel von seinem Topf, der dampfend vor einem kleinen Holzfeuer im Kamin stand. Als sich dann der Duft der Fleischbrühe im Raum verbreitete, sah er die Gräfin glücklich an.

»Ah, wie gut das riecht«, sagte sie. »Wenn etwas die arme Frau zu retten vermag, dann muß es diese köstliche Bouillon sein. Aber –« und sie senkte ihre Stimme, »Ihr wißt ja, daß es sehr schlecht um sie bestellt ist. Das kann nicht mehr lange dauern.«

Vater Karpfen hob die Arme.

»Es ist traurig für die Kleine.«

Vater Karpfen ließ den Kopf sinken und breitete die Arme aus, als ob er sagen wollte: »Was können wir da tun?«

Was aber in ihrer Macht stand, das taten sie.

Als die Tasse gefüllt war, trug die Gräfin sie mit kleinen, vorsichtigen Schritten davon, um ja nichts zu verschütten. »Trinken Sie das«, sagte sie, neben der Matratze niederkniend. »Aber bewegen Sie sich nicht, öffnen Sie nur die Lippen.«

Behutsam wurde ihr ein Löffel Fleischbrühe eingeflößt, doch war die Kranke außerstande zu schlucken. Die Folge ihrer Anstrengung war ein neuer Herzkrampf, der länger dauerte als die beiden ersten.

Die Gräfin mußte einsehen, daß Fleischbrühe in diesem Fall wohl kaum das Richtige war. Sie nötigte Perrine, die Tasse auszutrinken. »Du wirst deine Kräfte noch brauchen können, Kleine, du mußt dich stärken.«

Da die Gräfin mit ihrer Bouillon so gar keinen Erfolg gehabt hatte, war sie am Ende ihrer Weisheit angelangt und wußte nichts anderes mehr zu raten, als den Arzt zu holen.

Dr. Cendrier schrieb zwar ein neues Rezept, erklärte aber der Gräfin offen, daß er für die Kranke nichts mehr tun könne. »Durch Not, Entbehrungen und Kummer ist diese Frau dermaßen erschöpft und verbraucht, daß sie unterwegs sterben würde. Es kann sich hier nur noch um Stunden handeln, wenn nicht ein neuer Anfall das Ende noch früher herbeiführt.«

Es dauerte aber doch noch Tage, weil das Leben, das im Alter so leicht erlischt, in der Jugend mehr Widerstandskraft leistet. Im Zustand der Kranken trat weder eine Besserung noch eine Verschlimmerung ein, und wenn sie auch nichts hinunterschlucken konnte, weder Fleischbrühe noch Arzneien, so lag sie doch weiterhin auf ihrer Matratze ausgestreckt, bewegungslos, beinahe ohne Atem, und in dumpfer Betäubung.

In Perrine lebte die Hoffnung weiter. Warum sollte ihre Mutter nicht gesund werden? Sie war ja noch so jung, noch nicht dreißig Jahre alt. Regten sich aber dennoch Zweifel in ihr, dann flüchtete sie sich zur Gräfin, um sich von ihr trösten und aufrichten zu lassen.
»Wäre es ihr bestimmt, schon jetzt zu sterben, dann hätte sie den ersten Anfall sicherlich nicht überlebt«, sagte die Gräfin.
»Nicht wahr?«
»Auch Salzhering und Vater Karpfen sind dieser Meinung.«
Aber Perrine litt nicht nur unter dieser größten Sorge um das Leben der Mutter, sie quälte sich auch mit der Frage, wie weit wohl die dreißig Francs von La Rouquerie reichen würden. Denn so gering ihre täglichen Ausgaben auch waren, so verschwand das Geld doch schrecklich schnell. Was aber sollte aus ihnen werden, wenn der letzte Sou fort war? Wenn ihnen nichts mehr blieb als die Lumpen, die sie auf dem Leib trugen? Wie sollten sie dann nach Maraucourt gelangen?
Eines Abends, als sie mit solchen Gedanken am Lager ihrer Mutter saß, fühlte sie von deren Hand, die sie in ihren Händen hielt, einen leichten Druck.
»Möchtest du etwas?« fragte Perrine lebhaft.
»Nur mit dir reden, mein Liebling. Ich fühle, daß es mit mir zu Ende geht!«
»Mutter!«
»Unterbrich mich nicht, liebes Kind, und versuche, ruhig zu bleiben, wie auch ich es tun will, um nicht zu verzweifeln. Ich habe lange geschwiegen, um dir diesen Schmerz zu ersparen.«
Sie machte eine Pause und rang nach Atem. Dann fuhr sie fort: »Wir müssen uns trennen.«
Perrine schluchzte auf, obwohl sie sich alle Mühe gegeben hatte, sich zusammenzunehmen.
»Es ist schrecklich, Liebling, ich weiß, und doch ist es vielleicht besser für dich, eine Waise zu sein, als von einer Mutter nach Maraucourt gebracht zu werden, die möglicherweise weggejagt würde. Es ist Gottes Wille, daß du allein sein wirst, vielleicht schon in einigen Stunden, oder erst morgen.«
Die Kranke konnte vor Erregung erst nach einiger Zeit weiterreden. »Wenn ich nicht mehr da bin, wirst du Formalitäten zu

erledigen haben. Damit du sie erfüllen kannst, mußt du aus meiner Tasche das Papier nehmen, das in Seide eingewickelt ist. Das gibst du den Leuten, die danach fragen. Es ist mein Trauschein. Du mußt ihn unbedingt zurückverlangen, da du damit deine Herkunft bezeugen kannst. Bewahre den Schein also mit der größten Sorgfalt auf. Da aber doch die Möglichkeit besteht, daß du ihn verlieren könntest, mußt du seinen Inhalt auswendig lernen. Verstehst du mich auch, merkst du dir alles, was ich dir sage?«
»Ja, Mutter, ja.«
»Du wirst unglücklich und einsam sein. Aber du darfst dich nicht deinem Schmerz hingeben. Wenn du nichts mehr in Paris zu tun hast, mußt du unverzüglich nach Maraucourt abreisen, mit der Eisenbahn, wenn du genug Geld hast, um eine Fahrkarte zu lösen, zu Fuß, wenn es nicht anders geht. Es ist besser, in einem Straßengraben zu nächtigen und nichts zu essen, als in Paris zu bleiben. Versprichst du mir das?«
»Ich verspreche es dir.«
Die Kranke lag eine Zeitlang da, ohne zu atmen, ohne Stimme und ohne Bewegung.

»Mutter!« rief Perrine und beugte sich über sie, zitternd vor Angst und außer sich vor Verzweiflung. »Mutter!«
Diese Schreie riefen sie ins Leben zurück. »Noch etwas muß ich dir sagen«, murmelte sie beinahe unverständlich. »Ich muß mich nur besinnen, weil ich nicht mehr weiß, was ich dir schon mitgeteilt habe. Warte.«
Nach einigen Augenblicken fuhr sie fort: »Das ist es, ja, das ist es. Du kommst in Maraucourt an. Fordere nichts, du hast kein Recht, etwas zu verlangen. Was man dir gewährt, soll deiner Person gelten. – Ja, daß man dich liebt, um deiner selbst willen, nur darauf kommt es an. – Aber ich habe die Hoffnung, daß du geliebt wirst – es ist ja gar nicht möglich, daß man dich nicht liebt. Dann wird dein Leid zu Ende sein.« Sie faltete die Hände, und ihr Antlitz nahm einen verklärten Ausdruck an. »Ich sehe dich, ja, ich sehe dich glücklich. Oh, daß ich in dieser Zuversicht sterben kann und in der Hoffnung, für immer in deinem Herzen fortzuleben!«
Nach dieser Anstrengung fiel sie auf ihre Matratze zurück, am Ende ihrer Kräfte. Aber ihr keuchender Atem bewies, daß es keine Ohnmacht war.
Perrine wartete einige Augenblicke. Als sie sah, daß im Zustand der Mutter keine Veränderung eintrat, ging sie hinaus. Kaum war sie im Freien, als sie in Schluchzen ausbrach und sich aufs Gras niederfallen ließ.
Einige Minuten lang blieb sie liegen, ganz ihrem Schmerz hingegeben, dann aber gebot ihr das Pflichtgefühl, die Mutter nicht länger allein zu lassen.

6. Kapitel

Allein

Als der Armenpfarrer die letzten Gebete gesprochen und sich entfernt hatte, blieb Perrine am Grab, bis die Gräfin, die nicht von ihrer Seite gewichen war, sie am Arm nahm: »Du mußt nun kommen.«

»Bitte lassen Sie mich!«

»Vorwärts, steh auf!« wiederholte die Frau mit fester Stimme und zog Perrine mit sich fort. In einer abgelegenen Allee warteten Salzhering und Vater Karpfen auf sie. Die Gräfin hatte die bunten Bänder auf ihrer Haube durch schwarze ersetzt, und Salzhering trug einen hohen Zylinderhut auf dem Kopf. Vater Karpfen hatte seine Lederschürze mit einem braunen Überzieher vertauscht.

Als wichtigste Person der Gesellschaft ergriff zuerst Salzhering das Wort: »Ich wollte dir nur sagen, daß du, ohne Miete zu bezahlen, im Champ Guillot wohnen kannst, solange du willst.«
»Wenn du mit mir singen willst«, fuhr die Gräfin fort, »so wirst du gut zu leben haben. Straßensängerin ist ein guter Beruf.«
Vater Karpfen sagte nichts. Aber durch sein Lächeln und eine Handbewegung, die etwas anzubieten schien, drückte er in unmißverständlicher Weise seine Einladung aus, jederzeit bei ihm vorbeizukommen, wenn Perrine Verlangen nach einer Tasse Fleischbrühe habe. Diese Angebote rührten Perrine zu Tränen.
»Wie gut Sie alle zu mir sind«, murmelte sie.
»Man tut, was man kann«, meinte Salzhering.
»Ein braves Mädchen, wie du eines bist, darf man nicht einfach sich selbst überlassen«, antwortete die Gräfin.
»Ich darf nicht in Paris bleiben«, erklärte Perrine. »Ich muß zu Verwandten gehen.«
»Verwandte hast du?« fragte Salzhering und sah die andern mit einem vielsagenden Blick an, der nicht gerade seine Hochachtung vor diesen Verwandten ausdrückte. »Und, wo wohnen die?«
»In der Nähe von Amiens.«
»Wie willst du nach Amiens kommen? Hast du Geld?«
»Nicht genug, um mit der Eisenbahn hinzufahren. Deshalb werde ich zu Fuß gehen.«
»Weißt du den Weg?«
»Ich habe eine Landkarte.«
»Zeigt dir deine Karte auch den Weg, den du in Paris nehmen mußt, um auf die Straße nach Amiens zu gelangen?«
»Nein, aber vielleicht sind Sie so freundlich, ihn mir zu beschreiben.«
Jedes beeilte sich, ihr diese Auskunft zu erteilen, und was daraus wurde, war ein Durcheinander, dem schließlich Salzhering ein Ende bereitete. »Wenn du dich in Paris verirren willst«, sagte er, »dann brauchst du nur auf diese Ratschläge zu hören. Du mußt folgendes tun: Fahre mit der Ringbahn bis nach La-Chapelle-Nord – das kostet sechs Sous. Dort findest du leicht die Straße nach Amiens, der du nur immer zu folgen brauchst. Wann willst du abreisen?«

»Sofort. Ich habe es Mutter versprochen.«
»Selbstverständlich mußt du deiner Mutter gehorchen«, sagte die Gräfin. »So geh denn, aber nicht, ehe ich dich noch einmal umarmt habe. Du bist ein tapferes Mädchen.«
Die Männer schüttelten ihr die Hand.
Nun hätte Perrine den Friedhof verlassen sollen, doch zögerte sie und wollte noch einmal zum Grab zurückkehren. Aber die Gräfin vertrat ihr den Weg. »Es ist besser, wenn du gleich gehst.«
Salzhering pflichtete ihr bei.
So nickte und winkte Perrine noch einmal allen dankbar zu und entfernte sich dann mit eiligen Schritten.
»Ich lade euch zu einem Glas Wein ein«, sagte Salzhering.
»Das ist keine schlechte Idee«, antwortete die Gräfin.
Zum ersten Mal sagte Vater Karpfen etwas: »Arme Kleine!«
Als Perrine in die Ringbahn eingestiegen war, zog sie eine alte Karte von Frankreich aus der Tasche. Sie hatte sie schon oft gebraucht und konnte sich auf ihr zurechtfinden. Von Paris nach Amiens war es einfach, sie brauchte nur der Straße nach Calais zu folgen, die als feine schwarze Linie auf der Karte eingezeichnet war. In Amiens würde sie diese Straße dann mit der nach Boulogne vertauschen. Sie berechnete, daß es bis Maraucourt etwa hundertfünfzig Kilometer waren. Wenn sie im Durchschnitt täglich dreißig Kilometer zurücklegte, brauchte sie also für ihre Reise fünf Tage. Allerdings stiegen ihr sofort Zweifel auf, ob sie einen solchen Marsch durchhalten könnte. Und wie würde das Wetter während ihrer Reise sein? Was sollte sie tun, wenn es zu regnen anfing? In einer milden Sommernacht ließ sich recht gut im Freien übernachten, unter einem Baum oder Strauch. Aber die Blätter halten starke Regengüsse nicht ab. Sie war zwar schon oft durchnäßt worden und fürchtete sich auch nicht vor einem Platzregen. Aber ein paar Tage in durchnäßten Kleidern zu stecken, das wäre etwas anderes.
Als Perrine das Champ Guillot verließ, besaß sie noch fünf Francs und sieben Sous, nachdem sie nun für die Bahnfahrt sechs Sous bezahlt hatte, blieben ihr noch ein Fünffrancsstück und ein Sou übrig. Mit diesem Geld mußte sie auskommen, nicht nur auf der Reise, sondern auch noch während ihres Aufenthaltes in Maraucourt.

Mit solchen Gedanken war sie beschäftigt, als sie die Station La-Chapelle ausrufen hörte. Sie stieg aus und schlug sofort den Weg nach Saint Denis ein. Nun brauchte sie nur geradeaus zu gehen, und da die Sonne noch zwei bis drei Stunden am Himmel stehen würde, hoffte sie, bis zum Einbruch der Dunkelheit schon weit genug von Paris entfernt zu sein, um im Freien übernachten zu können.

Aber entgegen ihren Erwartungen sah sie in dieser weiten Ebene nichts als Dächer und hohe Schornsteine, aus denen schwarze Rauchwolken emporstiegen. Aus den Fabriken, den Schuppen und Lagerhäusern erscholl ein furchtbarer Lärm, das Tosen und Schnauben der Maschinen, schrille Pfiffe und das Zischen des Dampfes, während sich auf der Straße in einer dicken Wolke roten Staubes Fuhrwerke, Karren und Pferdebahnen drängten. Die Planen, mit denen die Reihen von Fuhrwerken bedeckt waren, trugen alle die Aufschrift, die Perrine schon vor dem Tor von Bercy gesehen hatte: »Fabriken von Maraucourt, Vulfran Paindavoine.«

Nahm denn dieses Paris kein Ende? Perrine fürchtete nicht die Einsamkeit des freien Feldes oder die Stille der Nacht, sondern Paris mit seinen Häusern, seinen Menschen und seinen Lichtern!

Eine blaue Tafel, die an der Ecke eines Hauses angebracht war, zeigte ihr an, daß sie sich nun in Saint Denis befand, während sie geglaubt hatte, immer noch in Paris zu sein. Das gab ihr frischen Mut. Ganz gewiß würde sie nun bald offenes Land erreichen.

Obwohl sie noch keinen Hunger verspürte, fiel ihr vor dem Verlassen des Ortes doch ein, daß sie ein Stück Brot kaufen könnte, um es vor dem Einschlafen zu essen. So betrat sie einen Bäckerladen. »Ich möchte ein Pfund Brot.«

»Hast du Geld?« fragte die Bäckersfrau, der das schäbige Gewand des Mädchens wenig Vertrauen einzuflößen schien.

Perrine legte ihr Fünffrancsstück auf den Ladentisch.

Ehe die Frau das verlangte Pfund Brot abschnitt, griff sie nach dem Geldstück und prüfte es. »Was soll das sein?« fragte sie und ließ die Münze auf die Marmorplatte des Ladentisches fallen.

»Sie sehen doch, daß es fünf Francs sind!«

»Wer hat dich hergeschickt, um mir dieses Geldstück anzuhängen?«

»Niemand. Ich möchte ganz einfach ein Pfund Brot.«
»Das wirst du nicht bekommen, und ich rate dir, dich so rasch wie möglich aus dem Staub zu machen, wenn du nicht willst, daß ich dich verhaften lasse.«
Perrine konnte sich nicht wehren. »Warum mich verhaften lassen?« stammelte sie.
»Weil du eine Diebin bist –«
»Oh, Madame!«
»Hast du nicht versucht, mir ein falsches Geldstück anzudrehen? Mach, daß du fortkommst, du Diebin und Landstreicherin! Oder warte nur, damit ich einen Polizisten holen kann!«

Perrine hatte ein gutes Gewissen. Eine Diebin war sie nicht, wenn sie auch nicht wußte, ob das Geldstück echt oder falsch war. Dagegen mußte sie zugehen, eine Landstreicherin zu sein, da sie ja weder ein Heim noch Angehörige besaß. Wie sollte sie sich verteidigen, wenn sie verhaftet würde?
Aber so groß auch ihre Furcht war, die ihr den Hals zuschnürte, so mußte sie doch an ihr Geld denken. »Wenn Sie mir kein Brot geben wollen, dann geben Sie mir wenigstens mein Geldstück zurück«, sagte sie und streckte die Hand aus.
»Damit du es anderswo anbringen kannst? Nein, nein, ich werde die Münze behalten. Wenn du sie willst, dann ruf einen Polizisten herbei, damit wir sie gemeinsam prüfen können. Inzwischen pack dich, und zwar schleunigst, du Diebin!«
Ein paar Vorübergehende waren auf das Geschrei der Bäckersfrau aufmerksam geworden. »Was ist denn los?« fragten sie.
»Dieses Mädchen wollte mir Brot stehlen.«
»So sieht sie auch aus.«
»Nie ist die Polizei zur Stelle, wenn man sie braucht.«
Entsetzt überlegte Perrine, ob sie sich nicht am besten davonmachte. Man ließ sie auch gehen, rief ihr aber Flüche und Schimpfwörter nach. Sie wagte nicht, Hals über Kopf davonzurennen oder zurückzuschauen, ob man sie verfolge.
Endlich, nach langen bangen Minuten, die ihr wie Stunden vorgekommen waren, befand sie sich auf freiem Feld, und trotz allem atmete sie erleichtert auf: Nicht verhaftet, keine Beschimpfungen mehr!
Freilich hätte sie hinzufügen müssen: Kein Brot und kein Geld mehr; und so wich schon nach kurzer Zeit ihr Gefühl der Erleichterung der Sorge um die Nahrung. Sie wußte aus eigener Erfahrung, daß der Hunger stärker ist als der größte Kummer, daß man nicht marschieren kann, ohne zu essen. Jetzt ohne das Fünffrancsstück, blieb ihr nur ein einziger Sou übrig, wie sollte sie dann für jeden Tag ihrer Wanderung Brot kaufen können? Wovon sollte sie leben?
Unwillkürlich schweifte ihr Blick nach beiden Seiten der Straße, wo sich im Scheine der sinkenden Sonne die Felder ausbreiteten: reifendes Korn, das grüne Kraut der Runkelrüben, Kohl, Luzerne

und Klee; nichts davon konnte man roh essen. Und selbst wenn die Felder voller reifer Melonen oder Erdbeeren gewesen wären, was hätte das genützt? Sie durfte ebensowenig Melonen und Erdbeeren anderer pflücken, wie sie das Mitleid der Vorübergehenden anflehen konnte, denn sie war keine Diebin und keine Bettlerin. Ach, wäre ihr doch nur ein Mensch begegnet, dem es nicht besser ging als ihr, so hätte sie ihn wenigstens fragen können, wie die Vagabunden ihr Leben fristen. Aber vielleicht gab es niemanden auf der Welt, der so unglücklich war wie sie.

Doch wenn auch ihr Körper von Müdigkeit zerschlagen und ihr Herz von Kummer schwer war, mußte sie dennoch weiterwandern und wußte nicht einmal, ob sich am Ziel eine Tür vor ihr öffnen würde. Und wie sollte sie dieses Ziel erreichen?

So traurig dieser schöne, strahlende Sommerabend ohne Windhauch und ohne Wölkchen am Himmel für sie war, lieblich und erquickend mußte er den andern erscheinen, den Dorfbewohnern, die sich vorm Hause sitzend über ihr Tagewerk freuten, den Arbeitern, die schon den Duft der Abendsuppe rochen, und sogar den Pferden, die ungeduldig dem Stalle zustrebten, um sich vor gefüllten Futterraufen auszuruhen.

Am Ende des Dorfes gelangte Perrine an die Kreuzung zweier großer Landstraßen. Nach den Angaben des Wegweisers führten beide nach Calais, die eine über Moisselles, die andere über Ecouen. Sie wählte den Weg über Ecouen.

7. Kapitel

Das Artischockenfeld

Weil Perrine müde war und ihre Füße schmerzten, entschloß sie sich, das letzte Tageslicht zu benützen, um einen Unterschlupf für die Nacht zu finden.
Sie brauchte gar nicht weit zu gehen, bis sie ein Plätzchen entdeckte, das ihren Wünschen entsprach. Als sie nämlich an einem Artischockenfeld entlangging, sah sie einen Bauern und eine Frau, die mit dem Einsammeln der Blütenköpfe beschäftigt waren. Sobald sie einen Korb gefüllt hatten, verluden sie ihn auf einen auf der Straße haltenden Wagen. Unwillkürlich blieb Perrine stehen, um ihnen bei der Arbeit zuzusehen.
In diesem Augenblick fuhr ein anderes Fuhrwerk heran, das von einem jungen Mädchen gelenkt wurde. »Ihr habt eure Artischocken schon geerntet?« rief sie dem Paar zu.
»Es ist nicht zu früh dafür«, erwiderte der Bauer. »Es ist kein Vergnügen, Nacht für Nacht hier draußen zuzubringen, um auf die Diebe aufzupassen. Nun kann ich mich doch wieder ruhig zu Bett legen.«
»Und Monneaus Feld?«
»Monneau glaubt, besonders schlau zu sein, und verläßt sich darauf, daß ihm sein Feld von den Nachbarn mitbewacht wird. Nun, durch mich geschieht das in dieser Nacht ganz sicher nicht. Ich müßte wirklich lachen, wenn sein Feld morgen leer wäre!«
Unter lautem Gelächter, das verriet, daß ihnen das Wohl jenes Monneau nicht sonderlich am Herzen lag, rüsteten sich die drei zur Heimfahrt. Gleich darauf entfernten sich die beiden Fuhrwerke.
Nun konnte Perrine von der verlassenen Landstraße aus den Unterschied zwischen den beiden Feldern wahrnehmen. Während auf dem einen nur noch die abgeernteten Stauden standen, trug das andere noch eine Fülle großer Blütenköpfe, die alle reif waren. Auf der zwischen beiden Feldern verlaufenden Grenzlinie stand eine kleine, aus Zweigen errichtete Hütte, in welcher der Bauer so

ungern seine Nächte zugebracht, und gleichzeitig mit der seinen auch die Ernte seines Nachbars bewacht hatte.
Beim Anblick dieser Hütte erwachte in Perrine sofort der Gedanke, sie als Unterschlupf für die Nacht zu benützen. Da die Hütte leer stand, konnte das kein Unrecht sein. Auch brauchte sie nicht zu befürchten, gestört zu werden, weil das Feld ja abgeerntet war.
Dennoch wagte sie es nicht, gleich von der Hütte Besitz zu ergreifen. Sie beschloß, das Feld erst zu überqueren, wenn es ganz dunkel geworden war. Bis dahin setzte sie sich auf das Gras des Straßenrandes. Erst als kaum mehr etwas unterschieden werden konnte und keinerlei Geräusch auf der Straße zu vernehmen war, huschte sie in gebückter Haltung zwischen den Artischockenstauden hindurch zur Hütte, die sie besser eingerichtet fand, als sie erwartet hatte. Ein gutes Strohlager bedeckte den Boden, und ein Bündel Schilf konnte als Kopfkissen dienen.
Seit Saint Denis war sie sich wie ein gehetztes Wild vorgekommen, und mehr als einmal hatte sie sich umgeschaut, ob sie nicht von Polizisten verfolgt würde. In der Hütte löste sich endlich diese

Spannung, und das Dach, das sie über sich hatte, gab ihr ein Gefühl von Sicherheit.

Aber jetzt merkte sie, daß sie Hunger hatte. Der Hunger war das Gefährliche in ihrer gegenwärtigen Lage. Wie sollte sie mit einem einzigen Sou in der Tasche während fünf oder sechs Tagen ihr Leben fristen?

Aber so ernst diese Frage auch war, Perrine wollte sich nicht von ihr niederdrücken lassen, sie mußte danach trachten, sich aufzuraffen. Hatte sie hier nicht ganz unvermutet eine Schlafkammer gefunden, obwohl sie noch kurz vorher geglaubt hatte, die Nacht auf der Landstraße oder an einen Baumstamm gelehnt zubringen zu müssen? Sollte es nicht möglich sein, daß sie am nächsten Tag etwas zu essen finden würde?

So streckte sie sich auf ihrem Strohlager aus und schob das Schilfbündel unter den Kopf. Die Wohltat, sich in solch friedlicher Stille ausruhen zu dürfen, half ihr über das Hungergefühl hinweg. Sie schloß die Augen und, wie sie das seit dem Tod ihres Vaters an jedem Abend getan hatte, ließ sie sein Bild aus der Erinnerung aufsteigen. An diesem Abend gesellte sich zum Bild des Vaters das der Mutter, die man ja an diesem schrecklichen Tag auf den Friedhof getragen hatte, und ihr war, als würden sich beide Eltern zu ihr herabneigen, wie sie es in ihrem Leben so oft getan hatten. Endlich fiel sie in Schlaf.

Aber so bleiern ihr die Müdigkeit auch in den Gliedern lag, sie konnte nicht ruhig schlafen. Von Zeit zu Zeit weckte sie das Rollen eines Wagens auf oder das Brausen eines vorüberfahrenden Eisenbahnzuges. Dann war es wieder ein unbekanntes Geräusch, das ihr Herzklopfen bereitete. Gleich darauf schlief sie wieder ein. Einmal glaubte sie, ein Wagen halte auf der Straße an.

Sie hatte sich nicht getäuscht. Ganz deutlich hörte sie ein Gemurmel unterdrückter Stimmen, und als sie sich auf die Knie aufrichtete, um durch eines der Löcher in der Hüttenwand hinauszuspähen, sah sie, daß tatsächlich am Ende des Feldes ein Wagen stand, und ihr schien – soweit sich das im blassen Licht der Sterne feststellen ließ – als ob Körbe vom Wagen herabgeworfen würden, die dann entgegengenommen und auf Monneaus Feld getragen wurden.

Was hatte das zu dieser nächtlichen Stunde zu bedeuten?
Noch ehe sie eine Antwort auf diese Frage gefunden hatte, entfernte sich das Fuhrwerk, worauf zwei Schatten im Artischockenfeld verschwanden. Dann hörte sie rasch geführte, scharfe Hiebe, als ob dort etwas abgeschnitten würde.
Und nun verstand sie, was das alles zu bedeuten hatte. Das waren Diebe! Sie schnitten die Blütenköpfe der Artischocken und häuften sie in den Körben auf, die der Wagen hergebracht hatte. Sicherlich würde er sie nach beendeter Ernte wieder abholen. Er war nur nicht auf der Straße stehengeblieben, damit nicht die Aufmerksamkeit zufällig Vorübergehender erregt würde.
Perrine konnte diesen Streich, der da Monneau gespielt wurde, nicht wie die Bauern als Spaß auffassen, sie war entsetzt, weil sie sofort erkannte, welcher Gefahr sie selbst ausgesetzt war. Was geschah mit ihr, wenn sie entdeckt wurde? Sie hatte schon oft erzählen hören, daß Diebe jeden töten, der sie überrascht oder stört und sie wiedererkennen könnte.
Wahrscheinlich wurde sie gar nicht entdeckt, weil ja die Hütte als verlassen galt, und aus diesem Grund hatten die Diebe diese Nacht gewählt, um Monneaus Artischocken zu stehlen. Was aber, wenn die Diebe ertappt, wenn sie verhaftet wurden? Würde man da nicht auch sie ergreifen? Wie hätte sie sich da verteidigen, wie beweisen können, daß sie nicht zu ihnen gehörte?
Der Schweiß brach ihr bei diesem Gedanken aus, und alles verschwamm vor ihren Augen, so daß sie nichts mehr um sich her zu unterscheiden vermochte, obwohl sie ständig die scharfen Hiebe der Messer vernahm, mit denen die Artischocken geköpft wurden. Das einzige, was sie einigermaßen beruhigte, war der Umstand, daß die Diebe mit einer solchen Hast arbeiteten, daß sie bald das ganze Feld geplündert haben mußten.
Aber sie wurden gestört. Man hörte aus der Ferne Räderrollen, die Diebe verbargen sich zwischen den Artischockenstauden. Sobald der Karren vorüber war, nahmen sie ihre Arbeit mit noch größerem Eifer wieder auf.
Die Hütte zu verlassen, wäre für Perrine nicht schwer gewesen, aber wohin hätte sie sich wenden sollen, um ihre Gegenwart den Dieben nicht durch ein Geräusch zu verraten? Schließlich beschloß sie, sich

wieder hinzulegen und schlafend zu stellen. So hatte sie scheinbar gar nichts gesehen, wenn die nächtlichen Arbeiter die Hütte betreten sollten.
Sie waren noch eine Weile mit ihrer Ernte beschäftigt, dann aber riefen sie mit einem Pfiff das Fuhrwerk herbei, luden in kürzester Zeit die Körbe auf und fuhren dann in Richtung Paris davon.
Hätte Perrine gewußt, wie spät es war, hätte sie ruhig noch bis zur Morgendämmerung schlafen können. So glaubte sie, es wäre das beste, sich gleich auf den Weg zu machen.
Auf dem Lande pflegt man zeitig aufzustehen. Wenn sie bei Tagesanbruch von einem Bauern gesehen würde, wie sie das geplünderte Feld verließ, ja, wenn man sie auch nur in der Umgebung träfe, könnte sie leicht in Verdacht kommen, zur Diebesbande zu gehören.
So huschte sie aus der Hütte hinaus, schlich wie die Diebe durch das Feld und erreichte die Landstraße. Mit eiligen Schritten nahm sie ihren Marsch wieder auf. Die Sterne verblaßten schon, und im Osten erhellte ein schwaches Licht die Dunkelheit der Nacht und kündete den Anbruch des Tages an.

8. Kapitel

Das Gewitter

Perrine brauchte nicht lange zu gehen, bis sich vor ihr Dächer, Schornsteine und ein Kirchturm in scharfen Umrissen vom bleichen Himmel abhoben. Als sie die ersten Häuser des Dorfes erreichte, trat sie unwillkürlich vorsichtiger auf. Doch wäre dies gar nicht notwendig gewesen, da mit Ausnahme der umherschleichenden Katzen noch alles schlief. Ihre Schritte weckten nur einige Hunde, die hinter den verschlossenen Toren bellten.

Sobald Perrine dieses schlafende Dorf hinter sich hatte, wurde sie ruhiger und ging langsamer, da sie nun schon so weit vom geplünderten Feld entfernt war, daß sie unmöglich beschuldigt werden konnte, zu den Dieben zu gehören. Es wäre ihr körperlich auch gar nicht möglich gewesen, dieses Tempo weiterhin beizubehalten. Sie litt unter einer ihr ganz fremden Mattigkeit und verspürte Schwindelgefühle. Sie mußte sich eingestehen, daß es Hunger war, was sie so schwächte.

Sie mußte sich eine Weile ausruhen. Als sie an einer frischgemähten Wiese vorüberkam, auf der das Gras zu Haufen aufgetürmt worden war, sprang sie über den Straßengraben und wühlte sich in einen der Schober hinein. Sie streckte sich aus, eingehüllt vom süßen Duft des Heus. Nichts bewegte sich auf der einsamen Wiese, kein Laut war vernehmbar, und in der Stille, in der behaglichen Wärme und im Wohlgeruch der getrockneten Kräuter schlief Perrine ein.

Als sie erwachte, stand die Sonne schon hoch am Himmel, und hier und da arbeiteten Männer, Frauen und Pferde. Ganz in ihrer Nähe waren Erntearbeiter beim Mähen eines Haferfeldes. Diese Nachbarschaft beunruhigte sie, aber sie merkte bald, daß man ihre Anwesenheit entweder gar nicht bemerkt hatte oder sich nicht um sie kümmerte. Nachdem sie einen günstigen Augenblick abgewartet hatte, konnte sie ungesehen auf die Landstraße zurückkehren.

Der Schlaf hatte sie erquickt, so daß sie ziemlich rüstig einige

Kilometer marschieren konnte, obwohl ihr nun der Hunger den Magen zusammenkrampfte. Als sie von der Höhe eines Hügels aus am gegenüberliegenden Hang die Häuser eines stattlichen Dorfes erblickte, entschloß sie sich, dort ein Stück Brot zu kaufen.
War es nicht besser, ihren letzten Sou auszugeben, als weiterhin Hunger zu leiden? Vielleicht kam ihr später ein glücklicher Zufall zu Hilfe. Sie prüfte ihren Sou aufmerksam, ob er auch wirklich echt sei, nur wußte sie leider nicht, wodurch sich die echten Sous von gefälschten unterschieden. Weil sie noch immer mit Schrecken an das in Saint Denis erlebte Abenteuer dachte, zögerte sie lange, ehe sie es wagte, in einen Bäckerladen zu gehen. »Würden Sie mir bitte für einen Sou ein Stück Brot abschneiden?« fragte sie.
Ohne zu antworten, reichte ihr der Bäcker ein Brötchen hin und tat den Sou in die Schublade. Aber statt es zu nehmen, sagte sie schüchtern: »Wenn Sie mir ein Stück Brot abschneiden wollten. Es braucht nicht frisch zu sein!«
»Dann nimm das.« Der Bäcker gab ihr einen kleinen Laib Brot, der schon ein paar Tage im Laden herumgelegen hatte.
Was schadet es, daß das Brot altbacken war? Es war dafür mindestens zweimal so groß wie ein Soubrötchen. Sobald sie es in der Hand hielt, lief ihr das Wasser im Mund zusammen. Aber so stark ihr Verlangen auch war, wollte sie es doch erst anschneiden, wenn sie das Dorf hinter sich hatte.
Kaum war sie an den letzten Häusern vorbei, als sie auch schon ihr Messer aus der Tasche zog. Sie zeichnete mit der Spitze der Klinge ein Kreuz über den kleinen Brotlaib, um ihn so in vier gleiche Stücke einzuteilen. Eines davon schnitt sie heraus, es sollte an diesem Tag ihre einzige Mahlzeit sein. Die drei anderen Teile wollte sie für die nächsten Tage aufsparen. Sie mußten ausreichen, bis sie in die Gegend von Amiens kam.
Diese Berechnung hatte Perrine auf ihrem Weg durch das Dorf angestellt. Aber kaum hatte sie dann einen Bissen ihrer Tagesration verschluckt, als sie auch schon einsehen mußte, daß selbst die stärksten Vernunftgründe der Welt keine Gewalt über den Hunger haben.
Mit wahrer Gier verschlang sie so das erste Viertel und nahm sich dabei vor, das zweite dann in ganz kleinen Bissen zu verzehren, um

recht lange daran zu haben. Aber auch dies wurde mit demselben Heißhunger verzehrt, und das dritte folgte dem zweiten, ohne daß Perrine sich beherrschen konnte. Sie schämte sich, trotzdem verschwand auch noch der letzte Teil.

Sie hatte noch keine fünfhundert Meter auf der staubigen Landstraße zurückgelegt, als sie sich schon heftige Vorwürfe machte. Sie fragte sich, was sie am nächsten Tag beginnen sollte, wenn sie wieder in solcher Weise vom Hunger angefallen würde und bis dahin kein Wunder eingetreten war.

Nun wurde sie vom Durst gequält. Der Tag war heiß, und es wehte ein starker Südwind, der ihr den Schweiß aus den Poren trieb und die Kehle austrocknete. Die Luft flimmerte, und in den Gräben unterhalb der Straßenböschungen hingen die roten Trichter der Winden und die blauen Blüten der Wegwarte welk an ihren erschlafften Stengeln.

Zuerst ließ sich Perrine durch den Durst nicht weiter beunruhigen. Das Wasser gehört ja allen. Wenn sie an einem Bach oder an einem Brunnen vorbeikommen würde, brauchte sie nur niederzuknien oder sich hinabzubeugen, um zu trinken, soviel sie nur wollte.

Sie befand sich gerade auf dem Plateau von Ile-de-France, einer Gegend ohne Fluß oder Bach, die von Korn- oder Haferfeldern bedeckt war. Nur da und dort wölbte sich ein von einem Kirchturm und weißen Häusern gekrönter Hügel empor.

Auch in dem kleinen Dorf, das sie nach Ecouen erreichte, sah sie sich umsonst nach einem Brunnen um, denn selten denkt man auch an den durstigen Wanderer. Man hat seinen Ziehbrunnen oder benutzt den des Nachbarn.
Perrine gelangte zu den letzten Häusern und wagte nicht, umzukehren und um ein Glas Wasser zu bitten. Sie hatte bemerkt, daß sie von den Leuten angestarrt worden war, sogar die Hunde hatten die Zähne gefletscht. Wenn sie einen Sack auf dem Rücken gehabt, etwas verkauft oder gekauft hätte, dann hätte man sich wohl kaum weiter um sie gekümmert. Aber da sie ohne Gepäck daherkam, mußte sie in den Augen dieser Leute eine Diebin sein, die eine günstige Gelegenheit auskundschaften wollte.
So mußte sie weiterwandern.
Aber bei dieser Hitze, in der über der weißen, baumlosen Straße flimmernden Glut, wo der Wind jeden Augenblick Staubwolken aufwirbelte, die sie einhüllten, wurde ihr Durst immer qualvoller. Fast am Ende ihrer Kräfte, kam ihr der Gedanke, kleine Kieselsteine in den Mund zu nehmen, um so ihrer Zunge wieder zu etwas Feuchtigkeit zu verhelfen.
Neuer Mut und neue Hoffnung belebten sie. Frankreich war schließlich keine wasserlose Wüste. Sie würde ganz sicher bald auf einen Bach, einen Tümpel oder einen Brunnen stoßen. Inzwischen hatte sich, obwohl die Hitze immer noch erstickend war und der Wind aus einem Backofen zu kommen schien, die Sonne seit einiger Zeit in Dunstschleier gehüllt, und als Perrine einmal zurückblickte, sah sie am Himmel eine ungeheure schwarze Wolke emporsteigen, die sich über den ganzen Horizont erstreckte. Ein Gewitter war im Anzug, das bestimmt Regen mit sich brachte, von dem sie dann trinken konnte, soviel sie nur zu trinken begehrte.
Da fegte plötzlich eine Windhose vorüber, legte das Getreide nieder, riß an den Büschen und wirbelte Staub, grüne Blätter, Stroh und Heu empor. Nach diesem Aufruhr hörte man von Süden her entferntes Donnerrollen, das sich ohne Unterbrechung von einem Ende des schwarzen Horizontes zum andern fortpflanzte.
Unfähig, diesem fürchterlichen Windstoß standzuhalten, hatte sich Perrine in den Straßengraben geworfen, das Gesicht mit den Händen bedeckend. Die Donnerschläge schreckten sie auf. Vom

Durst gepeinigt, hatte sie nur an den Regen gedacht. Doch nun war es ihr mit einemmal bewußt geworden, daß ein Gewitter nicht nur erquickendes Naß, sondern auch einschlagende Blitze und unter Umständen Wolkenbrüche und Hagel bringen kann.
Wo sollte sie in dieser kahlen Ebene Schutz finden? Wie ihre Kleider trocknen, wenn sie durchnäßt waren?
Sie sah in einer Entfernung von ungefähr zwei Kilometern den Rand eines Waldes, auf den die Straße zuführte. Vielleicht fand sie dort irgendwo einen Unterschlupf, einen Steinbruch oder eine Erdhöhle, wo sie sich verkriechen konnte. Sie mußte sich beeilen!
Die Dunkelheit verdichtete sich mit unheimlicher Schnelligkeit, ununterbrochen folgten sich die Donnerschläge, die oft von solcher Heftigkeit waren, daß Boden und Himmel zu erzittern schienen und von ihnen jede Bewegung und jeder andere Laut verschlungen wurde, als hätten sie alles Leben auf der Erde vernichtet.
Würde sie den Wald noch rechtzeitig erreichen? Sie rannte, so schnell es ihr keuchender Atem erlaubte. Wenn sie den Kopf zurückwandte, sah sie, wie die riesigen Wolken hinter ihr herjagten, wie Blitz und Donner sie verfolgten. Sie hatte zum Glück den Wind im Rücken und wurde von ihm mit solcher Gewalt

vorwärtsgetrieben, daß sie manchmal rennen mußte. Noch immer hatte das Wetter sie nicht erreicht.
Geschwächt, wie sie war, konnte Perrine solche verzweifelten Anstrengungen nicht lange aushalten. Sie war einer Ohnmacht nahe. Glücklicherweise hatte sie sich dem Wald bereits soweit genähert, daß sie die Bäume deutlich unterscheiden konnte.
Nur noch ein paar Minuten, dann würde sie den Schutz des Waldes erreicht haben. Diese Aussicht genügte, daß Perrine den Mut nicht völlig verlor. Wie oft hatte ihr der Vater gesagt, daß nur der Aussicht auf Rettung aus Gefahr habe, der bereit sei, im Kampf seine letzten Kräfte einzusetzen.
Ein Donnerschlag, noch viel gewaltiger und entsetzlicher als die vorigen, ließ sie erstarren. Das Gewitter hatte sie erreicht. Sie war noch keine zwanzig Schritte weitergegangen, als große, schwere Regentropfen auf sie niederklatschten. Doch es blieb bei diesen paar Tropfen, weil der Wind die Regenwolken wieder vertrieb.
Endlich erreichte sie den Wald. Es war jetzt so dunkel, daß sie kaum mehr die Hand vor den Augen erkennen konnte. Im blendenden Schein eines Blitzes glaubte sie ganz in der Nähe eine Hütte zu erkennen, zu der ein schlechter, von tiefen Räderspuren durchfurchter Weg führte. Aufs Geratewohl stürzte sie darauf zu. Neue Blitze zeigten ihr, daß sie sich nicht getäuscht hatte. Es war eine Hütte, die aus Reisigbündeln gebaut war.
Noch fünfzig Schritte, noch zehn, und Perrine war am Ziel. Erschöpft, am Ende ihrer Kräfte, fiel sie auf ein Lager aus Hobelspänen. Kaum war sie wieder zu Atem gekommen, als ein

entsetzliches Getöse den Wald erfüllte. Die großen Bäume, die frei dastanden, bogen sich unter der Gewalt des Sturmes, überall stürzten abgestorbene Äste mit dumpfem Ton zu Boden. Würde die Hütte wiederstehen oder schon im nächsten Augenblick weggefegt werden?

Perrine blieb keine Zeit, darüber nachzudenken. Denn zugleich mit dem Auflodern einer ungeheuren Flamme schleuderte ein wuchtiger Stoß das Mädchen geblendet und betäubt auf den Rücken.

Als Perrine wieder zu sich kam, betastete sie ihre Glieder, um sich zu überzeugen, ob sie noch heil wären. Dann sah sie durch die Öffnung in der Wand ganz in ihrer Nähe eine Eiche, in die der Blitz eingeschlagen hatte. Blendend hell flammte diese riesige Fackel durch die Dunkelheit. Von oben bis unten war die Rinde vom Stamm gesprengt und umhergeschleudert worden. Einige Stücke waren auch auf das Dach der Hütte gefallen.

Entsetzt und am ganzen Körper zitternd, erkannte Perrine, daß der Tod soeben an ihr vorübergegangen war, so nahe, daß sein Atem sie gestreift und zu Boden geworfen hatte. Als sie hinaussah, bemerkte sie, daß das Innere des Waldes sich trübte, sie hörte ein eigenartiges Brausen, viel lauter noch als das Brausen eines vorüberrasenden Eisenbahnzuges – Regen und Hagel prasselten auf den Wald nieder. Die Hütte krachte von oben bis unten, ihr Dach schwankte unter dem Anprall, stürzte jedoch nicht ein.

Schon floß das Wasser in Sturzbächen über das schiefe Dach, so daß Perrine, ohne naß zu werden, nur den Arm auszustrecken brauchte, um das erquickende Naß in ihrer hohlen Hand auffangen und ihren Durst löschen zu können.

Nun konnte sie ruhig abwarten, bis das Gewitter verrauscht war, denn da die Hütte den wütenden Stößen zu widerstehen vermocht hatte, würde sie auch die andern noch aushalten. Trotz des Gewitters, das mit seinen Blitzen und Donnerschlägen weiterwütete, des in Güssen niederstürzenden Regens, des entfesselten Sturmes, streckte sich Perrine auf den Hobelspänen aus und schlief mit einem Gefühl der Erleichterung und mit einem seit langem nicht mehr gekannten Vertrauen ein. Es war also wirklich wahr, daß nur der Aussicht auf Rettung aus der Gefahr hat, der bereit ist, im Kampf seine letzten Kräfte einzusetzen!

9. Kapitel

Vom Hunger besiegt!

Es donnerte nicht mehr, als Perrine erwachte. Ein feiner Regen nieselte unablässig auf den Wald herab. Es war nicht daran zu denken, den Weg fortzusetzen. Das war für sie weder beunruhigend noch unangenehm. Der Wald in seiner Einsamkeit und Stille schreckte sie nicht, und diese Hütte, die ihr Schutz gegeben hatte, war ihr schon lieb und vertraut. Wenn sie auch die Nacht hier zubringen mußte, machte es ihr nichts aus, hier hatte sie doch ein trockenes Lager und ein Dach über dem Kopf.
Sie wußte nicht, wie lange sie geschlafen hatte, und hatte keine Ahnung, wie spät es sein mochte. Aber das war auch unwichtig, sie würde es schon merken, wenn es Abend wurde.
Seit ihrer Abreise von Paris hatte sie weder Zeit noch Gelegenheit gehabt, an die Pflege ihres Äußeren zu denken. Nun hatte der vom Gewittersturm aufgewirbelte Straßenstaub sie vom Kopf bis zu den Füßen mit einer Staubkruste bedeckt, die ihr auf der Haut brannte. Deshalb entschloß sie sich, die günstige Waschgelegenheit zu benützen. Sie war ja ganz allein, der Graben, der rings um die Hütte lief, stand voll Wasser, und solange der Regen anhielt, brauchte sie keine Störung zu fürchten.
In ihrer Tasche befand sich außer der Landkarte und dem Trauschein der Mutter ein in Lumpen gewickeltes kleines Paket, das ein Stückchen Seife, einen Kamm, einen Fingerhut und Nähgarn mit einigen hineingesteckten Nadeln enthielt. Nachdem sie die Jacke, Schuhe und Strümpfe ausgezogen hatte, beugte sie sich über das im Graben fließende, klare Wasser und wusch sich Gesicht, Schultern und Füße gründlich mit Seife. Und wenn ihr zum Abtrocknen auch nur das kleine Tuch zur Verfügung stand, in das ihre Habseligkeiten eingewickelt waren, so war es doch besser als nichts.
Diese Reinigung verschaffte ihr ebensoviel Erquickung wie der gute Schlaf, dann kämmte sie sich sorgfältig und flocht ihr Haar zu

zwei großen, blonden Zöpfen, die sie über die Schultern hängen ließ. Hätte sie nicht der Hunger wieder zu quälen angefangen und hätten nicht Blasen ihre Füße bedeckt, hätte sie sich ganz behaglich gefühlt.

Gegen den Hunger wußte sie kein Mittel, denn wenn die Hütte auch ein Obdach gewährte, fand sich in ihr doch nicht die geringste Nahrung. Die Füße schmerzten, Perrine hoffte, die Härte der Schuhe weniger zu spüren, wenn sie die Löcher stopfte, die ihre Strümpfe während des Marsches bekommen hatten. Sofort machte sie sich an die Arbeit. Das dauerte lange und war schwierig, weil sie eigentlich Wolle gebraucht hätte und nichts anderes als Nähgarn besaß.

Diese Arbeit hatte noch einen andern Vorteil: Sie nahm Perrine so in Anspruch, daß sie ihren Hunger vergaß. Als sie fertig war, regnete es noch immer, und ihr Magen verlangte nur um so gebieterischer sein Recht. Ihr fiel ein, daß sie ein paar Birkenzweige essen könnte, die durch das Hüttendach gewachsen waren. Sie konnte sie leicht erreichen, wenn sie auf die Reisigbündel stieg. Als sie mit ihren Eltern gereist war, hatte sie beobachtet, daß in einigen Ländern die Rinde der Birke zur Herstellung von Getränken

verwendet wird. Sie wußte also, daß es kein giftiger Baum war. Aber konnte man davon essen?
Nun, sie wollte es wenigstens versuchen. Mit dem Messer schnitt sie einige belaubte Zweige ab und zerteilte sie in kurze Stücke, von denen sie eines zu kauen anfing. Aber das Holz war hart und schmeckte so bitter, daß sie unmöglich mehr als ein paar Stückchen hinunterwürgen konnte. Die Blätter brachte sie leichter hinunter.
Während Perrine sich gewaschen, gekämmt, ihre Strümpfe geflickt und die Birkenzweige zu essen versucht hatte, war viel Zeit vergangen. Nach kurzer Dämmerung brach die Nacht herein. Es regnete nicht mehr, weißer Nebel stieg aus dem nassen Boden empor. Nach wenigen Minuten war Perrine von Schweigen und Dunkelheit umgeben.
Obwohl sie sich längst mit dem Gedanken abgefunden hatte, hier zu übernachten, überkam sie nun doch ein Gefühl der Angst. Hätte sie doch nur einschlafen können! Aber daran hinderten sie ihre Phantasie und der vor Hunger schmerzende Magen.
Plötzlich fiel ihr ein, daß es in diesem Wald Wölfe geben könnte. Dieser Gedanke ließ ihr keine Ruhe mehr. Sie erhob sich, suchte einen kräftigen Stock und spitze ihn auf der einen Seite mit dem Messer zu. Dann schleppte sie Reisigbündel herbei und baute sich einen Schutzwall. Diese Vorsichtsmaßnahmen beruhigten sie. Nun würde sie sich wenigstens verteidigen können, den Mut dazu hatte sie. Als sie sich wieder auf ihrem Lager von Spänen ausgestreckt hatte, mit beiden Händen den Spieß umklammernd, schlief sie ein.
Vogelgesang weckte sie. Über den Reisigwall hinweg sah sie, daß ein schwaches Licht in die Dunkelheit des Waldes drang. Schwarz standen die Bäume und Sträucher vor dem Schimmer des anbrechenden, neuen Tages.
Kein Windhauch bewegte die regenschweren Blätter. Eine Weile lauschte Perrine dem Gesang der Vogelstimmen und überlegte dabei, ob sie schon aufstehen und ihre Wanderung fortsetzen sollte. Als sie dann, in der Morgenkühle fröstelnd, feststellte, daß ihr Kleid ganz durchnäßt war, gab es für sie kein Zaudern mehr. Sie durfte sich nicht erkälten. Um sich Bewegung zu verschaffen und sich so zu erwärmen, brachte sie zuerst die Reisigbündel an ihren alten Platz zurück, dann kämmte und wusch sie sich.

Unterdessen war die Sonne aufgegangen, und durch die Zweige der Bäume sah man den blauen, wolkenlosen Himmel. Der strahlende Morgen erfüllte Perrines Herz mit neuer Hoffnung, und wenn ihre wunden Füße auch sehr wehtaten, versuchte sie doch, rüstig auszuschreiten.

Nach dem Gewitter leuchteten die Wiesen und Bäume im frischen Grün, alle Wege waren reingewaschen. Aus den Feldern stiegen die Lerchen singend zum Himmel empor. Die ganze Ebene duftete nach Kräutern und Blumen. Perrines Phantasie entdeckte immer neue Möglichkeiten der Rettung: Vielleicht fand sie eine Geldbörse – ja, schon ein Sou würde genügen. Oder sie bekam Arbeit. So ging sie, die Augen suchend gesenkt. Aber vergeblich! Und es war dringend notwendig, daß sich ein glücklicher Zufall ereignete! Ihr war übel und schwindelig, kalter Schweiß bedeckte ihre Stirn. Als sie einmal am Rand eines Erbsenfeldes ausruhend stehenblieb, sah sie vier Mädchen, die unter der Aufsicht einer Bäuerin das Feld betraten, um mit der Ernte zu beginnen.

Perrine nahm ihren ganzen Mut zusammen, stieg über den Graben und trat auf die Bäuerin zu. Doch diese ließ sie nicht einmal zu sich herankommen. »Was willst du hier?« rief sie ihr entgegen.

»Ich suche Arbeit«, antwortete Perrine bescheiden.

»Ich brauche niemanden mehr.«

»Sie könnten mir dafür geben, was Sie wollten.«

»Wo kommst du her?«

»Aus Paris.«

Eines der Mädchen hob den Kopf, warf ihr einen bösen Blick zu und rief: »Seht die Landstreicherin! Kommt aus Paris, um anderen die Arbeit wegzunehmen!«

»Du hörst ja, daß ich dich nicht will«, fuhr sie die Bäuerin an.

So blieb Perrine nichts anderes übrig, als über den Graben zurückzusteigen und weiterzuwandern, was sie denn auch mit wehem Herzen und zitternden Gliedern tat.

»Siehst du die Polizisten kommen?« schrie ihr eines der Mädchen nach. »Vorwärts, bring dich vor ihnen in Sicherheit!«

Perrine schaute sich entsetzt um. Die Frau und die Mädchen brachen über den gelungenen Spaß in lautes Gelächter aus. Tränen traten Perrine in die Augen. Was hatte sie diesen Leuten getan, daß sie so grausam gegen sie waren? Für Landstreicher war es ebenso schwer, Arbeit wie Geld auf der Straße zu finden. Niedergeschlagen setzte sie ihren Weg fort.

Die Mittagshitze ließ ihre letzten Kräfte ganz erlahmen. Sie schleppte sich mühsam weiter. Nur, wenn sie durch Dörfer kam, riß sie sich zusammen und beschleunigte ihre Schritte, um den Blicken der Menschen zu entgehen.

Perrines Gedanken begannen zu wandern. Wozu sollte sie sich noch länger abquälen? Erschöpft, in Schweiß gebadet und halb ohnmächtig ließ sie sich am Straßenrand ins Gras niederfallen. Das war das Ende. Vater war tot, Mutter gestorben, nun kam die Reihe an sie. Sie fürchtete sich nicht davor. Nur eines schmerzte sie, daß sie nicht zusammen mit ihren Eltern hatte sterben dürfen. Wieviel Leid wäre ihr erspart geblieben! Wenigstens wollte sie nicht wie ein armes Tier in einem Straßengraben verenden!

Sie raffte sich mit letzter Kraft auf, um im nahen Wald ein stilles Plätzchen zu suchen, wo sie geschützt vor neugierigen Blicken für immer einschlafen konnte. Als sie die ersten Bäume erreichte, atmete sie auf. Schon nach wenigen Schritten gelangte sie auf eine kleine Waldwiese. Unter einem Busch streckte sich Perrine im Gras aus, den Kopf auf den Arm gelegt, wie sie es jeden Abend vor dem Einschlafen tat.

10. Kapitel

Ein Wiedersehen

Etwas Warmes, das ihr Gesicht berührte, weckte Perrine aus dem Schlaf. Erschreckt öffnete sie die Augen und sah undeutlich einen großen, behaarten Kopf über sich. Sie wollte sich entsetzt auf die Seite werfen: Da erkannte sie, daß es der Kopf eines Esels war. Das Tier leckte ihr mit seiner warmen, rauhen Zunge das Gesicht und die beiden zur Abwehr erhobenen Hände.

»Palikar!« Sie schlang die Arme um seinen Hals und küßte ihn unter Freudentränen. »Palikar, mein guter Palikar!«

Sobald er seinen Namen vernahm, hörte der Esel auf mit dem Lecken, hob den Kopf und stieß fünf oder sechs Freudenschreie aus, ein fürchterliches I-a-Gebrüll. Perrine sah nun, daß er kein Zaumzeug trug und nur seine Beine zusammengebunden waren. Als sie sich erhoben hatte, ihn um den Hals faßte und streichelte, während er seine langen Ohren zu ihr herunterneigte, hörte sie eine aufgebrachte Stimme rufen: »Was ist denn mit dir los, alter Kerl? Warte ein bißchen, ich komme ja schon, mein Junge!«

Gleich darauf waren eilige Schritte zu hören, und Perrine sah eine Gestalt herankommen, mit langen Beinkleidern und einer Bluse bekleidet, einen ledernen Kutscherhut auf dem Kopf und einer Pfeife zwischen den Zähnen, die ihr zurief: »He, was machst du mit meinem Esel?«

Perrine erkannte sofort La Rouquerie, die Lumpenhändlerin, in Männerkleidung, der sie vor dem Pferdemarkt Palikar verkauft hatte. Doch diese erkannte sie nicht. Voller Erstaunen sah die Händlerin das Mädchen an. »Du kommst mir bekannt vor«, sagte sie.

»Gewiß, Sie haben mir doch Palikar abgekauft.«

»Was? Ja, was machst denn du hier, Töchterchen?«

Perrine wollte antworten, aber eine Schwäche überfiel sie, so daß sie sich niedersetzen mußte. Ihre Blässe und die starren Augen waren deutlich genug. La Rouquerie war eine Frau von Erfahrung, die sich in den verschiedenen Formen des Elends auskannte. »Sie ist noch imstande, vor Hunger draufzugehen«, murmelte sie. Schnell verließ sie die Waldlichtung und lief zur Landstraße, wo ein kleiner Wagen stand, dessen Seiten mit Kaninchenbälgen behängt waren. Eilig öffnete sie eine Kiste, aus der sie einen Laib Brot, ein Stück Käse und eine Flasche nahm. Im Laufschritt kehrte sie damit zurück.

Perrines Zustand hatte sich nicht verändert.

»Warte, Töchterchen, warte«, sagte La Rouquerie, und kniete neben dem Mädchen nieder und hielt ihm die Flasche an die Lippen. »Nimm einen tüchtigen Schluck, das wird dir auf die Beine helfen!«

Wirklich, das Blut kehrte in das blasse Gesicht Perrines zurück.

»Du hast wohl hungern müssen?«

»Ja«, sagte Perrine kaum hörbar.

»Nun, dann mußt du jetzt essen. Aber schön langsam, warte ein bißchen.«

La Rouquerie schnitt Brot und Käse ab und reichte es Perrine. »Nur langsam, oder warte, ich werde mit dir essen, das wird dich zwingen, weniger zu hasten.« Das war zweifellos eine weise Maßnahme, denn schon hatte Perrine das Brot verschlungen.

Bis dahin hatte sich Palikar nicht gerührt und mit seinen großen

sanften Augen zugeschaut, was sich da zutrug. Als er nun sah, wie La Rouquerie neben Perrine niederkniete, ließ auch er sich neben ihr auf die Knie nieder.

»Der Spitzbube möchte natürlich auch ein Stück Brot haben«, sagte La Rouquerie.

»Darf ich ihm eines geben?«

»Eins, zwei, soviel du willst. Wenn keines mehr hier ist, habe ich noch mehr auf dem Wagen! Nur keine Bedenken, Töchterchen, er freut sich, dich wiederzusehen, der gute Kerl. Du weißt ja, was für ein guter Kerl er ist!«

»O ja!«

»Sobald du dein Brot gegessen hast, mußt du mir erzählen, wie du

halbverhungert in diesen Wald gekommen bist. Jetzt aber will ich dich nicht beim Essen stören!«
Trotz La Rouqueries Warnung war das Brot im Nu verschwunden.
»Möchtest du noch ein Stück?«
»Ja, gern!«
»Du wirst es aber erst bekommen, wenn du mir deine Geschichte erzählt hast, inzwischen kann das andere schön hinunterrutschen.«
So erzählte Perrine ihre Erlebnisse seit dem Tod ihrer Mutter. Als sie auf ihr Abenteuer in Saint Denis zu sprechen kam, nahm La Rouquerie ihre Pfeife aus dem Mund und bedachte die Bäckersfrau mit einem Schwall von Verwünschungen. »Sie ist eine gemeine Diebin, verstehst du!« rief sie. »Ich gebe keinem Menschen falsches Geld, weil ich mir auch kein falsches anhängen lasse. Aber sei nur ruhig, sie wird es mir wiedergeben müssen, wenn ich das nächstemal nach Saint Denis komme, oder ich hetze das ganze Stadtviertel gegen sie auf. Ich habe dort Freunde, auf die ich mich verlassen kann. Wir werden ihr schon einheizen.«
Als Perrine am Ende ihrer Erzählung angelangt war, fragte La Rouquerie: »Nun, meine Kleine, als du dich zum Sterben hinlegtest, wie war dir da zu Mute?«
»Ich war sehr traurig; aber dann habe ich an meine Eltern gedacht. Mit der Hoffnung, sie bald wiederzusehen, schlief ich endlich ein.«
»Es ist schon sonderbar, daß ausgerechnet die Hitze, die dich beinahe umgebracht hätte, deine Rettung war. Denn wenn es nicht so heiß gewesen wäre, hätte ich hier nicht angehalten, um Palikar etwas ausruhen zu lassen. Was willst du nun tun?«
»Meinen Weg fortsetzen.«
»Womit wirst du morgen deinen Hunger stillen? Wahrhaftig, man muß schon so jung sein wie du, um sich derartig kopflos in Abenteuer zu stürzen.«
»Was soll ich denn tun?«
La Rouquerie tat ein paar tiefe Züge aus ihrer Pfeife, während sie überlegte. Dann antwortete sie: »Jetzt paß einmal auf. Ich fahre bis nach Creil, nicht weiter. In den Dörfern und Städten, die an meinem Weg oder in der Nähe liegen, in Chantilly und in Senlis, kaufe ich meine Ware ein. Du kommst mit mir. Ruf einmal, wenn

du Kraft genug hast: ›Wer hat Kaninchenbälge, Lumpen und altes Eisen zu verkaufen?‹«

Willig kam Perrine der Aufforderung nach.

»Ausgezeichnet«, nickte La Rouquerie befriedigt. »Du hast eine helle Stimme. Und da ich es ein bißchen im Hals habe, wirst du mir das Ausrufen abnehmen und dir damit dein Brot verdienen. In Creil kenne ich einen Eierhändler, der bis nach Amiens kommt, um Eier einzukaufen. Ich werde ihn bitten, dich in seinem Wagen mitzunehmen. Sobald du in Amiens bist, kannst du bis zum Wohnort deiner Verwandten die Eisenbahn benützen.«

»Aber ich habe doch kein Geld!«

»Du bekommst fünf Francs von mir als Ersatz für das Geld, das dir die Bäckersfrau gestohlen hat. Sie wird es mir zurückgeben, darauf kannst du dich verlassen!«

11. Kapitel

Eine neue Freundin

Es nahm alles seinen planmäßigen Verlauf. Eine Woche lang begleitete Perrine die Lumpenhändlerin durch alle Dörfer, die in der Nähe des Waldes von Chantilly liegen, und als sie dann Creil erreichten, schlug La Rouquerie dem Mächen vor, doch für immer bei ihr zu bleiben. »Deine Stimme eignet sich ausgezeichnet für den Lumpenhandel. Du könntest mir behilflich sein und hättest ein gutes Auskommen dabei.«
»Vielen Dank, aber das ist leider nicht möglich.«
Als La Rouquerie einsah, daß diese Aussicht für Perrine zu wenig Anreiz besaß, versuchte sie es auf andere Weise: »Dann brauchst du Palikar nicht zu verlassen!«
Perrine schüttelte traurig den Kopf. »Ich möchte es schon, aber ich muß zu meinen Verwandten gehen.«
»So? Haben sie dir vielleicht wie der Esel dein Leben gerettet?«
»Wenn ich nicht hinginge, wäre ich meiner Mutter ungehorsam.«
»Dann geh in Gottes Namen! Aber wenn du es eines Tages bereust, mein Angebot zurückgewiesen zu haben, dann bist du selber schuld.«
»Glauben Sie mir, ich werde immer voller Dankbarkeit an Sie denken.«
Wenn es La Rouquerie auch bedauerte, von Perrine eine abschlägige Antwort erhalten zu haben, hielt sie das doch nicht zurück, ihren Freund, den Eierhändler, zu bitten, das Mädchen auf dem Wagen bis in die Gegend von Amiens mitzunehmen. So hatte Perrine einen ganzen Tag lang das Vergnügen, auf Stroh gebettet und unter einem schützenden Segeltuchdach auf der Landstraße dahinzurollen, anstatt den Weg zu Fuß zurücklegen zu müssen.
In Essentaux übernachtete sie in einer Scheune, und am nächsten Tag, einem Sonntag, löste sie im Bahnhof von Ailly eine Fahrkarte nach Picquigny. Diesmal wurde ihr Fünffrancsstück weder zurückgewiesen noch weggenommen, und mit der Fahrkarte erhielt sie

noch zwei Francs fünfzehn Sous zurück. Um elf Uhr kam sie in Picquigny an.
Perrine hatte die Tage ihres Beisammenseins mit La Rouquerie benützt, um ihre Kleider wieder herzurichten, ihre Unterwäsche zu waschen und sich ein Halstuch zu nähen. In Ailly hatte sie am Fluß eine gründliche Reinigung vorgenommen. So verließ sie nun sauber und gutgelaunt den Zug.
Das erste Dorf, das sie erreichte, war Saint-Pipoy, von wo aus der mit Weiden eingefaßte Weg mitten durch die Torfmoore nach Maraucourt führte. Es war alles so, wie es ihr der Vater immer wieder geschildert hatte.
Auf diesem Weg holte Perrine ein etwa gleichaltriges Mädchen ein, das am Arm einen schweren Korb schleppte und damit nur langsam vorwärts kam. Perrine faßte sich ein Herz und redete das Mädchen an: »Das ist doch der richtige Weg nach Maraucourt?«
»Gewiß, nur immer geradeaus!«
»Oh, immer geradeaus«, sagte Perrine lächelnd. »Der Weg scheint mir nicht eben gerade zu sein.«
»Wenn du fürchtest, dich zu verirren, komm nur mit mir. Ich gehe auch nach Maraucourt.«
»Sehr gern, wenn ich dir helfen darf, den Korb zu tragen.«
»Ich sage nicht nein, er ist tatsächlich schwer.« Mit einem Seufzer der Erleichterung stellte sie den Korb auf die Straße. »Bist du denn aus Maraucourt?«

»Nein«, antwortete Perrine. »Und du?«
»Natürlich bin ich von dort.«
»Arbeitest du in den Fabriken?«
»Freilich, wie alle Leute. Ich bin an der Spulmaschine beschäftigt.«
»Was ist denn das?«
»Wenn du nichts von Spulmaschinen weißt, also in den Webereien. Wo kommst du denn her?«
»Aus Paris.«
»Und in Paris weiß man nichts von Spulmaschinen? Das ist komisch. Nun, es sind Maschinen, an denen der Faden für die Weberschiffchen hergerichtet wird.«
»Wird man gut dafür bezahlt?«
»Der Taglohn beträgt zehn Sous.«
»Ist die Arbeit schwer?«
»Nein, gar nicht. Man muß nur gut aufpassen und flink sein. Möchtest du dort angestellt werden?«
»Sehr gern, wenn man mich brauchen kann.«
»Natürlich wird man dich nehmen. Man stellt jeden ein, der sich meldet. Wo sollten sie sonst die siebentausend Arbeiter auftreiben, die in den Werkstätten beschäftigt sind? Du brauchst dich nur morgen um sechs Uhr am Schalter zu melden. Genug geschwatzt. Ich darf nicht zu spät kommen.«
Damit faßte sie den Henkel ihres Korbes an der einen Seite, Perrine an der andern, und sie machten sich im Gleichschritt auf den Weg. Jetzt konnte Perrine etwas von den Dingen erfahren, die ihr so wichtig waren.
»Bist du in Maraucourt geboren?« nahm Perrine das Gespräch wieder auf.
»Gewiß, und meine Mutter auch. Mein Vater war aus Picquigny.«
»Ist dein Vater gestorben?«
»Ja, die Mutter auch. Ich wohne bei meiner Großmutter, die einen Laden hat. Sie heißt Madame Françoise.«
»Ah, Madame Françoise!«
»Wie? Kennst du sie denn?«
»Nein – das nicht. Ich glaube aber, den Namen schon einmal gehört zu haben.«
»Das ist wohl möglich. Man kennt sie weitherum wegen ihres

Ladens; aber man spricht noch mehr von ihr, weil sie die Kinderfrau des Herrn Edmund Paindavoine gewesen ist. Das ist auch der Grund, weshalb sich die Leute an sie wenden, wenn sie ein Anliegen an Herrn Vulfran Paindavoine haben.«

»Erreicht sie denn bei ihm, was die Leute wünschen?«

»Manchmal ja, manchmal auch nicht. Herr Vulfran ist nicht immer guter Laune.«

»Aber wenn sie die Kinderfrau des Herrn Edmund gewesen ist, warum wendet sie sich denn nicht an ihn?«

»Warum? Weil Herr Edmund Paindavoine gar nicht da ist. Der hat das Land schon vor vielen Jahren verlassen, ich war damals noch gar nicht geboren. Er ist nie wieder zurückgekehrt. Er hat sich mit seinem Vater überworfen. Wegen einer geschäftlichen Angelegenheit. Er wurde nach Indien geschickt, um Jute zu kaufen. Aber wenn du nicht weißt, was eine Spulmaschine ist, wirst du auch nichts von Jute wissen.«

»Ist das ein Gras?«

»Eine Hanfart, die in Indien geerntet wird und die man in den Fabriken von Maraucourt spinnt, webt und färbt. Mit Jute hat Herr Vulfran Paindavoine sein Vermögen gemacht. Weißt du, er ist nicht immer reich gewesen. Als er anfing, ist er selber mit seinem Karren gefahren, hat den Leuten das Garn gebracht und die Gewebe abgeholt, die sie auf ihren Webstühlen angefertigt haben. Ich erzähle dir das, weil er selber kein Geheimnis daraus macht. – Aber wollen wir jetzt nicht einmal mit dem Tragen wechseln?«

»Wenn du willst – wie heißt du eigentlich?«

»Rosalie. Und wie ist dein Name?«

Da Perrine ihren wahren Namen nicht nennen wollte, nannte sie einen, der ihr eben einfiel: »Aurèlie.«

Als sie nach einer kurzen Rast ihre Wanderung wieder aufnahmen, fuhr Perrine zu fragen fort: »Du hast vorhin gesagt, Herr Edmund Paindavoine habe sich mit seinem Vater überworfen.«

»Das stimmt auch. Und als er in Indien war, da ist es zwischen ihnen zu einem noch größeren Streit gekommen, weil sich dort Herr Edmund mit einer Indierin verheiratet hat.«

»Warum hätte er das nicht tun dürfen?«

»Weil Herr Vulfran seinem Sohn eine Tochter aus der vornehmsten

Familie der ganzen Pikardie zur Frau ausgesucht hatte. Damit dieses Fräulein standesgemäß wohnen konnte, hat er ein Schloß gebaut, das viele Millionen gekostet hat. Trotzdem hat sich Herr Edmund nicht von seiner indischen Frau trennen wollen, und so haben sich Vater und Sohn ganz verfeindet. Man weiß nicht einmal, ob Herr Edmund noch lebt oder ob er gestorben ist. Die einen sagen dies, die andern behaupten das Gegenteil; aber Gewisses weiß niemand, da seit Jahren keine Nachricht mehr gekommen ist. So sagt man wenigstens, denn Herr Vulfran spricht mit keinem Menschen darüber, und auch seine Neffen reden nicht davon.«

»Herr Vulfran hat Neffen?«

»Zwei. Herr Theodor Paindavoine ist der Sohn seines Bruders und Herr Casimir Bretoneux der Sohn seiner Schwester. Sie helfen ihm beide bei der Leitung des großen Betriebes. Wenn Herr Edmund nicht mehr zurückkommt, werden später alle Fabriken und das ganze Vermögen ihnen gehören.«

»Sonderbar.«

»Sag lieber, daß es traurig wäre, wenn Herr Edmund nicht zurückkäme.«

»Meinst du für seinen Vater?«

»Ich habe nicht an ihn, sondern an die vielen Menschen gedacht, die in den Fabriken von Maraucourt ihr Brot verdienen. Man weiß nicht, wie es wird, wenn die beiden Neffen das Sagen haben. Aurèlie, kommen deine Eltern auch nach Maraucourt?«

»Ich habe keine Eltern mehr.«

»Weder Vater noch Mutter?«

»Weder Vater noch Mutter.«

»Dann geht es dir wie mir. Aber ich habe doch noch meine Großmutter, die es gut mit mir meint. Und wenn sie nicht auf meine Onkel und Tanten Rücksicht nehmen müßte, würde sie noch mehr für mich tun. Wenn es auf sie ankäme, müßte ich nicht in der Fabrik arbeiten und dürfte ihr im Laden helfen. Warum kommst du nach Maraucourt?«

»Man sagte mir, daß ich dort vielleicht Arbeit finden würde. Statt meine Verwandten aufzusuchen, dachte ich, es sei vielleicht klüger, wenn ich mich erst in Maraucourt umsehe. Man weiß ja nie, wie man von Verwandten, die man nicht kennt, aufgenommen wird.«

»Da hast du recht. Bleib du nur hier. Du findest ganz gewiß eine Beschäftigung in den Fabriken. Zehn Sous sind kein großer Lohn; aber mit der Zeit wirst du es bis auf zweiundzwanzig Sous bringen. Und nun möchte ich dich noch etwas fragen. Wenn du nicht willst, brauchst du mir nicht zu antworten. Hast du Geld?«
»Ein wenig.«
»Nun, dann kannst du, wenn du einverstanden bist, bei Mutter Françoise wohnen. Das wird dich, bei Vorausbezahlung, achtundzwanzig Sous in der Woche kosten.«
»Soviel kann ich bezahlen.«
»Natürlich kannst du für dieses Geld kein eigenes Zimmer bekommen. Ihr schlaft zu sechst in einer Kammer. Aber du hättest doch dein eigenes Bett, deine Bettücher und deine Decke. Das haben nicht alle.«
»Ich bin gern damit einverstanden.«
»Weißt du, bei meiner Großmutter wohnen nicht nur Leute, die achtundzwanzig Sous in der Woche bezahlen. Wir haben in unserem neuen Haus auch schöne Zimmer für die Herren, die in der Fabrik angestellt sind. Da ist einmal Herr Fabry, der Konstruktionsingenieur, Herr Mombleux, der Rechnungschef und Herr Bendit, der die Korrespondenz mit dem Ausland besorgt. Übrigens ist Herr Bendit ein Engländer.«
»Ich kann auch Englisch sprechen«, sagte Perrine.
»Wie? Du sprichst Englisch?«
»Meine Mutter war eine Engländerin.«
»Ach so, nun, dann verstehe ich. Herr Bendit wird sich freuen, mit dir plaudern zu können, und noch lieber wäre es ihm, wenn du alle Sprachen verstündest. Du mußt nämlich wissen, daß er zu seiner Erholung an Sonntagen in einem Buch liest, in dem das Vaterunser in fünfundzwanzig verschiedenen Sprachen gedruckt ist. Und wenn er es zu Ende gelesen hat, fängt er gleich wieder von vorn an, und so an jedem Sonntag. Aber er ist trotzdem ein netter Herr.«

12. Kapitel

Ankunft in Maraucourt

»Nun kommen wir nach Maraucourt«, sagte Rosalie. »Da drüben kannst du schon Herrn Vulfrans Schloß sehen.«
Und richtig, zwischen den alten, die Straße säumenden Bäumen hindurch erblickte Perrine inmitten eines ausgedehnten Parkes ein prächtiges Schloß mit drei Flügeln. Es war aus weißen Quadern und roten Backsteinen gebaut und bot mit seinen hohen Giebeldächern und schlanken Schornsteinen einen überwältigenden Anblick.
»Nicht wahr, es gefällt dir?« fragte Rosalie stolz.
»Es ist wirklich sehr schön«, antwortete Perrine.

»Hier wohnt Herr Vulfran ganz allein mit ein paar Hausangestellten; denn die Gärtner, die Stallknechte und die Kutscher sind in den Wirtschaftsgebäuden am Parkende, beim Dorfeingang, untergebracht. Dort siehst du auch zwei Schornsteine, die weniger hoch sind als die der Fabriken. Sie gehören zu den Maschinen, mit denen der elektrische Strom für die Beleuchtung des Schlosses erzeugt wird, und zu den Dampfkesseln der Heizung für das Schloß und die Gewächshäuser. Ach, und wie schön ist es erst drinnen im Schloß! Überall funkelt es nur so von Gold. Man sagt, daß die beiden Neffen von Herrn Vulfran auch im Schloß wohnen möchten, doch davon will er nichts wissen. Er ist am liebsten ganz für sich allein.«
Während die beiden Mädchen zum Schloß hinüberschauten, hatten sie den Korb abgestellt. Nun nahmen sie ihn wieder auf. Schon nach wenigen Schritten hatten sie dann die gesamten Fabrikanlagen vor sich. Für Perrine war es ein Durcheinander von Gebäuden und ein Wald von schwarzen Schornsteinen, die sich um einen riesigen massigen Kamin scharten.
»Weil heute Sonntag ist, siehst du aus keinem einzigen Kamin Rauch aufsteigen«, erklärte Rosalie. »Am Sonntag wird hier nirgends gearbeitet. Herr Vulfran würde es niemals zulassen.«
Und nun langten sie auch schon bei den ersten Häusern des Dorfes an. »Da sind wir«, sagte Rosalie und deutete mit der freien Hand auf ein kleines, aus Backsteinen erbautes Haus. Durch ein hölzernes Tor in der Hecke gelangten sie in einen Hof, in dem ein paar kümmerliche Apfelbäume standen.
Auf das Knarren des Tores hin erschien eine noch junge Frau in der Haustür und rief: »Beeil dich doch, du Faulenzerin! Du könntest schon längst zurück sein. Das ist doch keine Strecke, nach Picquigny! Wer weiß, wo du dich wieder herumgetrieben hast!«
»Das ist meine Tante Zénobia«, flüsterte Rosalie. »Mit ihr ist es schwer auszukommen.«
»Was gibt es da zu zischeln?«
»Ich sagte nur, daß ich noch immer nicht hier wäre, wenn mir nicht jemand geholfen hätte, den Korb zu tragen.«
»Halt lieber den Mund!«
Bei diesen in keifendem Ton geschrienen Worten kam eine zweite Frau an die Tür. »Was gibt es denn da zu zanken?« fragte sie.

»Ach, Großmutter, Tante Zénobia wirft mir vor, ich sei zu spät heimgekommen. Überzeug dich selbst, wie schwer der Korb ist!«

»Schon gut, schon gut«, sagte die Großmutter begütigend. »Stell nur den Korb ab und hol dein Essen. Ich habe es auf dem Herde warmgestellt.«

»Warte hier im Hof auf mich«, wandte sich Rosalie an Perrine. »Ich bin gleich wieder zurück, dann essen wir zusammen. Geh, kaufe dir dein Brot, der Bäcker wohnt im dritten Haus links. Beeil dich!«

Als Perrine zurückkam, fand sie Rosalie an einem Tisch sitzen, der im Schatten eines Apfelbaumes stand. Auf dem Tisch sah Perrine zwei mit Kartoffelbrei gefüllte Teller.

»Setz dich«, sagte Rosalie, »jetzt wollen wir mein Essen miteinander teilen.«

»Aber –«

»Kein Aber, ich habe Mutter Françoise gefragt, und sie ist einverstanden.«

Nun zögerte Perrine nicht länger und nahm am Tisch Platz.

»Ich habe sie auch schon wegen deines Schlafplatzes gefragt«, fuhr Rosalie fort. »Es ist alles in Ordnung. Du mußt Mutter Françoise nur deine achtundzwanzig Sous geben. Da drüben wirst du wohnen.« Sie zeigte mit dem Finger auf ein im hintern Teil des Hofes stehendes baufälliges Gebäude mit Lehmwänden. »Dort wohnte Mutter Françoise, ehe sie mit dem Geld, das sie als Herrn Edmunds Kinderfrau verdient hat, das Vorderhaus bauen lassen konnte, in dem sich auch der Laden befindet und wo die Herren ihre Zimmer haben. Du wirst es dort drüben nicht so schön haben.«
An einem andern Tisch, der nicht weit von ihrem stand, saß ein ungefähr vierzigjähriger Mann, ganz in die Lektüre eines kleinen Buches vertieft.
»Das ist Herr Bendit, er liest sein Vaterunserbuch«, flüsterte Rosalie. Dann plötzlich, ohne auf sein eifriges Lesen Rücksicht zu nehmen, wandte sie sich an ihn mit den Worten: »Herr Bendit, hier ist ein Mädchen, das Englisch sprechen kann.«
»So«, sagte er, ohne aufzusehen. Erst nach etwa zwei Minuten hob er den Kopf und schaute Perrine an. »Are you an English girl?« fragte er.
»No Sir, but my mother was.«
Ohne ein weiteres Wort steckte Herr Bendit die Nase wieder in sein Buch.

Die Mädchen hatten eben ihre Mahlzeit beendet, als von der Straße her das Räderrollen eines leichten Wagens zu vernehmen war, der nun hinter der Hecke auftauchte und vor dem Tor anhielt.
»Herr Vulfran!« rief Rosalie und sprang auf.
Von ihrem Platz aus sah Perrine, wie Rosalie das Tor öffnete und auf die Straße hinaustrat. Zwei Männer saßen im leichten Gefährt, ein junger, der kutschierte, und ein Greis mit weißem Haar und blassem Gesicht: Herr Vulfran Paindavoine.
Inzwischen hatte sich Rosalie dem Wagen genähert. »Es ist jemand da«, bemerkte der Kutscher, der dabei war auszusteigen.
»Wer ist es?« erkundigte sich Herr Paindavoine.
»Ich bin es, Rosalie«, antwortete das Mädchen selbst.
»Dann sag deiner Großmutter, sie möge herauskommen, weil ich mit ihr zu sprechen habe.«
Rosalie lief eilig ins Haus und kehrte gleich darauf mit der Großmutter zurück. Die Frau machte am Wagen einen höflichen Knicks. »Schönen guten Tag, Herr Vulfran.«
»Guten Tag, Françoise.«
»Womit kann ich Ihnen dienen, Herr Vulfran?«
»Es handelt sich um Ihren Bruder Omer. Ich war in seinem Haus, dort habe ich nur seine betrunkene Frau angetroffen, die völlig unfähig war, mir eine Auskunft zu geben.«
»Omer ist in Amiens. Er kehrt heute abend zurück.«
»Dann sagen Sie ihm, es sei mir zu Ohren gekommen, daß er die Absicht habe, seinen Tanzsaal an liederliches Gesindel zu vermieten, und daß ich unter keinen Umständen gewillt sei, meine Einwilligung zu dieser Veranstaltung zu geben.«
»Wenn aber schon alles vereinbart wäre?«
»Dann sind die Vereinbarungen eben rückgängig zu machen, wenn er nicht will, daß ich ihn vor die Tür setze. Ich habe das für unser Mietverhältnis ausbedungen und werde daran festhalten. Ich dulde bei uns keine derartigen Veranstaltungen.«
»Es sind aber doch auch welche in Flexelles abgehalten worden?«
»Flexelles ist nicht Maraucourt. Ich will nicht, daß die Leute hier das werden, was die Flexeller sind. Ich betrachte es als meine Pflicht, über sie zu wachen. Ihr seid keine Auswärtigen. Bleibt, was

ihr seid. Das ist mein Wille. Setzen Sie Omer davon in Kenntnis. Leben Sie wohl, Françoise!«

»Adieu, Herr Vulfran!«

Er langte in seine Westentasche: »Wo ist Rosalie?«

»Hier bin ich, Herr Vulfran.«

Er streckte seine Hand aus, in der ein Zehnsousstück glänzte. »Das ist für dich.«

»Oh, vielen Dank, Herr Vulfran!«

Der Wagen fuhr davon.

Perrine hatte jedes Wort des zwischen Herrn Vulfran und Mutter Françoise geführten Gespräches verstanden; aber noch mehr Eindruck als das, was gesprochen worden war, hatte ihr das Gebieterische im Wesen Herrn Vulfrans gemacht. »Ich dulde bei uns keine derartigen Veranstaltungen. – Das ist mein Wille.« Noch nie hatte sie jemanden in solchem Ton sprechen hören, durch den eindeutig klar der unbeugsame Wille dieses Mannes zur Geltung gebracht wurde. Wie merkwürdig, daß die unsicheren, fast tastenden Gebärden, mit denen er seine Rede begleitete, so wenig mit diesem Willen in Einklang standen!

Mit freudestrahlendem Gesicht kam Rosalie zurück. »Herr Vulfran hat mir zehn Sous geschenkt!« rief sie und zeigte das Geldstück.
»Ich habe es gesehen«, erwiderte Perrine.
»Ein Glück, daß Tante Zénobia nichts davon weiß, sie nähme mir das Geld weg, um es für mich aufzuheben.«
»Es schien, als ob er dich gar nicht kennte.«
»Wie! Er sollte mich nicht kennen, er ist doch mein Pate!«
»Er hat aber doch, während du dicht neben ihm standest, gefragt, wo du wärest.«
»Ach, das fragte er, weil er nichts sieht.«
»Er sieht nichts?«
»Ja, weißt du denn nicht, daß er blind ist?«
»Blind?« Ganz leise wiederholte sie das Wort. »Ist er denn schon lange blind?«
»Es ist schon sehr lange her, daß seine Sehkraft abnahm, man schenkte dem aber zuwenig Beachtung, weil man dachte, es sei die Folge des Kummers über die Abwesenheit seines Sohnes. Er, der früher immer gesund war, wurde kränklich, hatte Brustentzündungen, von denen ein Husten zurückblieb, und eines Tages konnte er plötzlich nichts mehr sehen, konnte weder lesen noch sich allein zurechtfinden. Denke dir, wie hier alle darüber beunruhigt waren, als es hieß, daß er wohl seine Fabriken verkaufen müßte. Aber es ist nicht dazu gekommen. Er hat seine Arbeit fortgesetzt, als ob er noch seine gesunden Augen hätte. Und jene, die bereits damit gerechnet hatten, nun selbst die Herren zu spielen, haben eine Enttäuschung erlebt. Es waren« – fügte sie leiser hinzu – »es waren seine beiden Neffen und Herr Talouel, der Direktor.«
Da rief Tante Zénobia vom Haus her: »Rosalie, willst du wohl endlich hereinkommen, du faules Geschöpf!«
»Ich bin gleich mit dem Essen fertig.«
»Es sind Leute da, die bedient werden wollen.«
»Da muß ich dich verlassen!« Und mit langsamen Schritten, bedauernd, nicht draußen bleiben zu können, begab sie sich in das Haus.

Perrine beschloß, auf einem Spaziergang die Gegend näher kennenzulernen. Als sie dann ins Dorf zurückkehrte, wurden hinter den Fensterscheiben der Häuser schon die Lichter angezündet.

Auf der Schwelle des Hauses, an den Türpfosten gelehnt, saß Rosalie und genoß die Abendkühle. »Willst du schon schlafen gehen?« fragte sie.

»Ich möchte gern.«

»Dann will ich dich begleiten. Doch vorher mußt du noch mit Mutter Françoise sprechen, komm, wir gehen zu ihr in den Laden.«

Die Angelegenheit war schon vorher zwischen der Großmutter und ihrer Enkelin geregelt worden, so daß nur noch die achtundzwanzig Sous bezahlt werden mußten. Perrine legte das Geld auf den Ladentisch und hatte noch zwei Sous für die Beleuchtungskosten zu zahlen.

»Du willst dich also in dieser Gegend niederlassen, meine Kleine?« fragte Mutter Françoise freundlich.

»Wenn es möglich ist.«

»Es wird möglich sein, wenn du arbeiten willst.«

»Etwas anderes verlange ich nicht.«

»Dann wird es schon werden. Du wirst auch nicht immer nur zehn Sous bekommen, bald wirst du einen, später sogar zwei Francs verdienen. Wenn du älter bist, wirst du einen tüchtigen Arbeiter heiraten, der drei Francs verdient, so daß ihr zusammen hundert Sous am Tag haben werdet. Damit ist man reich – wenn man nicht trinkt! Fang nur nicht mit dem Trinken an. Was für ein Glück, daß Herr Vulfran den Bewohnern dieser Gegend zur Arbeit verhilft. Wir haben wohl Land, aber es vermag nicht alle zu ernähren.«

Während die alte Kinderfrau mit Perrine sprach, langte Rosalie ein paar neue Bettücher aus einer Schublade hervor. Wenn sie auch nur aus gelber Packleinwand bestanden, freute sich Perrine doch unsäglich darauf, sich zum Schlafen wieder einmal ausziehen zu können. Das hatte es auch bei La Rouquerie nie gegeben, und die Bettücher, die sie früher im Wohnwagen benützt hatten, waren lange vor dem Einzug in Paris verkauft worden.

Perrine nahm die Hälfte des Packs und folgte Rosalie über den Hof, wo etwa zwanzig Personen, Männer, Frauen und Kinder, auf Holzhaufen oder Steinblöcken saßen, um vor dem Schlafengehen noch eine Weile zu rauchen, zu schwatzen oder zu spielen.

Wie konnten nur alle diese Leute in dem alten, baufälligen Hause Platz zum Übernachten finden? Als die Kerze, die Rosalie hinter einem Drahtgitter angezündet hatte, Perrines zukünftige Schlafkammer erhellte, war diese Frage beantwortet. Denn in dem Raum, der ungefähr sechs Meter lang und drei Meter breit war, standen an den Längswänden je drei Betten. Hier mußten also sechs Personen die Nacht zubringen, während der Platz kaum für zwei ausreichte. Da das einzige, kleine Fenster geschlossen war, schlug einem schon unter der Tür ein unangenehm riechender Dunst entgegen, der Perrine den Atem nahm. Aber sie wagte keine diesbezügliche Bemerkung, und als Rosalie lachend fragte: »Es kommt dir hier wohl ein wenig eng vor?«, antwortete sie nur: »Ja, ein bißchen.«
»Vier Sous sind eben nicht hundert Sous.«
»Das versteht sich.«
Aber nach allem, was Perrine schon durchgemacht hatte, schien ihr diese kleine Kammer doch noch eine bessere Herberge zu sein als die Landstraße oder der Wald, und schließlich hatte sie es ja auch in Salzherzings stinkiger Baracke ausgehalten.
»Dies hier ist dein Bett«, sagte Rosalie und wies auf das unter dem Fenster stehende Lager. Denn das, was Rosalie als Bett bezeichnete, war nichts anderes als ein Sack auf vier Pfosten, die durch vier Latten zusammengehalten wurden. Ein kleiner Sack diente als Kopfkissen.
»Weißt du, das Farnkraut in der Matratze ist frisch«, sagte Rosalie, »wir lassen nie einen neuen Mieter auf dem alten Farnkraut schlafen. So etwas tun wir nicht, obwohl es, wie man sagt, sogar in den richtigen Gasthöfen vorkommen soll.«
Gab es in diesem kleinen Raum nur zu viele Betten, so war dafür kein einziger Stuhl vorhanden.
»Die Nägel in den Wänden sind ganz bequem, um seine Kleider daran aufzuhängen«, erklärte Rosalie, als sie die suchenden Blicke Perrines bemerkte.
Dazu standen unter den Betten einige Kisten und Körbe, in denen die Mieter ihre Wäsche unterbringen konnten. Weil Perrine nichts dergleichen besaß, genügte ihr der Nagel, der zu Füßen ihres Bettes eingeschlagen war.
»Du wirst mit ordentlichen Mädchen zusammen schlafen«, sagte

Rosalie. »Sollte die Noyelle in der Nacht schwatzen, dann mach dir nichts daraus. Sie trinkt ziemlich viel und plaudert gern ein bißchen. Morgen stehst du einfach mit den andern auf, ich werde dir dann sagen, was du zu tun hast, damit du eingestellt wirst. Gute Nacht!«

»Gute Nacht, und vielen Dank.«

»Nichts zu danken.«

Perrine kleidete sich rasch aus. Sie war froh, allein und nicht das Ziel neugieriger Blicke zu sein. Aber als sie dann zwischen die Leintücher schlüpfte, verspürte sie nichts von dem Wohlbehagen, auf das sie sich so gefreut hatte. Wären die Tücher aus Hobelspänen gewebt gewesen, sie hätten nicht gröber sein können. Aber was schadet das! Die bloße Erde war auch hart gewesen, als sie sich das erstemal auf sie hingelegt hatte, und nach und nach hatte sie sich daran gewöhnt.

Es dauerte nicht lange, bis die Türe geöffnet wurde und ein etwa fünfzehnjähriges Mädchen hereinkam. Während es sich auskleidete, schaute es von Zeit zu Zeit zu Perrine hinüber. Weil es seine Sonntagskleider trug, dauerte es ziemlich lange, bis es ganz fertig war, da es die guten Stücke sorgfältig in eine kleine Kiste packte und dann das Werktagskleid für den nächsten Morgen an einen Nagel hängte.

Schließlich kam eine andere herein, dann eine dritte, eine vierte, und nun hob ein ohrenbetäubendes Geplapper an. Alle schwatzten zur selben Zeit, und jede berichtete von ihren Erlebnissen. Im engen Raum zwischen den Betten zogen sie ihre Schuhe aus und stießen sie fort, sie schoben ihre Körbe und Kisten durcheinander, was ungeduldige Worte und Zornausbrüche zur Folge hatte, die sich endlich gegen die Besitzerin der Schlafkammer richteten.

»Was für ein Hundeloch!«

»Nächstens werden wohl auch in der Mitte Betten aufgestellt.«

»Ich bleibe nicht mehr lange hier.«

So lärmten und schrien sie durcheinander. Erst als sich die beiden zuerst Angekommenen niedergelegt hatten, wurde es etwas ruhiger. Bald waren bis auf eines alle Betten besetzt.

Die Unterhaltung verstummte jedoch keineswegs, nur wurde der Gesprächsgegenstand gewechselt. Nachdem sie sich erzählt hatten, was sie tagsüber alles erlebt, kamen die Ereignisse vom Samstag an die Reihe. Sie sprachen von der Arbeit in der Fabrik, von durchgemachtem Ärger und unerhörten Zumutungen, und schließlich folgten – ein besonders beliebtes Thema – allerlei Bemerkungen über die Vorgesetzten. Die Neffen Herrn Vulfrans wurden nur »die Jungen« genannt, und die anständigsten Bezeichnungen, mit denen Direktor Talouel bedacht wurde, waren: der Schnüffler, der Dürre oder Judas.

Ein seltsames Gefühl beschlich Perrine. Auf der einen Seite hätte sie nur zu gern mit ganzer Aufmerksamkeit hingehört, um sich ja kein Wort entgehen zu lassen, auf der andern Seite aber schämte sie sich, diesen ungehörigen Reden Beachtung zu schenken.

Endlich gingen die Zungen langsamer.

»Wenn man nur endlich schlafen könnte!« rief eine erschöpfte Stimme.

»Was hindert dich daran?«

»Die Noyelle ist noch immer nicht da.«

»Ich habe sie vorhin gesehen.«

»Sie hat wohl gehörig geladen?«

»Bis oben voll!«

»Dann wird sie nicht einmal die Treppe heraufkommen können.«

»Das wird sich zeigen.«

»Wollen wir nicht die Tür verriegeln?«

»Denk an den Krach, den sie schlagen würde!«

In diesem Augenblick hörte man auf der Treppe Gepolter.

»Das ist sie.«

Nun folgte ein lautes Stolpern.

»Sie ist hingefallen.«

»Wenn sie nicht mehr aufstehen kann?«

Alle lauschten mit angehaltenem Atem. In der Stille war ein schmerzliches Wimmern zu hören.

»Sie soll ihren Rausch auf der Treppe ausschlafen.«

Das Stöhnen dauerte fort, und nun waren dazwischen die flehenden Rufe zu hören: »Komm doch, Laide! Du brauchst mir nur die Hand zu reichen, komm mein Kind!«

»Was stellt die sich eigentlich vor? Fällt mir nicht ein, hinunterzugehen.«

»O Laide, Laide!«

Als sich Laide nicht rührte, hörte das Rufen schließlich auf.

»Sie schläft ein.«

»Was für ein Glück!«

Sie schlief aber keineswegs, sie versuchte im Gegenteil von neuem, die Treppe heraufzusteigen. Und wieder rief sie: »Laide, reich mir die Hand, Laide, Laide, komm, mein Kind!«

Sie war offenbar nicht vorwärtsgekommen, weil die Hilferufe immer noch vom Fuß der Treppe kamen. Nun brach sie in Tränen aus: »Meine kleine Laide, meine kleine Laide, Kindchen, Kindchen, die Treppe versinkt, o weh, o weh!«

In den Betten brach ein Gelächter los.

»Bist du denn noch nicht nach Hause gekommen, Laide? Sprich, gib Antwort, damit ich dich heimholen kann, wenn du noch nicht da bist.«

»Dann haben wir wenigstens Ruhe«, meinte eines der Mädchen.

»Keine Spur. Sie wird nun gehen, um Laide zu suchen. Und wenn sie sie nicht findet, kehrt sie zurück, und dann fängt, in einer Stunde vielleicht, der Lärm von neuem an.«

»So werden wir ewig nicht schlafen können.«

»Geh, Laide, hol sie herauf.«

»Geh doch du!«

»Sie will aber dich.«

Endlich ließ sich Laide erweichen. Sie warf einen Rock über und ging hinaus.

»O mein Kind, mein Kind!« rief die Noyelle gerührt. »Komm, meine Kleine, laß dir von mir ein Gläschen spendieren.«

Aber Laide widerstand der Versuchung. »Komm du nun lieber ins Bett!«

»Nein, du mußt mich begleiten, meine kleine Laide.«

Die Unterredung zog sich in die Länge, da sich die Noyelle auf ihren Einfall versteifte und ständig wiederholte: »Ein Gläschen, nur ein Gläschen!«

»Das wird nie ein Ende nehmen!« stöhnte eines der Mädchen.

»Und ich möchte doch so gern schlafen.«

»Morgen müssen wir wieder früh aufstehen!«

»Und so ist das nun jeden Sonntag!«

Arme Perrine! Sie hatte geglaubt, mit einem Dach über dem Kopf sogleich in friedlichen Schlaf zu fallen. Nun sah sie ein, daß sie selbst auf freiem Feld mit den Schrecken der Dunkelheit und den Unbilden des Wetters noch besser daran gewesen war als in dieser vollgepferchten Kammer mit ihrem Durcheinander, ihrem Lärm und der darin herrschenden furchtbaren Luft, die sich ihr beklemmend auf die Brust legte, so daß sie sich fragen mußte, ob sie es hier mehrere Stunden aushalten könnte.

Als draußen der Wortwechsel zwischen Laide und der Noyelle zu keinem Ende kommen wollte, erklärte sich endlich eines der Mädchen bereit, Laide behilflich zu sein. »Sonst dauert die Geschichte noch bis morgen.«

Es stand auch wirklich auf und ging hinunter, doch brach nun auf der Treppe erst recht ein Tumult aus. Stimmen schrien durcheinander, dazwischen waren schwere Tritte zu hören, und nun mischten sich auch noch die Bewohner des Erdgeschosses ein, um sich über diesen Radau zu beschweren. Das ganze Haus war in Aufruhr.

Schließlich wurde die Noyelle in die Kammer geschleppt. Sie heulte und rief verzweifelt: »Was habe ich euch denn getan?«

Ohne auf ihr Gejammer zu hören, wurde sie ausgezogen und ins Bett gesteckt. Sie schlief aber keineswegs ein sondern fuhr fort, zu weinen und zu klagen: »Was hab' ich euch nur getan, daß ihr mich dermaßen quält? Bin ich denn eine Diebin, daß keine mit mir trinken will? Laide, ich habe Durst.«

Aber je mehr sie jammerte, desto unwilliger wurden ihre Kolleginnen, jede schrie ihr ein mehr oder minder kräftiges Schimpfwort zu.

Perrine stellte sich vor, wie schrecklich es sein mußte, wenn sich derartige Szenen jeden Sonntag wiederholten. Gab es denn in Maraucourt nicht noch andere Herbergen, wo man weniger gestört wurde als hier?

Aber mehr noch als der Lärm war es die fürchterlich dumpfe Luft, die den Aufenthalt in dieser Kammer unerträglich machte.

Nach und nach verstummte die Noyelle, und endlich war von ihrem Lager her nur noch ein regelmäßiges Schnarchen zu hören. Trotzdem konnte Perrine nicht einschlafen. Das Blut pochte ihr in

den Schläfen, sie war vom Kopf bis zu den Füßen in Schweiß gebadet. Was sollte sie tun? Sie war überzeugt, krank zu werden, wenn sie weiterhin diese Luft einatmete.
In ihrer Verzweiflung streckte Perrine die Hand nach dem Fensterchen aus, neben dem sie ihr Lager hatte. Da bemerkte sie, daß eine der Scheiben durch Papier ersetzt worden war.
Was für ein Glück! Das Papier ließ sich ohne Geräusch entfernen, damit die Luft hereinströmen konnte. Was schadete es, wenn es zerriß?
Waren die andern auch an diese verpestete Luft gewöhnt, so würde ihnen frische Luft gewiß nicht schaden. Aber sie hatte es gar nicht nötig, das Papier zu zerreißen, es ließ sich mühelos ablösen.
Perrine preßte den Mund gegen die entstandene kleine Öffnung: jetzt konnte sie atmen. In dieser Stellung übermannte sie der Schlaf.

13. Kapitel

Die Schilfhütte

Als Perrine erwachte, fiel ein weißlicher Schein auf das Fenster, aber noch so schwach, daß er den Raum nicht zu erhellen vermochte. Draußen krähten die Hähne, und durch die Öffnung im Fenster strich kalte Luft herein: Der neue Tag brach an.

Trotz der hereinströmenden Luft war der Geruch in der Kammer noch schlechter geworden. Die anderen Mädchen lagen in bleiernem Schlaf, der nur hin und wieder von einem tiefen Seufzer unterbrochen wurde.

Perrine versuchte, die Öffnung zwischen Papier und Fensterrahmen zu vergrößern, dabei stieß sie aber mit dem Ellbogen so ungeschickt gegen eine der Scheiben, daß es einen dumpfen Klang gab. Doch keine der Schläferinnen erwachte.

Perrine entschloß sich, hinauszugehen. Ganz leise nahm sie ihre Kleider vom Nagel, zog sie langsam und geräuschlos an, nahm ihre Schuhe in die Hand und schlich barfuß zur Tür, die sie in der Morgendämmerung erkennen konnte. Die Tür war nicht verschlossen und ließ sich ganz leise öffnen, so daß Perrine den Treppenabsatz erreichte, ohne daß ihr Hinausgehen von jemandem bemerkt worden war. Nun setzte sie sich auf die oberste Treppenstufe, und als sie Strümpfe und Schuhe angezogen hatte, ging sie hinunter.

Ah, diese gute Luft, diese köstliche Frische! Es schien ihr, als habe sie noch nie in ihrem Leben mit solcher Wonne geatmet. Mit offenem Mund ging sie durch den kleinen Hof, schwang die Arme und schüttelte den Kopf. Das Geräusch ihrer Schritte weckte einen Hund in der Nachbarschaft. Er fing an zu bellen, und andere Hunde antworteten mit wütendem Gekläff.

Aber Perrine machte sich nichts draus. Sie war ja jetzt keine Landstreicherin mehr, die sich vor Hunden fürchten mußte. Wenn sie ihr Bett verlassen wollte, war das ihr gutes Recht, ein Recht, das sie mit ihrem Geld erworben hatte.

Da der Hof zu eng für ihren Bewegungsdrang war, trat sie durch das offenstehende Tor auf die Straße und ging einfach vorwärts, ohne zu fragen, wohin der Zufall sie führen werde. Der Weg war noch in nächtliches Dunkel gehüllt; doch über sich sah sie das Frühlicht die Wipfel der Bäume und die Dächer der Häuser mit bleichem Schein überhauchen. In wenigen Minuten mußte es Tag werden.
In diesem Augenblick erklang der helle Ton einer Glocke in der Stille. Es war die Fabrikuhr, die ihr mit drei Schlägen verkündete, daß ihr noch drei Stunden blieben, bis sie sich zur Arbeit melden mußte.
Was sollte sie in dieser Zeit tun? Weil sie sich nicht unnötig ermüden wollte, war es wohl am besten, wenn sie sich irgendwo hinsetzte und wartete.
Von Minute zu Minute hellte sich der Himmel mehr auf, so daß sie bald deutlich sehen konnte, wo sie sich befand. Sie stand am Rand eines Weihers, der sich durch Gräben, die durch das Torfstechen entstanden waren bis zum großen Fluß hin mit anderen Teichen vereinigte. Die Landschaft war ganz ähnlich wie die von Picquigny, nur war es hier noch abgelegener und einsamer. Auch gab es mehr Bäume.
Perrine blieb eine Weile stehen, da ihr aber der Platz nicht geeignet schien, um sich auszuruhen, setzte sie ihren Weg fort, der vom Rand des Weihers einen bewaldeten Hügel hinaufführte. In diesem Gehölz würde sie sicherlich finden, was sie suchte.
Als sie sich dem Wald näherte, bemerkte sie am Ufer des Weihers eine jener aus Schilf und Zweigen errichteten Hütten, die im Winter den Jägern Schutz bieten, die Jagd auf Zugvögel machen. Sofort kam ihr der Gedanke, wie sicher sie darin wäre, wenn sie sie erreichen könnte. Dann würde niemand fragen, was sie zu so früher Stunde auf den Wiesen zu tun habe, auch fände sie dort vor den Tautropfen Schutz, die aus den über dem Weg hängenden Zweigen herunterfielen und sie wie Regen durchnäßten.
Sie stieg wieder hinab und fand nach einigem Suchen in einem Weidengebüsch einen schmalen, kaum sichtbaren Pfad, der zur Schilfhütte zu führen schien. Sie schlug ihn ein, entdeckte aber, daß sie auf ihm nicht bis zur Hütte gelangen konnte, da diese auf einem

Inselchen zwischen drei ihr als Stütze dienenden Weiden errichtet war. Ein Wassergraben trennte die Schilfhütte vom Weidengebüsch. Glücklicherweise lag ein Baumstamm über dem Graben, und obwohl er schmal und vom Tau glitschig war, lief Perrine geschickt hinüber. Dort stand sie vor einer aus Schilf und Weidenruten geflochtenen Tür, an der sie nur zu ziehen brauchte, um sie zu öffnen.

Das Innere der Hütte war nichts als ein viereckiger Raum, bis zum Dach hinauf mit einem dichten Geflecht von Schilf und Binsen verkleidet. In allen vier Wänden waren kleine Öffnungen angebracht, die von außen unsichtbar, von innen aber einen Ausblick in die Umgebung gestatteten und zugleich das Licht hereinließen. Auf dem Boden lag eine Streu von trockenem Farnkraut, und in einer Ecke diente ein Wurzelstock als Stuhl.

Was für ein wundervolles Nest! Wie wenig glich es der Kammer, die Perrine soeben verlassen hatte! Wie viel besser hätte sie hier schlafen können, in der Stille und guten Luft, auf dem Farnkraut ausgestreckt, und ohne ein anderes Geräusch zu hören als das der

raschelnden Blätter und des leise fließenden Wassers. Mit Schaudern dachte sie zurück an die groben Bettücher bei Mutter Françoise, an das Geheul der Noyelle, an das Gekeif ihrer Kameradinnen und an die entsetzlich verpestete Luft, deren feuchte Schwere sie noch immer spürte und ihr Herzklopfen verursachte.
Sie streckte sich auf dem Farnkraut aus, kuschelte sich in einer Ecke gegen die schmiegsame Schilfwand und schloß die Augen. Aber als sie spürte, wie der Schlaf sie übermannte, erhob sie sich rasch. Sie durfte nicht mehr einschlafen, sonst könnte sie zu spät in die Fabrik kommen.
Unterdessen war die Sonne aufgegangen, und durch die Öffnung in der Ostwand fiel ein goldener Strahl in die Hütte und erleuchtete sie. Draußen sangen die Vögel, und um das Inselchen, auf dem Weiher, im Schilf und in den Weiden war ein Stimmengewirr zu hören, ein Surren, Pfeifen und Piepsen, das das Erwachen der Tierwelt im Torfmoor verkündete.
Perrine spähte durch eines der Gucklöcher und sah, wie sich diese Tiere rings um die Hütte herum im Gefühl völliger Sicherheit bewegten. Im Schilf schwirrten die Libellen hin und her, an den Ufern pickten Vögel mit ihren Schnäbeln die Erde nach Würmern auf, und auf dem Wasser, über dem noch ein feiner Dunst hing, schwamm eine Ente mit aschbraunem Gefieder inmitten ihrer Jungen, die sie immer wieder um sich her zu versammeln suchte. Das gelang ihr aber nicht, weil die Entlein zwischen die blühenden Wasserlilien huschten, um hier nach Insekten zu jagen. Plötzlich schoß ein blauer Strahl blitzschnell vorüber, und erst, nachdem er längst schon verschwunden war, erkannte Perrine, daß es ein Eisvogel gewesen war.
Lange Zeit und ohne sich zu rühren – weil jede Bewegung ihre Gegenwart verraten und die Tiere verscheucht hätten – verharrte Perrine an ihrem Fensterchen. Wie schön war das alles im klaren Morgenlicht, wie fröhlich, lebendig, unterhaltsam und neuartig für sie! Sie stellte sich vor, dieses Inselchen mit seiner Hütte wäre eine kleine Arche Noah.
Nach einiger Zeit bemerkte sie, daß sich der Weiher mit einem schwarzen Schatten bedeckte, der vorüberzog, sich vergrößerte

und ohne sichtbare Ursache wieder verkürzte. Diese Erscheinung war ihr unerklärlich, weil die Sonne strahlend am wolkenlosen Himmel stand. Woher konnte dieser Schatten kommen? Die engen Gucklöcher der Hütte erlaubten ihr nicht, eine Erklärung zu finden. So öffnete sie die Tür und sah nun, daß es die Schatten der Rauchwolken waren, die der Wind von den hohen Fabrikschornsteinen herüberwehte. Also waren dort die Feuer angezündet worden, damit die Dampfkessel beim Erscheinen der Arbeiter bereits unter Druck standen.

Die Arbeit würde bald beginnen, und es war Zeit, die Jagdhütte zu verlassen und zu den Werkstätten zu gehen. Beim Fortgehen entdeckte sie ein Zeitungsblatt, das auf dem Baumstrunk lag. Sie warf einen Blick auf den Kopf der Zeitung. Es war eine Nummer des ›Journal d'Amiens‹ vom zurückliegenden 25. Februar. Aus dem Platz, auf dem sie das Blatt gefunden, dem einzigen Sitz, den man benutzen konnte, und aus dem Datum der Zeitung schloß Perrine, daß die Hütte seit dem 25. Februar verlassen war und seither niemand mehr dies herrliche Versteck betreten hatte.

14. Kapitel

Perrine wird Arbeiterin

Im selben Augenblick, als Perrine das Weidengebüsch verließ und auf den Weg hinaustrat, war von der Fabrik her ein schrilles, durchdringendes Pfeifen zu vernehmen, und in regelmäßigen Abständen ertönten aus geringerer oder weiterer Entfernung andere Pfeifsignale.

Sie begriff sogleich, daß diese Signale den Arbeitern von Maraucourt und der umliegenden Dörfer Saint-Pipoy, Hercheux, Bacourt und Flexelles galten, denn in allen diesen Orten gab es Fabriken, die zum Betrieb Vulfran Paindavoines gehörten.

Weil sie fürchtete, zu spät zu kommen, beschleunigte sie ihre Schritte, und als sie das Dorf erreichte, sah sie, daß schon alle Haustüren offen standen. Auf den Türschwellen oder an die

Türpfosten gelehnt, aßen Arbeiter ihre Suppe, andere tranken in den Schenken, und wieder andere wuschen sich in den Höfen am Brunnen. Noch war niemand auf dem Weg zur Fabrik, ein sicheres Zeichen dafür, daß die Stunde des Arbeitsbeginns noch nicht gekommen war und sie sich nicht zu beeilen brauchte.

Aber drei kurze Schläge der Fabrikuhr, denen sofort ein Pfeifen folgte, noch viel lauter als das erste, verwandelte die Ruhe in lebhaftes Treiben. Aus den Häusern, Höfen und Schenken, von überall her strömten Menschenmassen, so daß es auf der Straße plötzlich wie in einem Ameisenhaufen wimmelte. Alle diese Männer, Frauen und Kinder strebten der Fabrik zu. Jeden Augenblick stießen aus den Seitenstraßen neue Gruppen zu ihnen und vergrößerten diesen Menschenstrom.

In einem Trupp neuer Ankömmlinge entdeckte Perrine Rosalie in Begleitung der Noyelle. Ein wenig zögernd schloß sie sich ihnen an.

»Wo hast du denn gesteckt?« fragte Rosalie überrascht.

»Ich bin früh aufgestanden und ein wenig spazierengegangen.«

»Ach so. Ich habe dich gesucht.«

»Sehr freundlich von dir. Aber du brauchst nie mehr auf mich zu warten, ich bin nämlich eine Frühaufsteherin.«

Sie erreichten den Eingang zur Fabrik, von wo sich unter der Aufsicht eines großen, mageren Mannes der Menschenstrom in die verschiedenen Werkstätten ergoß. Dieser Mann, der sich in einiger Entfernung vom Gittertor aufgestellt hatte, hatte den Kopf etwas nach vorn gebeugt und musterte mit aufmerksamem Blick jeden, der an ihm vorüberging.

»Der Dürre«, flüsterte Rosalie.

Aber auch ohne diese Erklärung hätte Perrine sofort gewußt, daß dieser Mann Direktor Talouel war.

»Soll ich mit euch hineingehen?« fragte Perrine.

»Natürlich.«

Perrine wußte, daß dieser Augenblick für sie entscheidend war; aber sie kämpfte ihre Erregung nieder. Warum sollte er gerade sie zurückweisen, da man doch jedermann einstellte?

Als sie in seine Nähe gekommen waren, forderte Rosalie Perrine auf, ihr zu folgen und, indem sie die Menge verließ, trat sie auf ihn

zu, ohne im geringsten eingeschüchtert zu sein. »Herr Direktor«, begann sie, »meine Freundin möchte hier arbeiten.«
Talouel streifte Perrine mit einem raschen Blick. »Das werden wir gleich sehen.«
Rosalie, die sich hier auskannte, stellte sich mit Perrine auf die Seite.
In diesem Augenblick war vom Gittertor her ein Stimmengewirr zu vernehmen, und die Arbeiter wichen eilig auseinander, um den Weg für Herrn Vulfrans Wagen freizumachen. Das Gefährt wurde wieder von dem jungen Mann gelenkt, den Perrine schon am Sonntag gesehen hatte. Obwohl doch jeder wußte, daß Herr Vulfran blind war, nahmen doch alle Männer ihre Kopfbedeckungen ab, während die Frauen mit einem Knicks grüßten.
»Da siehst du, daß er nicht zuletzt kommt«, sagte Rosalie.
Der Direktor trat mit eiligen Schritten an den Wagen: »Guten Morgen, Herr Vulfran«, grüßte er, den Hut in der Hand, »ich stehe Ihnen ergebenst zu Diensten.«

»Guten Tag, Talouel.«
Perrine schaute dem weiterfahrenden Wagen nach; als sie dann wieder zum Gittertor zurückblickte, sah sie die Angestellten, deren Namen ihr Rosalie schon genannt hatte, der Reihe nach eintreten: Ingenieur Fabry, Bendit, Mombleux und noch andere.
Inzwischen hatte sich das Gedränge gelichtet, und wer jetzt noch kam, hatte es eilig, da die Uhr gleich schlagen mußte.
»Ich glaube bestimmt, die Jungen kommen wieder zu spät«, flüsterte Rosalie.
Jetzt schlug es; aber hinter einer letzten Gruppe kamen immer noch einige Verspätete atemlos angelaufen, bis endlich die Straße leer war. Doch Talouel verließ seinen Posten noch immer nicht. Die Hände in die Taschen seiner Jacke geschoben, den Kopf hochgereckt, fuhr er fort, in die Ferne zu blicken.
Nachdem einige Minuten verstrichen waren, erschien ein großer, junger Mann, der, nach seinen Manieren und seiner gepflegten Kleidung zu schließen, weder ein Arbeiter noch ein gewöhnlicher Angestellter sein konnte. Während des Gehens band er seine Krawatte. Als er beim Direktor vorüberging, zog dieser seinen Hut, wie er es auch vor Herrn Vulfran getan hatte. Es entging Perrine nicht, daß die Begrüßungen unterschiedlich waren.
»Guten Morgen, Talouel. Ist mein Onkel schon da?«
»Versteht sich, Herr Theodor, schon seit fünf Minuten.«
»Ah!«
»Aber Sie sind nicht der letzte. Für heute ist es Herr Casimir, obwohl er nicht wie Sie in Paris gewesen ist. Doch seh' ich ihn dort unten kommen.«
Während sich Theodor nach dem Verwaltungsgebäude begab, näherte sich Casimir mit raschen Schritten. Er hatte nicht die geringste Ähnlichkeit mit seinem Vetter, weder in seinem Äußeren noch in seinem Benehmen. Er war klein und unfreundlich. Den Direktor grüßte er nur mit einer flüchtigen Bewegung des Kopfes.
Aber erst, nachdem er verschwunden war, drehte sich Talouel nach Rosalie um: »Was kann deine Freundin?«
»Ich bin noch nie in einer Fabrik tätig gewesen«, beantwortete Perrine selbst die Frage.
Talouel musterte sie mit raschem Blick, dann wandte er sich an

Rosalie: »Geh zu Oneux und richte ihm in meinem Namen aus, daß er sie bei den Wagonets beschäftigen soll. Und nun rasch! Macht, daß ihr fortkommt!«

»Was sind denn das, die Wagonets?« fragte Perrine, während sie Rosalie durch die weiten Höfe folgte, die zwischen den verschiedenen Werkstätten lagen. Würde sie auch imstande sein, diese Arbeit zu verrichten?

»Es braucht dir nicht bange zu sein«, meinte Rosalie zuversichtlich. »Nichts ist leichter als das.« Gleichzeitig streckte sie die Hand aus und wies auf eine Reihe neuer, einstöckiger und fensterloser Gebäude, deren Dächer gegen Norden hin mit Glas gedeckt waren. »Hier ist es«, sagte sie.

Sie stieß eine Tür auf und führte Perrine in einen großen Saal, der durch das Schnurren Tausender sich drehender Spulen mit einem ohrenbetäubenden Lärm erfüllt war. Aber lauter noch als dieses Getöse ertönte eine Männerstimme: »Da bist du ja endlich, du Bummlerin!«

»Wer soll eine Bummlerin sein?« schrie Rosalie. »Auf jeden Fall ich nicht. Haben Sie verstanden, Vater Holzbein!«

»Wo kommst du her?«

»Der Dürre hat mich beauftragt, dieses Mädchen hierher zu führen. Es soll an den Wagonets beschäftigt werden.«

Der Mann, der sie so unfreundlich empfangen hatte, war ein alter Arbeiter, der vor etwa zehn Jahren in der Fabrik verstümmelt worden war und seither ein Holzbein hatte. Da er für keine andere Arbeit mehr tauglich war, hatte man ihm die Aufsicht über die Spulmaschinen übertragen, wo er die hier beschäftigten Kinder kontrollierte, immer brummend und scheltend, schreiend und fluchend, weil die Arbeit an diesen Maschinen größte Aufmerksamkeit erforderte. Die vollen Spulen mußten abgenommen und durch leere ersetzt, die abgerissenen Fäden neu zusammengeknüpft werden, und der Alte war überzeugt, daß nur durch fortwährendes Schimpfen und Fluchen, dem er noch durch ein starkes Aufstoßen seines Holzbeines Nachdruck verlieh, der Betrieb lief. Im Grunde genommen war er ein gutmütiger Mensch, den man kaum beachtete, außerdem wurde ein Teil seiner Worte vom Maschinenlärm übertönt.

»Und da sollen deine Spulen einfach die ganze Zeit stillstehen?« rief er Rosalie zu und drohte ihr mit der Faust.
»Ist das vielleicht meine Schuld?«
»Mach dich endlich an die Arbeit!« Dann wandte er sich an Perrine: »Wie heißt du?«
Weil sie ihren wirklichen Namen nicht nennen wollte, brachte sie diese Frage in einige Verlegenheit. Holzbein glaubte, daß sie ihn nicht verstanden habe und beugte sich gegen sie und schrie, indem er sein Holzbein auf den Fußboden stieß: »Ich habe dich nach deinem Namen gefragt!«
Perrine hatte Zeit gehabt, sich auf den Namen zu besinnen, den sie sich bereits Rosalie gegenüber zugelegt hatte. »Aurèlie«, sagte sie.
»Aurèlie? Und wie noch?«
»Das ist alles.«
»Gut, komm mit.«
Er führte sie vor einen kleinen, in einer Ecke stehenden Wagen. »Die vollen Spulen werden in der Spinnerei auf diesen Karren verladen. Hast du mich verstanden?«
Perrine nickte.
»Und wenn der Karren voll ist, fährst du ihn in die Weberei, wo er geleert wird. Ein tüchtiger Stoß beim Abfahren, und auf den Schienen rollt er ganz von selbst.«

Die Arbeit war tatsächlich so einfach, daß jedermann, der nicht gerade beschränkt war, sie ohne weiteres besorgen konnte. Perrine widmete sich ihr mit ganzer Aufmerksamkeit. Dennoch wurde sie von Vater Holzbein immer wieder angeschrien. Aber er tat es eher, um sie zu ermahnen, als auszuschelten. »Schwatz nicht unterwegs!« Daran dachte Perrine gar nicht. Während sie ihrem Wägelchen immer wieder einen Stoß versetzte und mit regelmäßigen Schritten hinter ihm herging, konnte sie, auch ohne sich aufzuhalten, den Betrieb in den verschiedenen Räumen beobachten. Ein Stoß mit der Schulter, um den Karren in Bewegung zu setzen, ein Druck mit der Seite, um ihn vor einem Hindernis anzuhalten, das war alles, was von ihr verlangt wurde. So waren ihre Augen und ihre Gedanken durch diese Arbeit völlig unbehindert.
In der Mittagspause, als die andern nach Hause hasteten, ging sie zum Bäcker und ließ sich ein halbes Pfund Brot abschneiden. Sie verzehrte es, während sie durch die Straßen schlenderte und den Suppengeruch einatmete, der ihr durch die offenstehenden Türen entgegenströmte. Für ihren Hunger war ein halbes Pfund Brot nicht viel und verschwand viel zu schnell, doch machte sie sich wenig daraus. Sie hatte sich ja daran gewöhnen müssen, ihren Appetit zu zügeln.

15. Kapitel

Ein Unfall

Noch vor Wiederbeginn der Arbeit setzte sich Perrine beim Gittertor in den Schatten auf einen Prellstein und wartete dort auf Rosalie, um mit ihr in die Spinnerei zurückzukehren. Vater Holzbein trieb sie wieder mit Anschreien und Aufstampfen an, jetzt mit einiger Berechtigung. Sich bücken, sich wieder aufrichten, um den Wagen zu füllen und wieder zu leeren, der Stoß mit der Schulter zum Fortrollen, mit der Seite zum Anhalten, das war zu Anfang ein Kinderspiel. Aber ohne Pause wieder und wieder dasselbe tun, wurde schwere Arbeit. In den letzten Stunden wurde sie so matt und müde, wie sie es noch nie, selbst nicht an den härtesten Tagen ihrer Fußreisen, gewesen war.

Als Perrine wieder einmal mit ihrem beladenen Wägelchen in der Nähe von Rosalies Arbeitsplatz vorüberkam, sah sie Rosalie plötzlich seitwärts zu Boden sinken. Ein lauter Schrei ertönte, der sofort den ganzen Betrieb in der Halle zum Stehen brachte. Dem Surren der Maschinen und dem Schüttern des Bodens, der Wände und des Glasdaches folgte eine Totenstille, die nur durch wimmernde Klagelaute unterbrochen wurde.

Knaben und Mädchen stürzten herbei, und trotz der Schreie des Holzbeins folgte Perrine den andern. »Donnerwetter!« lärmte der Alte. »Und meine Spulen sollen einfach stillstehen?«

Rosalie war bereits aufgehoben worden, sie war von einem dichten Menschenhaufen umdrängt.

»Was ist denn eigentlich geschehen?«

»Ich habe mir die Hand zerquetscht«, antwortete Rosalie selbst. Ihr Gesicht war blaß, ihre farblosen Lippen zitterten, und von ihrer verwundeten Hand tropfte das Blut auf den Fußboden.

Nach genauer Untersuchung stellte sich heraus, daß nur zwei Finger verletzt und möglicherweise sogar nur einer zermalmt oder doch arg gequetscht war. Daraufhin geriet Holzbein, der eine Anwandlung von Mitleid gehabt hatte, in Zorn und trieb die

Neugierigen, die Rosalie umstanden, schimpfend an ihre Plätze zurück. »Wollt ihr wohl machen, daß ihr fortkommt! Wegen einer solchen Kleinigkeit!«
»Es war wohl auch nur eine Kleinigkeit, als Ihnen Ihr Bein zerschmettert wurde«, murmelte eine Stimme.
Er sah sich wütend nach dem Urheber dieser respektlosen Bemerkung um, aber es war ihm nicht möglich, den Schuldigen aus der Menge herauszufinden. So brüllte er nur noch lauter: »Packt euch endlich!«
Langsam gingen sie auseinander. Perrine wollte eben zu ihrem Wägelchen zurückkehren, als Vater Holzbein sie anrief: »He, du Neue, komm her, aber ein bißchen schnell!«
Sie kam ängstlich näher, darauf gefaßt, bestraft zu werden, weil sie ihre Arbeit verlassen hatte.
»Du sollst diese dumme Person da zum Direktor führen«, sagte er.
»Warum soll ich eine dumme Person sein?« rief Rosalie laut, denn schon hatte der Lärm der Maschinen wieder eingesetzt.
»Weil du deine Pfote hineingehalten hast.«
»War das vielleicht meine Schuld?«
»Natürlich hast du es deiner Ungeschicklichkeit zuzuschreiben, du einfältiges Ding!« Dann fügte er etwas ruhiger hinzu: »Tut es weh?«
»Nicht sehr.«
»Dann vorwärts.«
Die beiden Mädchen entfernten sich, wobei Rosalie ihre verwundete linke Hand in der rechten hielt.
»Willst du dich nicht auf mich stützen?« fragte Perrine.
»Danke schön, aber es ist nicht nötig, ich kann allein gehen.«
»Dann ist es wohl wirklich nicht so schlimm?«
»Das kann man noch nicht sagen, der Schmerz stellt sich meist erst später ein.«
»Wie ist es eigentlich geschehen?«
»Ich weiß es selbst nicht genau, ich bin ausgerutscht.«
»Vielleicht warst du übermüdet«, sagte Perrine.
»Fast immer ist die Müdigkeit die Ursache der Unfälle. Am Morgen ist man noch frisch und paßt besser auf. Ach, was wird Tante Zénobia sagen!«

»Es war doch nicht dein Fehler.«
»Mutter Françoise wird es mir schon glauben, daß ich nichts dafür kann, aber Tante Zénobia wird sagen, daß ich es mit Absicht getan habe, um nicht arbeiten zu müssen.«
»Laß sie doch reden.«
»Glaubst du vielleicht, es ist angenehm, sie ständig so sprechen zu hören?«
Die Arbeiter, denen sie auf ihrem Wege begegneten, hielten sie an. Die einen beklagten Rosalie, die meisten aber hörten teilnahmslos zu, wie Leute, die an derartige Vorkommnisse gewöhnt sind. Man wird verwundet, wie man krank wird, man hat Glück, oder man hat eben keins, jeder kommt einmal an die Reihe, der eine heute, der andere morgen. Andere schimpften: »Wann werden sie uns wohl alle zu Krüppeln gemacht haben?«
»Möchtest du lieber verhungern?«
Nun kamen sie beim Büro des Direktors an. Es befand sich in der Mitte der Fabrikanlage, umgeben von einem großen Gebäude aus rot und blau glasierten Backsteinen, in dem alle andern Büroräume untergebracht waren. Während sie, dasjenige von Herrn Vulfran nicht ausgenommen, nichts Bemerkenswertes hatten, fiel das Arbeitszimmer des Direktors durch seine mit Glas gedeckte Terrasse auf, zu der man über eine zweiteilige Freitreppe gelangte.
Als die Mädchen diese Terrasse betraten, wurden sie von Talouel empfangen, der, wie ein Kapitän auf der Kommandobrücke, gewichtig hin und her schritt, die Hände in den Taschen und den Hut auf dem Kopf.
Er schien wütend zu sein. »Was will sie noch, diese da?« schrie er.
Rosalie zeigte ihre blutverschmierte Hand.
»Wickle deine Pfote bitte in dein Taschentuch ein!«
Während sie mühsam ihr Taschentuch hervorzog, durchmaß er die Terrasse mit großen Schritten, und als sie ihre Hand umwickelt hatte, stellte er sich breit vor sie hin: »Leer deine Tasche aus!«
Rosalie sah ihn verständnislos an.
»Die Tasche ausräumen sollst du!« brüllte Talouel.
Gehorsam kam sie seinem Befehl nach und brachte allerlei sonderbare Gegenstände zum Vorschein: ein aus einer Nußschale

geschnitztes Pfeifchen, einen Fingerhut, eine Lakritzstange, drei Sous und einen kleinen Metallspiegel.
Sofort langte er nach diesem und schrie: »Ich habe es ja gewußt. Während du dich in deinem Spiegel begafftest, riß der Faden ab, die Spule blieb stehen, du wolltest die vergeudete Zeit einholen, und schon war das Unglück geschehen!«
»Ich habe nicht in meinen Spiegel geschaut«, verteidigte sich Rosalie.
»Ach was, es ist keine besser als die andere. Ich kenne euch alle. Und nun, was ist los?«
»Ich weiß es nicht, die Finger sind zerquetscht.«
»Und was soll ich da tun?«
»Vater Holzbein hat mich zu Ihnen geschickt.«
Er wandte sich Perrine zu. »Und du, was ist denn mit dir?«
»Ich habe nichts«, antwortete sie, empört über Talouels Härte.
»Nun?«
»Vater Holzbein hat ihr gesagt, sie solle mich zu Ihnen führen«, erklärte Rosalie.
»Ah so, man muß dich also führen! Nun, dann soll sie dich zu Dr. Ruchon begleiten. Aber daß du es weißt, ich werde eine Untersuchung durchführen, und wenn dich auch nur die geringste Schuld trifft, dann soll es dir schlimm ergehen!«
Das sagte er mit so dröhnender Stimme, daß die Scheiben erzitterten und er in allen Büros gehört werden konnte.
Als die Mädchen weggehen wollten, sahen sie Herrn Vulfran kommen, mit der Hand tastete er sich vorsichtig an der Wand der Vorhalle entlang. »Was ist denn hier los, Talouel?«
»Ach, Herr Vulfran, nichts von Bedeutung. Ein Mädchen von den Spulmaschinen hat die Hand hineingebracht.«
»Wo ist sie?«
»Hier bin ich, Herr Vulfran«, antwortete Rosalie, zu ihm hintretend.
»Ist das nicht die Stimme von Françoises Enkelin?«
»Ja, Herr Vulfran, ich bin es, Rosalie.« Und sie fing an zu schluchzen, gerührt von der Anteilnahme, die Herr Vulfran, nach den harten Vorwürfen des Direktors, zeigte.
»Aber sag mir, wie ist denn das zugegangen?«

»Als ich einen Faden anknüpfen wollte, bin ich ausgerutscht, ich weiß nicht wie, und schon war ich mit der Hand hineingeraten. Zwei Finger sind zerquetscht, glaube ich.«
»Hast du große Schmerzen?«
»Nein, nicht sehr.«
»Warum weinst du denn?«
»Weil – weil Sie mich nicht ausschelten.«
Talouel zuckte verächtlich mit den Schultern.
»Kannst du gehen?« fragte Herr Vulfran.
»O ja, Herr Vulfran.«
»Dann geh hurtig nach Hause. Man wird dir Dr. Ruchon schikken.« Dann wandte er sich an Talouel: »Lassen Sie Dr. Ruchon eine Notiz bringen, daß er sich sofort zu Françoise zu begeben habe. Unterstreichen Sie ›sofort‹ und fügen Sie bei, daß es sich um einen dringenden Fall handle.« Dann drehte er sich wieder nach Rosalie um. »Möchtest du, daß dich jemand begleitet?«
»Vielen Dank, Herr Vulfran, ich habe hier eine Freundin.«
»Dann geh, mein Kind, und sag deiner Großmutter, daß dein Lohn weitergezahlt werde.«
Nun war es Perrine, die beinahe in Tränen ausbrach; aber unter Talouels spöttischem Blick nahm sie sich zusammen. Erst als sie mit Rosalie über die Höfe dem Ausgang zustrebte, gab sie ihren Gefühlen Ausdruck. »Wie freundlich Herr Vulfran ist!«
»Oh, wenn es nur auf ihn ankäme! Aber er hat eben keine Zeit, sich um alles zu kümmern, und ist auf den Dürren angewiesen.«
»Jetzt ist er aber sehr gut gegen dich gewesen.«
»Oh, gegen mich schon«, brüstete sich Rosalie. »Du darfst nicht vergessen, daß ich ihn jedesmal an seinen Sohn Edmund erinnere, weil meine Großmutter doch Edmunds Kinderfrau gewesen ist.«
»Denkt er denn überhaupt an seinen Sohn?«
»Er denkt an nichts anderes!«
Die Leute erschienen unter den Türen, das blutige Taschentuch, in das Rosalie die Hand gewickelt, erregte ihre Neugierde. Einige erkundigten sich: »Bist du verwundet?«
»Die Finger zerquetscht.«
»Oh, was für ein Pech!«
Es lag ebensoviel Mitleid wie Zorn in diesem Ausruf; denn was

diesem Mädchen heute zugestoßen war, konnte heute oder morgen ihnen selbst widerfahren, ereilte vielleicht eben in diesem Augenblick einen der Ihrigen, den Mann, den Vater, ein Kind, da ja die ganze Bevölkerung von Maraucourt von der Fabrikarbeit lebte. Trotzdem die Mädchen auf solche Weise immer wieder aufgehalten wurden, kamen sie doch dem Haus von Mutter Françoise näher. Schon war am Ende des Weges das graue Pförtchen zu sehen.

»Du begleitest mich hinein«, entschied Rosalie.

»Gut.«

»In deiner Gegenwart wird sich Tante Zénobia wahrscheinlich etwas zusammennehmen.«

Aber Rosalie wurde in ihrer Hoffnung getäuscht. Als die Tante Rosalie zu so ungewohnter Stunde heimkommen sah und ihre verbundene Hand entdeckte, brauste sie auf: »Du hast dich verwundet, du liederliches Geschöpf, oh, ich weiß genau, daß du es mit Absicht getan hast.«

»Mein Lohn wird weiterhin ausbezahlt«, entgegnete Rosalie entrüstet.

»Und das glaubst du?«

»Herr Vulfran hat es mir selbst gesagt.«

Aber das vermochte Tante Zénobia noch lange nicht zu beruhigen. Sie fuhr fort, so laut zu schreien, daß Mutter Françoise ihren Laden verließ und auf die Schwelle trat. Als sie ihre Enkelin erblickte, eilte sie auf sie zu und schloß sie in die Arme. »Bist du verwundet?« rief sie.

»Ein wenig, Großmutter, an den Fingern; aber es hat nicht viel zu bedeuten.«

»Dr. Ruchon muß geholt werden.«

»Herr Vulfran hat ihn schon herbestellt.«

Perrine war im Begriff, ihnen ins Haus zu folgen; aber Tante Zénobia drehte sich nach ihr um: »Bildest du dir vielleicht ein, daß man dich braucht, um sie zu pflegen?«

»Danke!« rief ihr Rosalie zu.

So blieb Perrine nichts anderes übrig, als in die Fabrik zurückzukehren. Aber gerade als sie das Gittertor erreichte, verkündeten die Fabriksirenen mit schrillem Pfeifen Feierabend.

16. Kapitel

Auf der Insel

Zehnmal, zwanzigmal hatte sich Perrine während des Tages gefragt, was sie machen könnte, um nicht noch einmal in der stickigen Kammer übernachten zu müssen. Sie konnte natürlich nicht einfach wegbleiben. Es war ihr gutes Recht, das bezahlte Bett zu benutzen oder nicht. Aber wo sollte sie ein anderes finden? Vor allem, wie sollte sie es Rosalie beibringen, daß ihr das, was andern genügte, nicht zusagte? So war der Tag vergangen, ohne daß sie einen Entschluß gefaßt hatte.

Rosalies Unfall änderte die Lage. Jetzt, wo das arme Mädchen sicherlich mehrere Tage im Bett bleiben mußte, erfuhr sie nicht, was in der Kammer vorging, wer in ihr übernachtete und wer nicht, so daß von ihrer Seite keine Fragen zu befürchten waren. Da die andern Mieterinnen nicht wußten, wer ihre Schlafgenossin für eine Nacht gewesen war, würden sie sich kaum um die Unbekannte kümmern, die ja woanders eine Unterkunft gefunden haben konnte.

Perrine war fest entschlossen, nicht mehr in die Kammer zurückzukehren, sie wußte aber noch nicht, wo sie sonst die Nacht zubringen sollte.

Sie mußte nicht lange nachdenken. Wie oft hatte sie sich während der Arbeit nach der Schilfhütte zurückgesehnt. Wie herrlich mußte man dort schlafen können, wo man vor niemandem Angst zu haben brauchte, weil die Hütte ja nur während der Jagdzeit benützt wurde. Dort hatte sie ein Dach über sich, hatte warme Wände, eine Tür und als Bett ein gutes Lager aus trockenem Farnkraut, ganz abgesehen von dem Vergnügen, ein eigenes Haus zu bewohnen. Es gab für Perrine kein Zögern mehr. Nachdem sie beim Bäcker ein halbes Pfund Brot als Abendessen gekauft hatte, kehrte sie nicht zu Mutter Françoise zurück, sondern schlug den Weg ein, auf dem sie am Morgen in die Fabrik gewandert war. In diesem Augenblick gingen Arbeiter, die in der Umgebung von Maraucourt wohnten,

auf diesem Weg nach Hause. Da sie vermeiden wollte, daß man sah, wie sie das Weidengebüsch betrat, setzte sie sich vorläufig in einer Lichtung des Waldes nieder. Sobald sie allein war, wollte sie die Hütte aufsuchen und dort in aller Ruhe, die Tür gegen den Weiher hin geöffnet, der untergehenden Sonne gegenüber, in völliger Sicherheit ihr Abendbrot verzehren. Das war viel gemütlicher, als die Stücke im Gehen hinunterzuschlingen, wie sie es am Mittag getan hatte.
Sie war so begeistert von ihrem Plan, daß sie darauf brannte, ihn auszuführen. Aber ihre Geduld wurde auf eine harte Probe gestellt, da immer noch Arbeiter vorbeigingen. Da fiel ihr ein, daß sie ja die Zeit ausnützen könnte, um ihre Einrichtung in der Hütte vorzubereiten, die, wenn sie auch jetzt schon sauber war, mit geringer Mühe noch behaglicher werden konnte. Das Gehölz, in dem sie sich niedergelassen hatte, bestand größtenteils aus schlanken Birken, unter denen Farnkraut wucherte. Wenn sie sich nun aus Birkenreisern einen Besen anfertigte, konnte sie damit ihre Wohnung auskehren, und durch ein Bündel frischen Farnkrautes wurde ihr Lager bestimmt noch weicher und wärmer.
Sie vergaß alle Müdigkeit, die ihr während der letzten Arbeitsstunden bleischwer in den Gliedern gelegen hatte, und machte sich sogleich ans Werk. Die Birkenreiser waren bald beisammen und

mit einer Weidenrute um einen Stock herum festgebunden. Ebenso rasch war das Farnkraut abgeschnitten und zu einem Bündel zusammengeschnürt, das leicht in die Hütte geschafft werden konnte.

Unterdessen hatten sich die letzten Nachzügler entfernt, so daß der Weg, soweit ihn Perrine überblicken konnte, still und leer dalag. Der Augenblick war gekommen, wo sie den durch das Weidengebüsch führenden Pfad benützten durfte. Das Farnbündel auf dem Rücken, den Besen in der Hand, verließ sie schnell das Gehölz. Und ebenso rasch huschte sie über den Weg. Auf dem Pfad mußte sie dann aber langsamer gehen, da sie mit dem Farnkrautbündel in den Zweigen hängenblieb und nur vorwärts kommen konnte, wenn sie auf Händen und Füßen weiterkroch.

Als sie auf dem Inselchen angekommen war, begann sie, die Hütte auszuräumen. Sie schaffte den Wurzelstock und das alte Farnkraut hinaus und fing an, die Decke, die Wände und den Boden zu säubern. Damit scheuchte sie die Tiere im Moor auf. Von überallher tönte lautes Geschnatter und Geschrei.

Der Raum in der Hütte war klein, so daß Perrine mit ihrer Reinigung bald fertig war. Jetzt mußte sie nur noch den Block zurücktragen, das alte Farnkraut neu aufschütten und mit dem frischen Kraut zudecken, in dem noch Sonnenwärme und der Duft blühender Kräuter war.

Nun war es Zeit zum Abendessen, ihr Magen knurrte bereits vor Hunger. Während sie langsam das Brot verzehrte, das sie aus Furcht, es zu zerkrümeln, in kleine Stücke zerschnitt, verursachte sie kein Geräusch mehr, so daß die gefiederten Bewohner des Moores zurückkehrten, um für die Nacht ihre Nester aufzusuchen. Von überall tauchten Wasservögel auf, die leise aus dem Schilf schlüpften und dann mit vorgestrecktem Hals und witterndem Kopf davonschwammen. Wie sich Perrine über ihr Erwachen gefreut hatte, verfolgte sie nun entzückt, wie sie zur Ruhe gingen.

Als sie ihr Brot aufgegessen hatte, was nicht lange dauerte, wurde das Wasser des Weihers, das noch wenige Augenblicke zuvor wie ein Spiegel geglänzt hatte, ganz dunkel. Der Himmel hatte seinen Schein ausgelöscht; bald würde sich die Nacht auf die Erde niedersenken.

Auch Perrine wollte sich nun zur Ruhe begeben. Ehe sie ihre Tür schloß und sich auf ihrem Lager von Farnkraut ausstreckte, beschloß sie, zur Vorsicht den Baumstamm zu entfernen, der als Brücke, über den Wassergraben gelegt war. Sie fühlte sich zwar auch so in der Hütte völlig sicher und war überzeugt, daß niemand sie stören würde. Wenn sich doch jemand nähern sollte, würde sie durch das Geschrei der feinhörigen Bewohner des Teiches aufgeweckt. Trotzdem schien ihr das Entfernen der Brücke, wenn es überhaupt zu bewerkstelligen war, eine kluge Maßnahme zu sein. Außerdem war es nicht nur eine Frage der Sicherheit, sondern auch des Vergnügens. War es nicht ein herrlicher Gedanke, ganz vom Festland getrennt zu sein und auf einer wirklichen Insel zu wohnen?

Eifrig machte sie sich ans Werk, und nachdem sie mit ihrem Besenstiel an jedem Ende des als Brücke dienenden Weidenstammes die Erde aufgelockert hatte, konnte sie ihn auf ihr Ufer herüberziehen.

Nun war sie Herrin eines eigenen Reiches, Königin einer Insel, die sie nun noch taufen wollte. Die Wahl des Namens brachte sie keinen Augenblick in Verlegenheit. Sie hätte keinen passenderen finden können als »Gute Hoffnung«!

17. Kapitel

Perrine als Robinson

Die Stimmen der Vögel und ein durch eines der Gucklöcher dringender Sonnenstrahl weckten Perrine schon früh am Morgen. Wohlig dehnte sie sich auf ihrem Lager, atmete die würzige Luft ein und lauschte auf den silbernen Klang, den die von den Weidenblättern ins Wasser fallenden Tautropfen verursachten. Nach dem erquickenden Schlaf verspürte sie nichts mehr von ihrer gestrigen Müdigkeit.

Als das Pfeifen der Sirene in den ländlichen Frieden einbrach, war Perrine schnell auf den Füßen. Nachdem sie sich am Ufer des Weihers sorgfältig gewaschen und gekämmt hatte, machte sie sich zum Aufbruch bereit. Sie beschloß, die Brücke nicht wieder herzustellen, um nicht einem zufällig Vorüberkommenden das Eindringen zu erleichtern.

Sie blieb vor dem Graben stehen und überlegte, ob sie nicht durch

einen Sprung das andere Ufer erreichen könnte. Da entdeckte sie einen langen starken Ast. Sie benützte ihn wie eine Sprungstange und setzte damit über den Wassergraben. Da es keineswegs zum ersten Mal geschah, daß sie eine Stange in solcher Weise gebrauchte, bedeutete der Sprung für sie ein Kinderspiel.
Nachdem sie den Ast unter dem Weidengebüsch im Gras verborgen hatte, machte sie sich auf den Weg und erreichte als eine der ersten die Fabrik. Während sie wartete, sah sie, wie sich die Arbeiter zu Gruppen zusammenschlossen und sich mit ungewohnter Lebhaftigkeit unterhielten. Was war geschehen?
Sie erfuhr es durch ein paar Worte, die sie zufällig hörte.
»Armes Mädchen.«
»Man hat ihr den Finger abgeschnitten.«
»Den kleinen Finger?«
»Ja, den kleinen.«
»Und den andern?«
»Den brauchten sie nicht abzunehmen.«
»Hat sie geschrien?«
»Ihre Schreie haben jeden zum Weinen gebracht, der sie hörte.«
Perrine brauchte sich nicht zu erkundigen, wem der Finger hatte abgenommen werden müssen, und nach dem ersten Entsetzen krampfte sich ihr Herz zusammen. Freilich kannte sie Rosalie erst seit zwei Tagen, aber sie war es, der sie bei ihrer Ankunft zuerst begegnet war, die sie herumgeführt und als Freundin behandelt hatte. Das arme Mädchen hatte so schrecklich leiden müssen und war für immer verstümmelt!
Sie war ganz verzweifelt und in trübe Gedanken versunken, als sie Herrn Bendit daherkommen sah. Ohne sich klar bewußt zu sein, was sie tat, trat sie ihm entgegen und sprach ihn auf englisch an:
»Verzeihen Sie mir, Herr Bendit, aber können Sie mir nicht sagen, wie es Rosalie geht?«
Er sah das Mädchen an und antwortete: »Ihre Großmutter hat mir heute morgen gesagt, daß sie gut geschlafen habe.«
»Oh, vielen Dank!«
»Auch ich freue mich darüber«, sagte er und setzte seinen Weg fort.
Während des ganzen Vormittags mußte Perrine immer wieder an Rosalie denken, und sie konnte das ganz ungehindert tun, weil sie

mit ihrer Arbeit schon so vertraut war, daß sie von ihr keine besondere Aufmerksamkeit mehr erforderte.

In der Mittagspause lief sie zu Mutter Françoises Haus, doch hatte sie leider das Mißgeschick, der Tante zu begegnen, so daß sie nicht weiter als bis zur Türschwelle kam. »Rosalie besuchen? Wozu? Der Arzt hat verboten, sie aufzuregen. Und wenn sie wieder aufstehen kann, wird sie dir schon erzählen, wie sie sich verstümmeln ließ, diese dumme Gans!«

Dieser Empfang hielt Perrine ab, am Abend wiederzukehren, da sie zweifellos nicht freundlicher aufgenommen worden wäre. So blieb ihr nichts anderes zu tun, als auf ihre Insel zurückzukehren, auf die sie sich schon sehr freute. Sie fand alles so, wie sie es verlassen hatte. Da sie heute nichts weiter zu besorgen hatte, konnte sie sogleich ihr Abendbrot verzehren. Sie hatte sich vorgenommen, diese Mahlzeit möglichst in die Länge zu ziehen, aber so klein sie die Brotstückchen auch schnitt, so verschwanden sie eben doch. Als ihr nur noch ein winziger Rest blieb, stand die Sonne noch hoch über dem Horizont. So setzte sie sich denn in der Hütte auf den Wurzelstock, und während sie durch die offene Tür auf den Weiher und die dahinter liegenden Wiesen und Bäume blickte, überlegte sie, wie sie sich ihr künftiges Leben einrichten wollte.

Am wichtigsten waren drei Dinge: Wohnung, Kleidung und Nahrung. Was die Wohnung anbetraf, so war dieses Problem durch den glücklichen Zufall, der sie die Inselhütte hatte entdecken lassen, zum mindesten bis in den Oktober hinein gelöst und kostete sie nichts. Mehr Schwierigkeiten bereitete ihr die Frage nach Nahrung und Bekleidung.

War es möglich, sich monatelang mit einer Tagesration von einem Pfund Brot so zu ernähren, daß sie bei Kräften blieb, um ihre Arbeit verrichten zu können? Das wußte sie nicht, da sie bisher noch nie so angestrengt gearbeitet hatte. Ihre Mahlzeiten waren seit zwei Tagen etwas spärlich ausgefallen. Sie würde sich wohl entschließen müssen, hin und wieder auch ein Stückchen Käse oder etwas Butter zu kaufen, um sich weniger einseitig zu ernähren. Aber damit hatte es keine Eile.

Dagegen befand sich ihre Kleidung in einem bedenklichen Zustand, der ein rasches Eingreifen erforderte. Besonders waren die

Schuhe dermaßen abgetragen, daß sich die Sohlen bald vom Oberleder loslösen würden. Gab es einen andern Ausweg, als neue Schuhe zu kaufen? Aber woher hätte sie das Geld zu einer solchen Ausgabe nehmen sollen?

Das Dringlichste war also, sich ein Paar Schuhe anzufertigen, doch stellten sich ihr bei näherer Überlegung entmutigende Schwierigkeiten in den Weg. Sie hatte noch nie daran gedacht, einen Schuh näher zu untersuchen. Als sie ihn nun zu genauerer Betrachtung vom Fuß zog und sah, wie kunstvoll Oberleder und Sohle zusammengenäht waren, wie Hinterteil und Vorderteil ein Ganzes bildeten, das der Absatz zweckmäßig ergänzte, da sah sie ein, daß eine solche Arbeit ihre Kräfte und ihren guten Willen bei weitem überstieg und daß auch ein guter Schuhmacher ein Künstler ist. Ja, wenn sie die Schuhe aus einem Stück Holz hätte schnitzen können; aber wie sollte es möglich sein, sie auszuhöhlen, da ihr als einziges Handwerkszeug ein Messer zur Verfügung stand?

Betrübt sann sie über diese Unmöglichkeit nach, als ihr Blick, der über den Weiher und seine Ufer schweifte, an einem Schilfbüschel haften blieb: Die Stengel dieses Schilfs waren kräftig und lang, und zwischen den jungen Schossen vom Frühjahr gab es noch einige aus dem vorigen Jahr, die wohl ins Wasser tauchten, aber noch nicht verfault waren. Bei diesem Anblick kam ihr eine Idee, es gab nicht nur Schuhe aus Leder und Holz, sondern auch die Espadrillen, die aus Tuch bestanden und Sohlen aus geflochtenem Schilf hatten. Warum sollte sie nicht versuchen, sich solche Sohlen anzufertigen, da ja das Schilf anscheinend nur hier wuchs, um von ihr verwertet zu werden, wenn sie die dazu erforderliche Geschicklichkeit besaß.

Sogleich verließ sie ihre Insel und ging am Ufer entlang, bis sie eine Schilfstaude erreichte, von der sie einen Armvoll der besten Stengel brach, die schon trocken, doch immer noch biegsam und widerstandsfähig waren. Sie trug das Bündel rasch in die Hütte zurück und machte sich sofort ans Werk.

Nachdem sie einen beinahe meterlangen Zopf geflochten hatte, mußte sie einsehen, daß eine daraus verfertigte Sohle nicht fest genug wäre. Sie mußte die Fasern trennen und in eine Art Hanf verwandeln.

Das konnte sie weder aufhalten noch in Verlegenheit bringen, sie hatte ja den Wurzelstock, um das Schilf darauf zu klopfen, so daß ihr nur noch ein Hammer fehlte. Ein runder Stein, den sie von der Straße holte, mußte ihr als Ersatz dienen, und sofort begann sie, die Schilfhalme zu klopfen. Die Dunkelheit der Nacht überraschte sie bei ihrer Arbeit, und so legte sie sich schlafen und träumte von schönen, blaubebänderten Espadrillen, die sie schon bald tragen würde. Sie zweifelte nicht daran, daß ihr die Arbeit gelingen würde, wenn nicht beim ersten oder zweiten, so doch beim dritten oder zehnten Mal.

Aber es dauerte nicht so lange. Am nächsten Abend hatte sie genügend Zöpfe geflochten, um mit den Sohlen beginnen zu können. Am darauffolgenden Tag kaufte sie für einen Sou eine gebogene Ahle, ein Garnknäuel, ebenfalls für einen Sou, ein Restchen blaues Baumwollband zum selben Preis, zwanzig Zentimeter groben Drillich für vier Sous, alles zusammen also für sieben Sous, was auch das höchste war, was sie in ihrer Lage ausgeben durfte, wenn sie am Samstag nicht auf das Brot verzichten wollte. Mit diesen Hilfsmitteln versuchte sie dann, nach dem Muster ihrer

Schuhe eine Sohle anzufertigen. Die erste geriet aber beinahe rund, was der Form des Fußes keineswegs entsprach, die zweite war überhaupt mit nichts zu vergleichen, die dritte war kaum besser; aber endlich die vierte, in der Mitte gut zusammengezogen und an den Zehen breiter als am Absatz, konnte man als Sohle gelten lassen.

Welche Freude! Wieder war der Beweis erbracht, daß mit gutem Willen und Ausdauer zu erreichen ist, was man sich ernsthaft vornimmt, auch wenn es anfangs unmöglich zu sein scheint.

Das Werkzeug, das ihr vor allem fehlte, um ihre Espadrillen fertigzustellen, war eine Schere. Aber an eine derartige Ausgabe war nicht zu denken. Zum Glück hatte sie ihr Messer, und mit Hilfe eines Schleifsteins, den sie im Flußbett suchte, gelang es ihr, es dermaßen zu schärfen, daß sie damit den Stoff schneiden konnte. Das Zurechtschneiden dieser Stoffstücke blieb aber eine nur mühsam zu lösende Aufgabe. Schließlich gelang es ihr dann doch, so daß sie am Samstagmorgen die Genugtuung hatte, mit schönen Espadrillen von grauer Farbe ausgehen zu können, die durch ein blaues, über dem Strumpf gekreuztes Band gut am Bein befestigt waren.

Während dieser Arbeit, die vier Abende und drei Morgen vom Sonnenaufgang bis zum Arbeitsbeginn in Anspruch genommen hatte, hatte sie überlegt, was sie mit ihren Schuhen anfangen sollte, wenn sie die Hütte verließ. Sie brauchte ja nicht zu befürchten, daß sie gestohlen würden, da gewiß niemand hierher kam. Aber konnten sie nicht von Ratten angenagt werden? Was für ein Unglück wäre das! Um dieser Gefahr zu entgehen, mußten sie irgendwo aufbewahrt werden, wo keine Ratten dazukamen. Und da sie ja weder einen Schrank noch eine Schachtel oder sonst etwas Verschließbares besaß, wußte sie sich nicht anders zu helfen, als die Schuhe mit einer Weidenrute an der Hüttendecke aufzuhängen.

18. Kapitel

Erfindungen und Entdeckungen

Perrine war stolz auf ihre Fußbekleidung und doch etwas besorgt, wie sie sich wohl bei der Arbeit bewähren würde. Konnte sich beim Tragen die Sohle ausweiten, der Stoff verziehen und jede Form verlieren? So war es ganz selbstverständlich, daß sie beim Beladen und Stoßen ihres Wägelchens häufig auf ihre Füße niederschaute. Damit erregte sie die Aufmerksamkeit einer ihrer Mitarbeiterinnen, der die Espadrillen sehr gut gefielen. »Wo hast du diese Pantoffeln gekauft?« wollte sie wissen.

»Es sind keine Pantoffeln, sondern Espadrillen.«

»Sie sind sehr hübsch. Waren sie teuer?«

»Ich habe sie selbst gemacht, aus geflochtenem Schilf und Drillich für vier Sous.«

»Sehr hübsch.«

Dieser Erfolg veranlaßte Perrine, sich an eine andere Arbeit zu wagen, an eine, die noch viel schwieriger war und die sie aus diesem Grund und auch wegen der großen Unkosten bisher immer wieder hinausgeschoben hatte. Diese Arbeit bestand darin, sich ein Hemd zu schneidern, um das einzige zu ersetzen, das sie besaß und immer trug. Wieviel würden wohl die dazu benötigten zwei Meter Baumwollstoff kosten? Sie wußte es nicht. Und wie sollte sie den Stoff zuschneiden, wenn sie ihn hätte? Auch auf diese Frage wußte sie keine Antwort.

Als sie dann am Samstagabend den Wochenlohn von drei Francs in der Hand hielt, wollte sie die Lösung dieser dringendsten Kleidersorge versuchen.

Jeden Tag ging Perrine in der Mittagspause ins Haus von Mutter Françoise, um sich nach Rosalie zu erkundigen. Manchmal erfuhr sie etwas, manchmal auch nicht, je nachdem ihr die Großmutter oder die Tante Bescheid gab.

Seitdem der Plan mit dem Hemd sie beschäftigte, blieb sie unterwegs vor einem kleinen Laden stehen, dessen Schaufenster in zwei Hälften unterteilt war, die eine für Zeitungen, Bilder und Liederhefte, die andere für Stoffe und Kurzwaren. Sie stellte sich mitten vor das Fenster, so daß es aussah, als ob sie die Zeitungen lesen oder einen der Liedertexte lernen würde, während in Wirklichkeit ihre ganze Bewunderung den Stoffen galt. Sie hatte oft Fabrikarbeiterinnen den Laden betreten und nach einer Weile, mit einem Paket im Arm, wieder verlassen sehen. Wie glücklich mußten die Frauen sein, die sich nach Belieben von den Stoffen abschneiden lassen konnten!

Und heute gaben die drei Münzen in ihrer Hand auch ihr die Möglichkeit, die Schwelle zu überschreiten.

»Was wünschen Sie, mein Fräulein?« fragte eine kleine alte Frau mit höflicher Stimme und einem freundlichen Lächeln.

Wie lange war es her, seitdem sie mit soviel Wohlwollen angesprochen worden war! Sie faßte sich ein Herz und fragte: »Wieviel kostet Ihr Baumwollstoff? Der billigste –«

»Ich habe einen, von dem der Meter acht Sous kostet.«

Perrine atmete befreit auf. »Würden Sie mir zwei Meter davon abschneiden?«

»Er ist allerdings nicht sehr dauerhaft im Gebrauch, während der für zwölf Sous –«

»Die Qualität zu acht Sous genügt mir.«

»Wie Sie wünschen. Ich wollte Sie aber darauf aufmerksam machen, da mir Reklamationen nicht angenehm sind.«

»Oh, ich werde Ihnen keine Vorwürfe machen. Madame!«

Die Verkäuferin hatte den Baumwollstoff zu acht Sous herbeigeholt. Perrine sah, daß er weder so weiß noch so fest war wie der, den sie in der Auslage bewundert hatte.

»Sonst noch etwas?« fragte die Frau, als sie den Stoff abschnitt.

»Ich brauchte noch Nähgarn.«

»Ein Knäuel, einen Strang oder eine Spule?«

»Das billigste.«

»Hier ist ein Knäuel für zwei Sous, das macht nun zusammen achtzehn Sous.«

Glücklich verließ Perrine den Laden und drückte den in eine alte Zeitung gewickelten Stoff an sich. Von ihren drei Francs hatte sie erst achtzehn Sous ausgegeben, bis zum nächsten Samstag blieben

ihr also zweiundvierzig Sous übrig, von denen für das Brot achtundzwanzig Sous abgingen, so daß ihr für den Notfall oder als Ersparnis vierzehn Sous verblieben, weil sie ja für ihre Unterkunft nichts zu zahlen hatte.
Sie eilte nach der Insel zurück, wo sie ganz atemlos anlangte. Aber das hinderte sie keineswegs daran, sich sofort an die Arbeit zu machen, da sie sich über die Form, die sie ihrem Hemd geben wollte, schon lange im klaren war.
Solange sie nur zu nähen brauchte, ging alles ganz gut, auch wenn sie keine Veranlassung hatte, ihre Arbeit zu bewundern. Die eigentliche Schwierigkeit begann erst, als sie die Ausschnitte für Kopf und Arme machen mußte, was mit einem Messer als einzigem Werkzeug ein wirklich gewagtes Unternehmen war. Aber schließlich glückte auch das, so daß sie am Dienstagmorgen bekleidet mit einem selbstverdienten und selbstverfertigten Hemd in die Fabrik gehen konnte.

Als sie an diesem Tag zu Mutter Françoise ging, trat ihr Rosalie, den Arm in der Schlinge, entgegen.
»Bist du wieder gesund?« rief Perrine erfreut.
»Nein, noch nicht ganz, ich darf erst in den Hof hinausgehen.«
Hocherfreut, sie wiederzusehen, fuhr Perrine fort, Fragen zu stellen, doch Rosalie antwortete ihr sehr zurückhaltend.
Was hatte sie nur?
Endlich erfuhr Perrine den Grund für Rosalies sonderbares Verhalten. Rosalie erkundigte sich nämlich, wo Perrine jetzt wohne. Diese versuchte auszuweichen. »Es war mir hier zu teuer, es blieb mir zuwenig für Nahrung und Kleidung.«
»Kommst du denn jetzt billiger weg?«
»Ich bezahle überhaupt nichts.«
»Ach!« Rosalie schwieg einen Augenblick, dann aber konnte sie der Neugierde nicht wiederstehen. »Bei wem?«
»Das werde ich dir später sagen.«
»Wie du willst; aber laß dir gesagt sein, daß es besser für dich ist, nicht hereinzukommen, wenn du Tante Zénobia im Hof oder an der Tür erblickst. Sie hat etwas gegen dich, komm abends, wenn sie beschäftigt ist.«
Nach dieser Begegnung kehrte Perrine betrübt in die Fabrik zurück. War es denn ein Vergehen, anderswo als in der Kammer von Mutter Françoise zu wohnen?
Diese trüben Gedanken verfolgten sie während des ganzen Tages und ließen sich auch am Abend nicht los, als sie sich allein und seit acht Tagen zum ersten Mal ohne Arbeit in der Hütte befand. Um sich etwas zu zerstreuen, entschloß sie sich, die Umgebung der Insel zu durchstreifen, wozu sie bisher noch keine Zeit gehabt hatte. Es war ein Abend von strahlender Schönheit, nicht so blendend wie jene, die sie in den Jahren der Kindheit in ihrem Geburtsland erlebt hatte, nicht glühend unter einem indigoblauen Himmel, sondern mild und von einer gedämpften Klarheit, in der die Gipfel der Bäume in einen blaßgoldenen Dunst getaucht zu sein scheinen. Das Gras war noch nicht reif für die Sense, doch begannen die Blumen darin schon zu verblühen, so daß tausend Wohlgerüche aus dem Wiesengrund aufstiegen und sich zu einem betäubenden Duft vereinigten.

Als sie die Insel verlassen hatte, folgte sie dem Rand des Weihers. Das hohe Gras, durch das sie ging, war seit seinem ersten Aufkeimen im Frühling noch von niemandem betreten worden. Von Zeit zu Zeit wandte sie sich um und schaute durch das Schilf zu ihrer Hütte hinüber. Sie war den Stämmen und dem Geäst der Weiden so geschickt angepaßt, daß die Tiere der Wildnis in ihr unmöglich ein Werk von Menschenhand vermuten konnten.
In dem Augenblick, als sie das Schilf- und Binsengewirr verlassen und die Böschung hinaufsteigen wollte, ließ ein Geräusch zu ihren Füßen sie zusammenfahren. Sie hatte eine Wildente aufgeschreckt, die sich nun ins Wasser stürzte, um sich vor ihr in Sicherheit zu bringen. Nun gewahrte Perrine ein aus Grashalmen und Federn geflochtenes Nest, in dem sich zehn schmutzigweiße, nußbraun gesprenkelte Eier befanden. Dieses Nest lag nicht etwa auf der Erde zwischen dem Gras, es schwamm auf dem Wasser. Perrine betrachtete es während einiger Minuten, ohne es zu berühren, und erkannte, daß es sich mit dem Steigen und Fallen des Wassers heben und senken konnte, und daß es so dicht von Schilf umgeben war, daß weder die Strömung noch der Wind es entführen konnten.

Niedergekauert zwischen hohen Halmen, wartete Perrine, ob die Ente in ihr Nest zurückkehren würde. Sie blieb fort. Daraus schloß Perrine, daß das Tierchen noch nicht brütete und die Eier frisch gelegt waren.

Sie setzte ihre Entdeckungsreise fort. Wieder sah sie, wie, aufgescheut durch das Rascheln dürrer Halme, die ihr Kleid streifte, andere Vögel entflohen: Wasserhühner, die so leicht waren, daß sie auf den schwimmenden Blättern der Seerosen vorwärts eilen konnten, ohne sie unterzutauchen, Rallen mit roten Schnäbeln, hüpfende Bachstelzen und ganze Schwärme von Sperlingen, die, aus ihrer Ruhe aufgestört, Perrine mit lärmendem Geschrei verfolgten.

Schließlich erreichte sie das Ende des Weihers und bemerkte, daß er mit einem andern, der noch viel länger und breiter war, in Verbindung stand. Aber dessen Ränder waren mit weniger Gesträuch und Schilf bestanden, und als Perrine eine Weile an einem seiner Ufer entlanggegangen war, fand sie darin die Erklärung dafür, daß hier die Vögel viel weniger zahlreich vorkamen.

Ihr Teich mit seinen dichtbelaubten Bäumen, seinen ausgedehnten Schilffeldern und den das Wasser mit einem grünen Teppich bedeckenden Sumpfpflanzen war es, den sich das gefiederte Volk ausgewählt hatte, weil es hier nicht nur Nahrung, sondern auch Sicherheit fand. Als Perrine, eine Stunde später, dorthin zurückkehrte und, schon halb eingesponnen in die Dunkelheit der Nacht, die Insel vor sich liegen sah, so still, so grün, so friedlich, da sagte sie sich, daß sie ebenso klug gewesen war wie die Tiere.

Die Eier der Wildente, die Perrine gesehen, ließen ihr keine Ruhe. Warum hatte sie nicht wenigstens ein paar davon aus dem Nest genommen? Wäre das nicht eine Gelegenheit gewesen, ihre Nahrung, die seit vierzehn Tagen nur aus Brot und Wasser bestand, zu bereichern? Die Eier gehörten ja niemandem, da die Wildente, die sie gelegt hatte, ein herrenloses Geschöpf war. Freilich, da Perrine weder eine Pfanne noch einen Herd oder sonst irgendwelches Küchengerät besaß, konnte sie nicht an die Zubereitung einer richtigen Mahlzeit denken. Aber ließen sich denn Eier nicht in heißer Asche kochen, bis es ihr möglich war, eine Pfanne zu kaufen? Dazu brauchte sie nur Streichhölzer und Reisig, das sie im Wald zusammensuchen konnte.

Sie war entschlossen, den Versuch zu wagen. Am andern Tag kaufte sie sich sofort nach Arbeitsschluß eine Schachtel Streichhölzer und etwas Salz. Sobald sie diese Einkäufe gemacht hatte, eilte sie an den Weiher zurück.

Sie hatte sich die Stelle genau gemerkt, wo sich das Nest befand. Da schwamm es noch immer auf dem Wasser! Die Ente war nicht da. Doch statt zehn Eiern lagen elf im Nest, was bewies, daß sie dort gewesen war und noch nicht brütete.

Das war wirklich ein Glücksfall! Einmal, weil so die Eier frisch sein mußten, und dann, weil die Ente, die ja nicht zählen konnte, es nicht merken würde, wenn ihr fünf oder sechs Eier weggenommen wurden.

Früher wäre Perrine bedenkenloser gewesen und hätte ohne weiteres das Nest ganz geplündert. Doch die Sorgen, die sie durchgemacht hatte, hatten in ihr das Mitgefühl für den Kummer anderer geweckt. Und die Liebe zu Palikar hatte sie zu allen Tieren in ein freundschaftliches Verhältnis gebracht.

Es verstand sich für Perrine von selbst, daß sie die erbeuteten Eier nicht in der Schilfhütte kochen durfte, da ja das feinste Rauchwölkchen genügt hätte, anderen ihr Versteck zu verraten. Es gab im nahen Wald einen Steinbruch, wo öfters fahrendes Volk lagerte. Wenn sie dort ein Feuer anzündete, konnte das keinem Menschen auffallen.

So suchte sie hurtig einen Armvoll dürres Holz zusammen. Bald hatte sie glühende Kohlen und heiße Asche, um darin eines der Eier zu kochen. Unterdessen zerrieb sie zwischen zwei flachen Steinen eine Prise Salz. Endlich konnte sie ein Stück Brot in das weichgekochte Ei tauchen. Ah, wie das schmeckte! Ihr schien, daß sie in ihrem Leben noch nie etwas so Gutes gegessen hätte.

Aber kaum war das Ei gegessen, als sie sich auch schon überlegte, ob sich die übrigen Eier nicht auf eine andere Art zubereiten ließen. Das weichgekochte Ei war gut, es war sogar sehr gut gewesen; aber müßte nicht auch eine warme, mit einem Eigelb angerichtete Suppe herrlich schmecken? Das war leider nicht zu verwirklichen, denn wenn sie auch Espadrillen und ein Hemd angefertigt hatte, so

bildete sie sich doch nicht ein, jemals aus Lehm oder Blech einen Suppentopf herstellen zu können.
Da sah sie eines Morgens auf ihrem Weg zur Fabrik neben der Tür eines Hauses, aus dem die Bewohner tags zuvor ausgezogen waren, einen Haufen altes Stroh und allerlei Gerümpel liegen, unter dem sich auch ein paar Konservenbüchsen befanden. Sie waren von verschiedener Form und Größe. Als sie das blankpolierte Blech glänzen sah, blieb sie unwillkürlich stehen. Und sofort war ihr klar, daß sie die Pfannen, Schüsseln, die Löffel und Gabeln, die ihr fehlten, soeben entdeckt hatte. Sie brauchte nichts zu tun, als diese Büchsen aufzuheben, um ihre Kücheneinrichtung ganz nach Wunsch zu vervollständigen. Mit einem Sprung war sie über die Straße und wählte hastig vier Büchsen aus, die sie eilig davontrug und in einer Hecke unter einem Haufen dürrem Laub versteckte. Bei ihrer Rückkehr am Abend würde sie sie dann mitnehmen.
Aber waren sie bis dahin noch dort? Das war die Frage, die sie während des ganzen Tages beschäftigte. Wenn man sie wegnähme, dann wären all ihre schönen Pläne und Träume zunichte gemacht. Als Perrine nach vollbrachtem Tagewerk zur Hecke kam und den Strom der Arbeiter an sich hatte vorüberziehen lassen, fand sie die Büchsen noch an derselben Stelle, wo sie sie verborgen hatte.
Da sie auf ihrer Insel nicht nur keinen Rauch, sondern auch keinen Lärm machen durfte, ließ sie sich im Steinbruch nieder, wo sie auch die geeigneten Steine zu finden hoffte, die sie brauchte, um das Blech zu hämmern, zu biegen und durchzutrennen. Diese Arbeit verursachte ihr die meiste Mühe, und sie brauchte drei Tage, bis sie einen Löffel geformt hatte. Und dabei war sie noch nicht einmal sicher, ob jedermann erkennen würde, daß dies ein Löffel sein sollte. Aber da sie ja allein aß, brauchte sie sich um das Urteil anderer nicht zu kümmern. Um sich die Suppe zuzubereiten, nach der es sie so sehr gelüstete, benötigte sie nur noch etwas Butter und Sauerampfer. Mit der Butter war es wie mit dem Brot und dem Salz. Sie ließ sich, da Perrine über keine Milch verfügte, nicht herstellen und mußte also gekauft werden. Dagegen konnte sie sich die Ausgabe für Sauerampfer ersparen. Denn auf den Wiesen gab es nicht nur wilden Ampfer, sondern auch Rüben und Lauch, und

wenn dieses Gemüse auch nicht so schön und groß war wie das in den Gärten gezogene, so genügte es doch vollkommen.
Nach diesem gelungenen Versuch ging Perrine noch weiter. Sie begnügte sich zur Bereicherung ihres Speisezettels nicht mit Eiern und Gemüse. Jetzt, da sie eine Art Topf besaß, dazu einen Löffel aus Weißblech und eine Gabel aus Holz, wollte sie versuchen, aus ihrem Weiher Fische zu erbeuten.
Eine Angelrute war bald geschnitten, und vom Garn, das sie für ihre Espadrillen gekauft hatte, war noch ein genügend langes Stück übriggeblieben. Die Pferdehaare, die sie benötigte, suchte sie sich vor der Schmiede, so daß sie nur für Angelhaken einen Sou ausgeben mußte.
Dieses einfache Angelgerät, an dem sie einen Wurm befestigte, genügte vollkommen, um verschiedene Arten Fische zu fangen. Und wenn es auch nicht die schönsten waren, die sie im klaren Wasser des Weihers verächtlich an dem geringen Köder vorüberschwimmen sah, so waren die weniger anspruchsvollen, die anbissen, für Perrine immer noch Köstlichkeiten.

19. Kapitel

Eine Besucherin

Die verschiedenen Arbeiten nahmen Perrine dermaßen in Anspruch, daß sie über eine Woche lang nicht dazu kam, Rosalie zu besuchen. Durch ein Mädchen, das wie sie in der Spulerei beschäftigt war und bei Mutter Françoise wohnte, erfuhr sie, wie es der Freundin ging. Außerdem fürchtete sie sich vor der schrecklichen Tante Zénobia. Schließlich entschloß sie sich doch eines Abends, nicht gleich in die Hütte zurückzukehren. Sie hatte zum Abendbrot kalten Fisch vorgesehen, der vom Vorabend übriggeblieben war.

Rosalie, unter einem Apfelbaume sitzend, war allein im Hof. Als sie Perrine bemerkte, trat sie an die Hecke und sagte, halb beleidigt, halb befriedigt: »Ich glaubte schon, du würdest überhaupt nicht mehr kommen.«

»Ich war beschäftigt.«

»Womit denn?«

Perrine mußte antworten. Sie zeigte auf ihre Espadrillen und erzählte, wie sie auch ein Hemd geschneidert habe.

»Konntest du dir denn bei den Leuten, bei denen du wohnst, eine Schere borgen?« fragte Rosalie überrascht.

»In dem Hause, in dem ich wohne, gibt es keine Leute, die mir eine Schere hätten leihen können.«

»Aber eine Schere hat doch jeder!«

Perrine überlegte, ob sie ihr Geheimnis weiterhin bewahren solle. Doch um Rosalie nicht zu erzürnen, entschloß sie sich, es preiszugeben. »Es wohnt kein Mensch in meinem Haus«, sagte sie lächelnd.

»Das ist doch nicht möglich!«

»Es ist tatsächlich wahr, und weil ich mir so keine Pfanne verschaffen konnte, um meine Suppe zu kochen, und keinen Löffel, um sie zu essen, mußte ich alles eben selbst verfertigen. Und ich versichere dir, daß der Löffel schwerer herzustellen war als die Schuhe.«

»Du machst Spaß!«
»Keineswegs!« Und ohne etwas zu verschweigen, erzählte sie, wie sie die Hütte ausfindig gemacht und wie sie sich darin eingerichtet habe, von der Herstellung der Gerätschaften, der Eierjagd, ihren Fischzügen im Weiher und ihrer Kocherei im Steinbruch.
Alle Augenblicke stieß Rosalie Rufe freudiger Überraschung aus.
»Wie lustig muß das sein!« rief sie, als Perrine ihr erklärte, wie sie sich ihre erste Suppe aus Sauerampfer gekocht hatte.
»Ja, wenn es gelingt, dann ist es gewiß recht schön«, meinte Perrine. »Aber stelle dir vor, die Herstellung des Löffels hat mich drei Tage lang in Anspruch genommen. Es gelang mir einfach nicht, die Höhlung herauszubringen, zwei Stücke Blech habe ich verdorben, so daß mir nur noch eines verblieb. Du kannst dir nicht vorstellen, wie oft ich mir mit den Steinen auf die Finger geklopft habe.«
»Ich habe nicht an deinen Löffel, sondern an die Suppe gedacht.«
»Ja, die war gut.«

»Das glaube ich gern.«
»Wie lange hatte ich überhaupt nichts Warmes mehr gegessen!«
»Ich esse ja jeden Tag Suppe, aber das ist nicht dasselbe. Ich wußte nicht, daß es auf den Wiesen Sauerampfer, Rüben und Gewürzkräuter gibt.«
»Auch Kresse, Schnittlauch, Rapünzchen, Pastinaken, Spinat, Runkeln und noch viel andere eßbare Pflanzen.«
»Man muß sie aber kennen.«
»Mein Vater hat sie mir gezeigt.«
Rosalie dachte eine Weile schweigend nach, endlich fragte sie:
»Darf ich dich einmal besuchen?«
»Gern, wenn du mir versprichst, keinem Menschen zu verraten, wo ich wohne.«
»Das verspreche ich dir.«
»Wann wirst du kommen?«
»Am nächsten Sonntag werde ich eine meiner Tanten in Saint-Pipoy besuchen. Am Nachmittag könnte ich mich gut auf dem Rückweg bei dir aufhalten.«
»Dann bleib doch lieber zum Abendessen bei mir«, bat Perrine.
»Wenn du meinst –«
»Ich freue mich auf deinen Besuch. Du mußt nur deinen Löffel mitbringen, da ich weder Zeit noch Blech habe, einen zweiten anzufertigen.«
»Natürlich, auch mein Brot werde ich mitnehmen.«
»Das ist gut. Ich werde dich im Steinbruch erwarten. Dort wirst du mich in meiner Küche beschäftigt finden.«
Tatsächlich freute sich Perrine riesig darauf, Rosalie als ihren Gast bei sich zu empfangen und bewirten zu dürfen. Um das Essen so festlich wie möglich zu gestalten, suchte sie schon am Freitag die Ufer des Weihers ab, wobei sie zu ihrer Freude das Nest eines Wasserhuhns entdeckte. Was tat es, daß die Eier kleiner waren als die der Wildenten? Noch mehr Glück hatte sie mit ihrem Fischfang. Mit ihrer Angel, an die sie einen roten Wurm gespießt hatte, gelang es ihr, einen Barsch zu erwischen. Es war ein hübscher Bursche, der ausreichen würde, um sowohl ihren als auch den Appetit Rosalies zu stillen. Es sollte aber noch etwas zum Nachtisch geben. Sie fand einen verwilderten Stachelbeerstrauch,

der zwischen den Weiden emporgeschossen war. Möglich, daß die Stachelbeeren noch nicht ganz reif waren; aber es ist ja die besondere Eigenschaft dieser Früchte, daß sie auch in grünem Zustand genossen werden können.
Als dann am späten Sonntagnachmittag Rosalie im Steinbruch anlangte, fand sie Perrine vor dem Feuer sitzen, über dem die Suppe brodelte.
»Ich habe auf dich gewartet, damit du das Eigelb in die Suppe einrühren kannst«, sagte Perrine. »Du brauchst nur mit deiner gesunden Hand zu rühren, während ich langsam die Brühe aufgieße; das Brot ist schon geschnitten.«
Obwohl sich Rosalie zu ihrem Besuch herausgeputzt hatte, zögerte sie doch keinen Augenblick, sich an der Arbeit zu beteiligen, die ja für sie ein unterhaltsames Spiel bedeutete.
Bald war die Suppe angerichtet, so daß Perrine sie nur noch auf die Insel zu tragen brauchte. Für ihre Freundin, die ihre Hand immer noch in der Schlinge trug, hatte sie den als Brücke dienenden Stamm wieder über den Graben gelegt. »Ich für mein Teil gehe hier mit Hilfe einer Sprungstange aus und ein«, sagte sie. »Aber das hättest du mit deiner Hand kaum nachmachen können.«
Als dann Perrine die Tür der Hütte aufstieß, gewahrte Rosalie, daß in den vier Ecken verschiedenfarbige Sträuße aufgestellt worden waren. Der eine bestand aus Rohrkolben, der andere aus rosafarbenen Binsenblüten, der dritte aus gelben Schwertlilien und der vierte aus blauen Glocken des Eisenhutes. In der Mitte des Raumes war auf dem Boden für zwei Personen gedeckt. Der Jubelschrei, den Rosalie ausstieß, belohnte Perrine reichlich für ihre Mühe. »Wie reizend ist es hier!«
Auf einem Teppich aus frischem Farnkraut lagen sich an Stelle der beiden Teller zwei große Wasserrosenblätter gegenüber, und auf einem noch größeren Blatt lag der Barsch, ringsherum mit Kresse verziert. Ein kleineres Blatt diente als Salztellerchen, und ein anderes ersetzte die Kompottschüssel für die Stachelbeeren. Zwischen jeder Platte aber lag eine Wasserrose, deren reines Weiß sich wunderbar leuchtend vom satten Grün der Blätter abhob.
»Nimm bitte Platz«, sagte Perrine und reichte ihrem Gast die Hand. Und sobald sie sich gegenübersaßen, begannen sie das Mahl.

»Ich hätte wirklich Grund gehabt, mich zu ärgern, wenn ich nicht gekommen wäre«, schwatzte Rosalie mit vollem Mund. »Es ist so hübsch hier und schmeckt so gut!«
»Weshalb hättest du denn nicht kommen sollen?«
»Weil Herr Bendit plötzlich krank geworden ist und man mich zu ihm nach Picquigny schicken wollte.«
»Was fehlt ihm denn?«
»Er hat das Nervenfieber und ist sehr krank. Seit gestern weiß er nicht, was er spricht, er erkennt auch niemanden mehr. Deshalb wollte ich dich gestern ja auch holen.«
»Mich? Ja wozu denn?«
»Oh, ich hatte mir etwas ausgedacht –«
»Wenn ich etwas für Herrn Bendit tun kann, dann bin ich gerne dazu bereit. Er war freundlich zu mir. Aber was könnte ich armes Mädchen für ihn tun? Das kann ich mir nicht vorstellen.«
»Reich mir bitte noch etwas Fisch und Kresse dazu. Dann will ich dir alles erklären. Du weißt doch, daß Herr Bendit die ausländische Korrespondenz besorgt und daß er die englischen und die deutschen Briefe zu übersetzen hat. Da kein Ersatz für ihn zu finden war, teilen sich einstweilen Herr Fabry und Herr Mombleux in seine Arbeit. Nun mußte Herr Fabry gestern nach Schottland verreisen. Jetzt ist Herr Mombleux in Verlegenheit, weil er wohl ziemlich gut Deutsch kann, vom Englischen aber nur wenig versteht, auf jeden Fall zuwenig, um handgeschriebene Briefe entziffern zu können. Er sprach bei Tisch davon und erklärte rund heraus, Herrn Bendit nicht länger ersetzen zu können. Ich hörte es beim Bedienen und überlegte mir, ob ich ihm nicht verraten sollte, daß du sehr gut Englisch wie Französisch kannst.«
»Ich habe mit meinem Vater französisch und mit meiner Mutter englisch gesprochen. Und wenn wir uns zu dritt unterhielten, bedienten wir uns bald dieser, bald der andern Sprache, ohne darauf zu achten.«
»Ich wagte es dann aber doch nicht, ohne dich vorher gefragt zu haben. Würdest du es mir erlauben, ihm das zu sagen?«
»Gewiß, wenn du glaubst, daß ihm ein armes Mädchen von Nutzen sein kann.«
»Es geht hier nicht darum, ob du ein armes Mädchen oder ein

Fräulein bist, wichtig sind hier einzig deine englischen Sprachkenntnisse.«
»Ich spreche Englisch, aber einen Geschäftsbrief übersetzen, das ist eine andere Sache.«
»Nicht, wenn du es gemeinsam mit Herrn Mombleux tun kannst, der ja weiß, um was es sich handelt.«
»Vielleicht. Du kannst ihm also sagen, daß es mich freuen würde, wenn ich etwas für Herrn Bendit tun könnte.«
»Gut, das will ich tun.«
Trotz seiner Größe war der Barsch unterdessen aufgegessen worden, und auch die Kresse war verschwunden. Man war beim Nachtisch angelangt, und Perrine stand auf, um die Blätter, auf denen der Fisch aufgetragen worden war, durch andere Seerosenblätter zu ersetzen, deren Glanz dem schönsten Email in nichts nachstand. Dann bot sie Rosalie die Stachelbeeren an. »Nimmst du noch ein paar Früchte aus meinem Garten?«
»Wo hast du denn deinen Garten?«
»Gleich hinter dem Hause.«
»Herrlich! Aber weißt du auch, daß du dieses Haus nicht mehr lange benutzen kannst?«
»Nun, ich denke bis zum Winter.«
»Da irrst du dich. Sobald die Jagd im Moor eröffnet wird, wird bestimmt auch diese Hütte benützt werden!«
»Großer Gott!« entfuhr es Perrine, die bei den Worten Rosalies zu Tode erschrocken war.
Lange konnte sie in dieser Nacht nicht einschlafen. Was sollte sie tun, wenn sie die Hütte verlassen mußte? Wohin sich wenden? Und was sollte mit all den Geräten geschehen, die sie mit so viel Mühe zusammengebracht hatte?

20. Kapitel

Eine wichtige Besprechung

Wenn Rosalie nur von der baldigen Eröffnung der Jagd gesprochen hätte, wäre Perrine verzweifelt gewesen, so beschäftigte sie sich in Gedanken mit Rosalies Nachricht von Herrn Bendits plötzlicher Erkrankung. Wenn es ihr gelingen würde, sich Herrn Mombleux nützlich zu erweisen, konnte sie vielleicht auf diesem Weg ihrem Ziel näher kommen, das ihr die Mutter auf dem Sterbelager ans Herz gelegt hatte und um dessentwillen sie beide nach des Vaters Tod die Mühseligkeiten ihrer traurigen Reise auf sich genommen hatten.

Wie sie es mit Rosalie vereinbart hatte, begab sich Perrine am Montag in der Mittagspause zu Mutter Françoises Haus, um sich Herrn Mombleux zur Verfügung zu stellen. Aber Rosalie kam heraus, um ihr mitzuteilen, daß keine Übersetzungen zu machen wären, weil am Montag keine Briefe aus England einträfen, möglicherweise werde man ihre Dienste am nächsten Tag in Anspruch nehmen.

So kehrte Perrine in die Fabrik zurück. Sie hatte ihre Arbeit bereits wieder aufgenommen, als sie beim Vorübergehen von Vater Holzbein angerufen wurde. »Geh sofort ins Büro.«

»Wozu?«

»Brauche ich mich um das zu kümmern? Man hat mich geheißen, dich ins Büro zu schicken, also los!«

So fragte sie nicht weiter und ging. Talouel, der sie von seiner Terrasse aus kommen sah, rief sie zu sich. Eilig stieg sie die Stufen hinauf.

»Bist du es, die Englisch spricht?« fragte er. »Antworte mir, ohne zu lügen.«

»Meine Mutter war eine Engländerin.«

»Und das Französische? Es scheint dir auch keine Fremdsprache zu sein?«

»Mein Vater war Franzose.«

»Du sprichst also beide Sprachen?«
»Gewiß.«
»Gut. Dann wirst du jetzt nach Saint-Pipoy gehen und dich bei Herrn Vulfran melden.«
Als sie diesen Namen hörte, konnte sie ihre Erregung nicht verbergen. Der Direktor ärgerte sich darüber. »Hast du mich nicht verstanden, einfältiges Ding?«
Doch Perrine hatte sich schon eine Antwort zurechtgelegt, die ihre Überraschung erklären sollte. »Ich weiß ja gar nicht, wo Saint-Pipoy liegt.«
»Man wird dich im Wagen hinbringen, so daß du dich nicht verlaufen kannst.« Talouel trat an die Mauerbrüstung und rief in den Hof hinunter: »Wilhelm!«
Herrn Vulfrans Wagen, den Perrine vor dem Verwaltungsgebäude hatte stehen sehen, rollte heran.
»Hier ist das Mädchen«, sagte Talouel zum Kutscher. »Fahren Sie zu Herrn Vulfran, aber so schnell wie möglich, verstanden?«
Perrine wollte sich zu Wilhelm auf den Bock setzen. Aber mit einer Handbewegung verwehrte er es ihr. »Nicht hier, sondern hinten.«

Wirklich befand sich hinten ein kleiner Sitz für eine einzige Person. Perrine stieg ein, worauf der Wagen rasch davonfuhr.
Als sie aus dem Dorf hinaus waren, wandte sich Wilhelm, ohne das Pferd langsamer laufen zu lassen, nach Perrine um. »Ist es wahr, daß Sie Englisch können?« fragte er.
»Ja.«
»Dann werden Sie Gelegenheit haben, dem Herrn einen großen Gefallen zu erweisen.«
»Wie das?« erkundigte sie sich.
»Es sind heute englische Mechaniker eingetroffen, um eine Maschine aufzustellen, doch kann sich Herr Vulfran nicht mit ihnen verständigen. Er hat Herrn Mombleux mitgenommen, der behauptet hat, Englisch zu können. Tatsache ist, daß die Mechaniker ihn nicht verstehen und daß sie nun aufeinander einreden,

obwohl keiner eine Ahnung hat, was der andere meint. Es ist zum Totlachen. Der Herr ist wütend geworden. Um ihn zu beruhigen, hat ihm Herr Mombleux von Ihnen erzählt, worauf Herr Vulfran mich sofort hergeschickt hat, Sie zu holen.«

Nach einer Weile drehte sich Wilhelm noch einmal nach Perrine um. »Für den Fall, daß Sie nicht besser Englisch verstehen als Herr Mombleux, möchte ich Ihnen den Rat geben, gleich auszusteigen. Nun, soll ich anhalten?« fügte er spöttisch hinzu.

»Fahren Sie nur weiter.«

Aber trotz ihrer zuversichtlich klingenden Antwort war es Perrine gar nicht wohl zumute. Wenn sie auch mit ihren Eltern Englisch gesprochen hatte, so wußte sie doch nicht, ob sie die Arbeiter verstehen würde. Es gibt in jedem Gewerbe so viele Fachausdrücke, in denen sich nur der auskennt, der eben in seiner Arbeit mit ihnen zu tun hat. Was aber würde Herr Vulfran sagen, wenn sie eingestehen müßte, sich mit den Mechanikern auch nicht verständigen zu können?

Schon näherten sie sich den Fabriken von Saint-Pipoy, deren hohe, rauchende Schornsteine über den Wipfeln der Pappeln zu sehen waren. Perrine wußte, daß in Saint-Pipoy gesponnen und gewebt wurde wie in Maraucourt und daß man dort dazu noch Seile und Schnüre fabrizierte.

Der Wagen rollte durch das Fabriktor und hielt gleich darauf vor dem Verwaltungsgebäude. »Kommen Sie mit mir«, sagte Wilhelm. Und er führte sie in einen Raum, in dem sich Herr Vulfran mit dem Direktor von Saint-Pipoy besprach.

»Hier ist das Mädchen«, meldete Wilhelm, den Hut in der Hand.

»Gut, laß uns allein.«

Herr Vulfran gab dem Direktor durch ein Zeichen zu verstehen, daß er sich zu ihm niederbeugen solle. Dann sprach er leise mit ihm.

Obwohl der Direktor mit gedämpfter Stimme antwortete, verstand Perrine, wie Herr Vulfran fragte, wer sie sei, und wie der Direktor sagte: »Ein Mädchen von zwölf bis dreizehn Jahren, das sehr intelligent aussieht.«

»Tritt näher, mein Kind.« Herr Vulfran wandte sich Perrine zu. In seiner Stimme schwang ein väterlich freundlicher Ton, der Perrine

ermutigte und ihr über die Erregung, die sich ihrer bemächtigt hatte, hinweghalf.
»Wie heißt du?« fragte Herr Vulfran.
»Aurèlie.«
»Wer sind deine Eltern?«
»Sie sind gestorben.«
»Seit wann arbeitest du in meinen Betrieben?«
»Seit drei Wochen.«
»Woher bist du?«
»Ich komme aus Paris.«
»Du sprichst Englisch?«
»Meine Mutter war eine Engländerin.«
Herr Vulfran erhob sich, indem er sich auf seinen Stock stützte. Dann nahm er den Arm des Direktors und sagte zu Perrine: »Folge uns, mein Kind.«
Als sie vor einem großen neuen Gebäude ankamen, bemerkte Perrine Herrn Mombleux, der gelangweilt auf und ab ging. Es schien ihr, als sähe er sie böse an.
Hinter den Herren stieg Perrine in das erste Stockwerk hinauf. Sie betraten einen riesigen Saal, in dem einige mächtige Kisten standen. Auf einer von ihnen saßen die englischen Mechaniker. Es fiel Perrine auf, wie gut sie gekleidet waren. Das ließ sie hoffen, daß sie keinen Dialekt sprachen wie gewöhnliche Arbeiter. Als Herr Vulfran in der Tür erschien, erhoben sie sich. Vulfran wandte sich

an Perrine: »Sag ihnen, daß du Englisch sprichst und daß sie dir alles auseinandersetzen können.«
Dieser Aufforderung kam Perrine sofort nach, und schon nach den ersten Worten, die sie sprach, sah sie zu ihrer Erleichterung, wie sich die mürrischen Gesichter der Engländer aufhellten. Allerdings hatte es sich nur um ein paar übliche Redensarten gehandelt; aber das freundliche Lächeln der Männer schien ihr ein gutes Zeichen zu sein.
»Dann frage sie jetzt«, sagte Herr Vulfran, »frage sie, warum sie acht Tage vor dem vereinbarten Termin eingetroffen seien. Nun ist der Ingenieur, der Englisch spricht und der ihnen Anweisungen geben sollte, noch abwesend.«
Perrine übersetzte diesen Satz und erhielt auch sogleich die Antwort, die sie für Herrn Vulfran ins Französische übertrug: »Sie sagen, daß das Aufstellen der Maschinen in Cambrai weniger Zeit in Anspruch genommen habe, als sie gerechnet hätten. So seien sie eben hierher gekommen, anstatt für ein paar Tage nach England zurückzufahren.«
»Bei wem mußten sie in Cambrai Maschinen aufstellen?« wollte Herr Vulfran wissen.
»Bei den Gebrüdern Aveline.«
»Was für Maschinen waren es?«
Perrine zögerte, die Antwort auf diese Frage zu übersetzen.
»Nun, weshalb sprichst du nicht?« fragte Herr Vulfran ungeduldig.
»Weil es ein Fachausdruck ist, den ich nicht kenne.«
»So sag das Wort englisch.«
»Hydraulic mangle.«
»Gut, ich verstehe.« Er wiederholte das Wort auf englisch, sprach es aber ganz anders aus, was Perrine die Erklärung gab, weshalb er die Männer nicht verstanden hatte. Dann wandte sich Vulfran an den Direktor: »Da sehen Sie, daß uns die Gebrüder Aveline zuvorgekommen sind, wir dürfen also keine Zeit mehr verlieren. Ich werde Fabry telegraphisch mitteilen, daß er unverzüglich zurückkehren soll. Inzwischen müssen wir die Mechaniker dazu bringen, mit der Arbeit anzufangen. Kleine, frage sie, warum sie nichts tun.«

Sie übersetzte diese Frage, auf die sie vom Chefmonteur eine ausführliche Antwort erhielt.
»Nun?« erkundigte sich Herr Vulfran.
»Was sie sagen, ist für mich sehr schwierig zu verstehen.«
»Versuch, es mir zu erklären.«
»Sie sagen, daß der eiserne Fußboden nicht stark genug sei, um die Last der Maschinen, die 120 000 Pfund wiegen, auszuhalten.« Sie unterbrach sich, um sich bei den Arbeitern noch einmal zu erkundigen: »One hundred and twenty?«
»Yes.«
»Es ist so, wie ich gesagt habe. Sie sagen, daß der Boden einstürzen würde, sobald die Maschine liefe.«
»Aber die Träger sind doch sechzig Zentimeter hoch«, sagte Herr Vulfran.
Sie übersetzte diesen Einwand, hörte die Antwort der Mechaniker und fuhr fort: »Sie behaupten, die Tragfähigkeit des Bodens geprüft zu haben. Dabei hätten sie festgestellt, daß er sich gesenkt habe. Nun verlangen sie, daß die Widerstandskraft neu errechnet wird oder daß man unter dem Boden Stützen anbringt.«
»Sobald Fabry zurück ist, wird er diese Berechnung ausführen. Die Stützen werden sofort angebracht. Sag ihnen das. Sie sollen mit der Arbeit beginnen, ohne eine weitere Minute zu verlieren. Man wird ihnen soviel Arbeiter zur Verfügung stellen, wie sie brauchen, Zimmerleute und Maurer. Sie sollen sich nur an dich wenden, du stehst ihnen jederzeit zur Verfügung, um ihre Wünsche dem Direktor, Herrn Benoist, übermitteln zu können.«
Sie gab den Engländern von diesen Anordnungen Kenntnis. Als sie erfuhren, daß Perrine auch weiterhin als ihre Übersetzerin hierbleiben würde, zeigten sie sich sehr zufrieden.
»Du bleibst also hier«, fuhr Herr Vulfran fort. »Man wird dir einen Gutschein für Kost und Unterkunft im Gasthaus geben, so daß du dort nichts zu bezahlen hast. Ist man mit dir zufrieden, wirst du nach Fabrys Rückkehr eine besondere Belohnung erhalten.«

21. Kapitel

Neue Aufgaben

Am Abend, nach Arbeitsschluß, führte Perrine die Monteure in das Gasthaus des Dorfes, um dort Zimmer für sie und sich selbst zu bestellen. Und da die Engländer kein einziges Wort Französisch verstanden, mußte Perrine mit ihnen speisen. Sie ließen sich ein Essen auftragen, das für zehn Personen gereicht hätte. Wie herrlich war es für Perrine, als sie sich dann in der Nacht wieder einmal in einem richtigen Bett ausstrecken und in saubere Leintücher einhüllen konnte! Trotzdem lag sie lange wach und dachte immer wieder über ihr Schicksal nach, das eine so unerwartete Wendung genommen hatte.

Als am nächsten Morgen die Fabriksirenen ertönten, weckte Perrine die beiden Monteure durch Klopfen an ihren Türen. Die Engländer ließen sich aber nicht aus ihrer Ruhe bringen. Erst nachdem sie sich sorgfältig angekleidet, unzählige Tassen Tee getrunken und einen ganzen Berg von gerösteten Butterbroten gegessen hatten, begaben sie sich an ihre Arbeit. Perrine, die vor der Haustüre auf sie gewartet hatte, folgte ihnen. Ihre Befürchtungen, daß sie von Herrn Vulfran bereits erwartet würde, erwies

sich glücklicherweise als grundlos. Sie bekam Herrn Vulfran erst am Nachmittag zu Gesicht, und zwar erschien er in Begleitung seines jüngeren Neffen, Herrn Casimirs, um sich von diesem über den Stand der Arbeit unterrichten zu lassen.

Casimir warf einen geringschätzigen Blick auf die von den Monteuren getroffenen Vorbereitungsarbeiten. »Vermutlich werden diese Kerle bis zum Eintreffen Fabrys nicht viel zustande bringen«, sagte er. »Das kann ja weiter auch nicht verwundern bei dem Aufseher, den Sie ihnen gegeben haben.« Er sprach diese Worte in einem spöttischen Ton, der von Herrn Vulfran übel vermerkt wurde.

»Wärest du fähig gewesen, diese Aufsicht zu übernehmen, dann hätte ich es nicht nötig gehabt, das Wissen und Können dieses kleinen Mädchens aus der Spulerei in Anspruch zu nehmen.«

Perrine bemerkte, wie unter dieser Zurechtweisung die Zornesröte in Herrn Casimirs Gesicht stieg, doch bezwang er sich und entgegnete leichthin: »Hätte ich vorausgesehen, daß ich eines Tages aus der Verwaltung in die Fabrikationsabteilung versetzt werden könnte, dann hätte ich Englisch und nicht Deutsch gelernt.«

»Es ist nie zu spät zum Lernen.« Damit schnitt Herr Vulfran jede weitere Auseinandersetzung ab.

Ohne Perrine eines Blickes zu würdigen, bot Casimir seinem Onkel den Arm und führte ihn weg. Es dauerte aber nicht lange, bis Herr Vulfran in den Saal zurückkehrte, diesmal in Begleitung des Direktors.

Sie hörte, wie der Direktor zweimal nach Aurèlie rief, doch rührte sie sich nicht, da es ihr im Augenblick gar nicht zu Bewußtsein kam, daß dies ja der Name war, den sie für sich gewählt hatte. Erst beim dritten Ruf erinnerte sie sich und eilte zu den Herren hin.

»Bist du taub?« fragte Benoist.

»Nein Herr, ich habe den Monteuren zugehört.«

»Sie können uns nun allein lassen«, wandte sich Herr Vulfran an den Direktor. Und als dieser weggegangen war, fragte er Perrine, die vor ihm stehengeblieben war: »Kannst du lesen, mein Kind?«

»Gewiß.«

»Nur Französisch oder auch Englisch?«

»Das eine wie das andere, ohne Unterschied.«

»Und kannst du das, was du englisch vor dir hast, sofort übersetzen und französisch vorlesen?«
»Wenn im Text keine besonderen Ausdrücke vorkommen, dann wohl.«
»Zeitungsnachrichten zum Beispiel?«
»Ich habe es noch nie versucht.«
»Nun, wir werden ja sehen. Während die Monteure arbeiten, kannst du mir aus dieser Zeitung die Artikel übersetzen, die ich dir bezeichnen werde. Aber geh erst zu den Arbeitern und sage ihnen, daß du jederzeit zu ihrer Verfügung stehst.«
Als Perrine den Auftrag ausgerichtet hatte, setzte sie sich ehrerbietig in einer gewissen Entfernung von Herrn Vulfran nieder und nahm die Zeitung entgegen, die er ihr reichte. Es war eine Nummer der ›Dundee News‹. »Was soll ich lesen?« fragte sie, die Blätter auseinanderfaltend.
»Such den Handelsteil.«
Ihr Blick irrte durch die langen, schwarzen Spalten, die sich endlos folgten. Aufgeregt fragte sie sich, ob sie diese neue Arbeit bewältigen könnte und ob sie mit ihrer Langsamkeit und Ungeschicklichkeit nicht den Unwillen Herrn Vulfrans erregen würde. Anstatt sie zu drängen, beruhigte er sie, da er mit dem geschärften Gehör des Blinden das Zittern des Papiers wohl vernommen und daraus auf die Erregung des Mädchens geschlossen hatte. »Du brauchst dich nicht zu beeilen, wir haben Zeit. Du wirst wohl noch nie ein Handelsblatt gelesen haben?«
»Das ist wahr.«
Sie suchte weiter, und plötzlich entfuhr ihr ein leiser Schrei.
»Hast du es gefunden?«
»Ich glaube.«
»Dann suche nach der Rubrik: Linen, hemp, jute, sacks, twine.«
»Aber Sie können ja Englisch!« rief sie unwillkürlich aus.
»Leider nur fünf oder sechs Wörter aus meiner Branche.«
Sobald sie die Rubrik gefunden hatte, begann sie zu übersetzen, allerdings, wie es ihr schien, entsetzlich langsam, zögernd und stotternd, so daß ihr der Angstschweiß ausbrach, obwohl Herr Vulfran sie von Zeit zu Zeit mit ein paar Worten ermutigte: »Es geht gut, ich verstehe, lies nur weiter.«

Und sie fuhr fort, die Stimme erhebend, wenn die Mechaniker sie mit ihren Hammerschlägen zu übertönen drohten.
Endlich langte sie am Schluß an.
»Nun schau nach, ob es Meldungen aus Kalkutta gibt.«
Sie suchte. »Jawohl, hier: Von unserem Berichterstatter.«
»Das ist es. Lies.«
»Die Nachrichten, die wir aus Dakka erhalten –«
Bei diesem Namen zitterte ihre Stimme dermaßen, daß es Herrn Vulfran nicht entgehen konnte. »Warum zitterst du?« fragte er.
»Ich weiß nicht, ob ich gezittert habe. Es wird die Aufregung sein.«
»Ich habe dir doch gesagt, daß kein Grund sei, dich aufzuregen. Die Geschicklichkeit, mit der du dich deiner Aufgabe entledigst, übertrifft bei weitem meine Erwartungen.«
Sie las die Übersetzung des Berichtes aus Dakka, der sich auf die Jute-Ernte an den Ufern des Brahmaputra bezog. Als sie damit zu Ende war, forderte er sie auf, nachzusehen, ob kein Bericht aus

Sankt Helena vorliege. »Saint Helena ist das englische Wort«, sagte er.
Noch einmal begann sie, die schwarzen Spalten abzusuchen, endlich stach ihr der Name Saint Helena in die Augen. »Abgegangen am 23. englisches Schiff ›Alma‹ von Kalkutta nach Dundee; am 24. norwegisches Schiff ›Grundloven‹ von Naraingaudj nach Boulogne.«
Er schien befriedigt zu sein. »Sehr gut«, sagte er, »ich bin zufrieden mit dir.«
Sie hätte gerne etwas geantwortet, aber aus Furcht, ihre Stimme könnte ihre freudige Erregung verraten, schwieg sie still.
Er fuhr fort: »Bis der arme Bendit wieder gesund ist, wirst du mir gute Dienste leisten.« Dann mußte sie ihm erklären, was die Monteure inzwischen fertiggebracht hatten. Nachdem er ihnen noch einmal hatte einschärfen lassen, sich möglichst zu beeilen, ließ er sich von Perrine in das Büro des Direktors führen.
»Darf ich Ihnen die Hand reichen?« fragte sie schüchtern.
»Aber gewiß, wie solltest du mich denn sonst führen können? Sag es mir, wenn wir auf irgendein Hindernis stoßen, und paß gut auf.«
»O Herr, Sie können sich ganz auf mich verlassen!« Und ehrerbietig nahm sie seine linke Hand, während er seine rechte benützte, um mit der Spitze seines Stockes vorauszutasten.
Sobald sie die Werkstätte verlassen hatten, stießen sie auf ein Schienengleis. Sie machte ihn darauf aufmerksam.
»Hier ist es nicht notwendig«, sagte er. »Das Gelände meiner Fabrikanlagen kenne ich gut. Was ich aber nicht kennen kann, sind die unerwarteten Hindernisse, denen wir begegnen könnten, die mußt du mir rechtzeitig melden oder mich um sie herumführen.«
Er schien sich aber nicht nur im Gelände, sondern auch unter seinen Arbeitern auszukennen, die ehrerbietig vor ihm stehenblieben und ihre Kopfbedeckungen abnahmen, als ob er sie sehen könnte. Und viele von ihnen, wenigstens die alten, erkannte Herr Vulfran am Klang ihrer Stimmen, wenn sie ihn grüßten. Oft blieb er stehen, um ein freundliches Wort an sie zu richten.
Weil sie so langsam gingen, dauerte es lange, bis sie im Büro ankamen. Als Perrine Herrn Vulfran zu seinem Lehnstuhl geführt hatte, verabschiedete er sie mit den Worten: »Auf morgen!«

22. Kapitel

Ein Schritt vorwärts

Am nächsten Morgen, zur selben Stunde, betrat Herr Vulfran in Begleitung des Direktors den Maschinensaal, Perrine wäre ihm gern entgegengeeilt, das war aber unmöglich, weil sie gerade damit beschäftigt war, einer Gruppe von Maurern, Zimmerleuten, Schmieden und Mechanikern die Anweisungen des englischen Chefmonteurs zu übermitteln. Gewandt und ohne zu stocken übersetzte sie jedem der Arbeiter den ihm zugedachten Auftrag, um dann dem Chefmonteur auch die Fragen vorzulegen, die von den Arbeitern gestellt wurden.

Langsam war Herr Vulfran näher gekommen, und als bei seinem Erscheinen die Stimmen verstummten, bedeutete er durch ein Zeichen mit seinem Stock, sich nicht stören zu lassen. Während Perrine gehorsam fortfuhr zu übersetzen, wandte sich Vulfran an den Direktor: »Die Kleine hätte ja einen ausgezeichneten Ingenieur abgegeben.«

Er sagte das so laut, daß auch Perrine ihn verstehen konnte.

»Gewiß«, erwiderte der Direktor, »sie spürt das Wesentliche mit erstaunlicher Sicherheit heraus.«

»Und gestern hat sie mir die ›Dundee News‹ viel geschickter übersetzt als Bendit, dabei war es das erste Mal, daß sie den Handelsteil einer Zeitung las.«

»Weiß man, wer ihre Eltern waren?«

»Möglicherweise weiß Talouel Bescheid, ich habe mich nicht darum gekümmert.«

»Auf jeden Fall scheint sie aus erbärmlichen Verhältnissen zu stammen.«

»Ich habe ihr fünf Francs für Kost und Unterkunft auszahlen lassen.«

»Noch nie habe ich, außer bei Zigeunern, ein Mädchen so armselig gekleidet gesehen wie sie. Höchstwahrscheinlich hat sie die Espadrillen, die sie an den Füßen trägt, selbst verfertigt.«

»Und wie sieht ihr Gesicht aus?«
»Intelligent, sehr intelligent.«
»Nicht leichtfertig?«
»Keineswegs. Es scheint, als könnten ihre Augen durch eine Mauer sehen, und doch blicken sie sanft, beinahe scheu.«
»Wo mag sie nur herkommen?«
»Ganz bestimmt nicht aus dieser Gegend.«
»Sie hat mir gesagt, ihre Mutter sei eine Engländerin gewesen.«
»Sie hat aber nichts von den Engländerinnen an sich, die ich bisher kennengelernt habe. Nein, sie sieht ganz anders aus, dazu sehr hübsch. Die Lumpen, die sie trägt, lassen ihre Schönheit nur noch mehr zur Geltung kommen. Sie hat in ihrem Wesen eine angeborene Überlegenheit, der sich die Arbeiter ohne weiteres fügen.«
»Das stimmt mit dem überein, was ich aus dem Klang ihrer Stimme geschlossen habe«, sagte Herr Vulfran nachdenklich.
Obwohl Perrine dem Gespräch nicht aufmerksam hatte folgen können, hatte sie doch genug gehört, um in eine heftige Erregung versetzt zu werden. Zum Glück war sie mit ihrer Übersetzungsarbeit eben zu Ende. Herr Vulfran rief sie zu sich: »Aurèlie!«
Wie tags zuvor mußte sie neben ihm Platz nehmen. Er gab ihr auch wieder ein Blatt zum Übersetzen, doch waren es diesmal nicht die »Dundee News«, sondern ein Rundschreiben der »Dundee Trades Report Association«, gewissermaßen das offizielle Mitteilungsblatt des Jutehandels. Sie mußte nicht einzelne Artikel heraussuchen, sondern das Schreiben vom Anfang bis zum Ende übersetzen.
Nachher ließ sich Herr Vulfran wie am Vortage von ihr durch die Fabrikhöfe führen, richtete aber diesmal unterwegs verschiedene Fragen an sie. »Du hast mir gesagt, du hättest deine Mutter verloren. Wie lange ist das her?«
»Fünf Wochen.«
»In Paris?«
»In Paris.«
»Und dein Vater?«
»Er ist vor sechs Monaten gestorben.«
Da er ihre Hand in der seinen hielt, fühlte er an ihrem Beben, wie sehr die geweckten Erinnerungen sie schmerzten. Dennoch fragte er weiter: »Womit haben sich deine Eltern beschäftigt?«

»Wir hatten einen Wagen und trieben Handel.«
»In der Umgebung von Paris?«
»Bald in diesem, bald in einem andern Land. Wir reisten umher.«
»Und nach dem Tod deiner Mutter hast du Paris verlassen?«
»Ja, Herr.«
»Warum?«
»Weil ich meiner Mutter versprechen mußte, nicht in Paris zu bleiben, wenn sie einmal nicht mehr da sei, sondern die Familie meines Vaters aufzusuchen.«
»Warum bist du denn hierher gekommen?«
»Als meine Mutter krank war, mußten wir den Wagen, den Esel und die wenigen Habseligkeiten, die uns noch verblieben waren, verkaufen, um uns die Mittel für unseren Unterhalt, den Arzt und die Medikamente verschaffen zu können. Als ich den Friedhof verließ, besaß ich nur noch fünf Francs und sieben Sous. Das reichte nicht aus, um mit der Eisenbahn zu fahren. So entschloß ich mich, den Weg zu Fuß zurückzulegen.«
Perrine verspürte in der Hand Herrn Vulfrans ein sonderbares Zucken. »Oh, verzeihen Sie, wenn ich Sie langweile, ich erzähle Ihnen Dinge, die Sie unmöglich interessieren können.«
»Du langweilst mich nicht, im Gegenteil. Ich freue mich, festzustellen, daß du ein tapferes Mädchen bist. Ich liebe Menschen, die Willenskraft, Mut und Entschlossenheit besitzen und sich nicht zu Boden drücken lassen. Wenn es mich schon freut, solchen Eigen-

schaften bei Männern zu begegnen, so freut es mich noch mehr, sie bei einem Kind deines Alters zu finden. Du hast also Paris mit nur hundertsieben Sous in der Tasche verlassen?«
»Und mit einem Messer, einem Stückchen Seife, einem Fingerhut, zwei Nadeln und einer Landkarte. Das war alles.«
»Findest du dich denn auf einer Karte zurecht?«
»Das habe ich gelernt, als wir durch verschiedene Länder reisten.«
Er unterbrach sie: »Steht nicht links von uns ein großer Baum, Aurèlie?«
»Gewiß, und rund um seinen Stamm herum ist eine Bank angebracht.«
»Dann laß uns hingehen. Wir können dort bequemer plaudern.«
Als sie sich niedergesetzt hatten, fuhr Perrine in ihrer Erzählung fort, und als sie spürte, wie aufmerksam ihr Herr Vulfran zuhörte, wurde sie ziemlich ausführlich.
»Hast du denn nie überlegt, ob du nicht betteln könntest?« fragte er, als sie in ihrem Bericht bei der Schilderung anlangte, wie sie nach der Gewitternacht von den auf dem Felde arbeitenden Frauen abgewiesen worden war.
»Nein, niemals.«
»Aber was dachtest du dir denn, als du sahst, daß keine Arbeit zu bekommen war?«

»Nichts. Ich wollte einfach noch weiterwandern, solange ich konnte. Schließlich bin ich vor Erschöpfung zusammengesunken. Hätten mich meine Kräfte eine Stunde früher verlassen, dann wäre ich verloren gewesen.« Und dann erzählte sie, wie sie durch das Lecken des Esels aus ihrer Bewußtlosigkeit aufgeweckt wurde, wie die Lumpensammlerin ihr zu Hilfe kam, und wie sie schließlich ihren Weg fortgesetzt hatte und Rosalie begegnet war. »Während wir miteinander schwatzten, erfuhr ich, daß in Ihren Fabriken immer Arbeiterinnen eingestellt werden. So habe ich mich gemeldet und wurde dann auch wirklich in der Spulerei beschäftigt.«

»Und wann willst du weitergehen?«

Perrine war auf diese Frage nicht gefaßt gewesen. »Nun«, antwortete sie nach kurzer Überlegung, »ich glaube nicht, daß ich von hier weggehen werde.«

»Und deine Verwandten?«

»Ich kenne sie nicht und weiß nicht, wie ich von ihnen empfangen würde. Sie waren böse auf meinen Vater. Da ich hier eine Arbeit gefunden habe, ist es wohl am besten, wenn ich dableibe.«

»Haben sich denn deine Verwandten nie um dich gekümmert?«

»Niemals.«

»Könntest du dich nicht schriftlich bei ihnen erkundigen, wie sie sich dir gegenüber einstellen? Sind sie nicht in der Lage, sich deiner anzunehmen, dann sollst du hierbleiben, wo du dein Auskommen gefunden hast. Es wäre aber doch auch möglich, daß sie sich freuen würden, dich zu empfangen und sich deiner anzunehmen. Du mußt dir klar sein, daß es für ein Mädchen deines Alters nicht leicht ist, ganz auf eigenen Füßen zu stehen und auf die Fürsorge von Angehörigen zu verzichten.«

»Oh, Herr, das weiß ich wohl. Wie glücklich wäre ich, wenn ich endlich ein Daheim finden würde. Aber das wird wohl nie möglich sein; denn wenn meine Verwandten mir gegenüber ebenso hart sind, wie sie es gegen den Vater gewesen sind –«

»Hatten sie denn Gründe zu ihrem Verhalten, ich meine, hat sich dein Vater vielleicht etwas zuschulden kommen lassen?«

»Das kann ich mir nicht vorstellen, er war immer und gegen jedermann hilfreich und freundlich. Andererseits scheint es mir kaum möglich zu sein, daß sie sich grundlos mit ihm überwarfen.«

»Das glaube ich auch nicht. Aber das alles kann doch dich nicht treffen! Was auch vorgefallen sein mag, du bist unschuldig.«
»Ach Herr, wenn meine Verwandten nur auch so denken würden!«
»Hatten sie außer deinem Vater noch andere Kinder?«
»Nein.«
»Wie sollten sie sich da nicht darüber freuen, für den Sohn, den sie verloren haben, sein Töchterchen bei sich aufzunehmen? Du weißt nicht, was es heißt, allein auf der Welt zu sein.«
»O doch, das weiß ich nur zu gut.«
»Wer jung ist, kann dies noch nicht in seiner ganzen Schwere empfinden. Denn vor der Jugend liegt eine Zukunft, während vor dem Alter nur noch der Tod steht.«
»Wenn ich doch hoffen dürfte, nicht als Fremde zurückgestoßen zu werden!«
»Du kennst das Leben noch nicht, arme Kleine, sonst müßtest du wissen, wie schwer es ist, im Alter einsam zu sein.«
»Denken alle alten Leute so wie Sie, Herr?«
»Zum mindesten fühlen sie so.«
»Glauben Sie wirklich?« fragte Perrine zitternd, den flehenden Blick ihrer Augen auf ihn gerichtet.
»Doch, doch, so fühlen sie«, sagte er leise, als spreche er zu sich selbst.
Dann erhob er sich plötzlich, wie um Gedanken zu entfliehen, die ihm schmerzlich wären, und sagte befehlend: »Ins Büro!«

23. Kapitel

Ein großer Schritt aufs Ziel zu!

Wann würde Ingenieur Fabry zurückkommen?

Das war die Frage, die Perrine ständig beschäftigte, weil sie ja nur bis zu seiner Rückkehr als Übersetzerin bei den Monteuren beschäftigt werden sollte. Als sie dann eines Morgens mit den Engländern den Maschinensaal betrat, erblickte sie Fabry, wie er die bereits ausgeführten Arbeiten nachprüfte. Bescheiden hielt sie sich in einiger Entfernung und hütete sich wohl, sich in das Gespräch der Männer einzumischen, bis der Chefmonteur von sich aus auf sie zu sprechen kam. »Ohne diese Kleine«, sagte er, »hätten wir nichts anderes tun können, als mit verschränkten Armen auf Sie zu warten.«

Fabry sah sie an, ohne ein Wort an sie zu richten, und so wagte sie es nicht, ihn zu fragen, ob sie in Saint-Pipoy bleiben oder nach Maraucourt zurückkehren solle.

Sie entschloß sich, vorläufig zu bleiben und die weiteren Anordnungen Herrn Vulfrans abzuwarten. Er kam zu gewohnter Zeit in Begleitung des Direktors, der ihm über die vom Ingenieur getroffenen Anordnungen Auskunft gab. Vulfran schien aber davon nicht ganz befriedigt zu sein. »Es ist ärgerlich, daß das kleine Mädchen nicht hier ist«, sagte er ungehalten.

»Sie ist da«, antwortete der Direktor und gab Perrine ein Zeichen, sich zu nähern.

»Weshalb bist du nicht nach Maraucourt zurückgekehrt?« fragte Herr Vulfran.

»Ohne Ihren besonderen Befehl wollte ich mich nicht von hier entfernen«, sagte sie bescheiden.

»Da hast du recht gehabt, du sollst hier zu meiner Verfügung stehen, wenn ich komme.« Er zögerte einen Augenblick und fuhr dann fort: »Ich werde dich aber auch in Maraucourt benötigen. Du mußt heute abend dorthin zurückkehren und dich morgen in meinem Büro melden. Ich werde dir sagen, was du zu tun hast.«

Sobald sie die Anweisungen übersetzt hatte, die er den Monteuren geben wollte, entfernte er sich, und sie brauchte an diesem Tag keine Zeitung vorzulesen.

»Ich werde dich aber auch in Maraucourt benötigen.« Das waren die Worte, die sich Perrine immer wiederholte, als sie am Abend nach Maraucourt zurückkehrte, auf demselben Weg, auf dem Wilhelm sie vor ein paar Tagen nach Saint-Pipoy gefahren hatte. Was für eine Arbeit würde das sein, die man ihr zudachte? Perrine wußte es nicht. Nur eines schien ihr so gut wie sicher zu sein: Sie mußte nicht in die Spulerei zurück.

War das nicht schon Grund genug, um dankbar zu sein? Die ersten Schritte auf ihrem Weg zum gesteckten Ziel waren getan. Vorläufig konnte sie nun nichts anderes mehr tun als abwarten und weiter hoffen. Es war ihr klar, daß sie in allem, wozu sie sich entschloß, langsam und vorsichtig zu Werke gehen mußte, wie es ihr die Mutter vor ihrem Sterben noch geraten hatte. Sie durfte nicht ungeduldig werden und etwas erzwingen, wenn sie nicht alles aufs Spiel setzen wollte. Von ihrem eigenen Benehmen hing es ab, wie ihr zukünftiges Leben sich gestaltete.

In solchen Gedanken kam sie in Maraucourt an. Sie traf die Insel noch im selben Zustand, in dem sie sie verlassen hatte. Die Vögel hatten in ihrer Abwesenheit sogar die inzwischen reif gewordenen Stachelbeeren verschont, so daß Perrines Abendessen eine unerwartete Bereicherung erfuhr.

Da es früher war als sonst, wenn sie aus der Fabrik kam, wollte sie sich nach dem Essen nicht sofort schlafen legen, sondern die Zeit bis zum Einbruch der Dunkelheit vor der Hütte verbringen. Sie fand zwischen dem Schilf ein Plätzchen, von wo aus sie ungehindert über den Weiher und seine Ufer hinwegschauen konnte. Und da machte sie die Entdeckung, daß sich in der kurzen Zeit ihrer Abwesenheit Verschiedenes in beunruhigender Weise verändert hatte. Über den Wiesen herrschte nicht mehr die friedliche Abendstille, die ihr in den ersten Tagen ihres Aufenthaltes auf der Insel so tiefen Eindruck gemacht hatte, als im ganzen Tal, auf den Gewässern, in den hohen Halmen und in den Zweigen der Bäume nichts anderes zu hören gewesen war als das Zwitschern der in ihre Nester zurückkehrenden Vögel.

Jetzt widerhallte das Tal von allen möglichen Geräuschen, man hörte das Dengeln der Sensen, das Knarren von Wagenrädern, Peitschenknallen und Stimmengewirr. Schon auf ihrem Rückweg von Saint-Pipoy hatte sie gesehen, daß auf den sonnigsten Wiesen die Heuernte begonnen hatte. Es konnte also nicht mehr lange dauern, bis die Landarbeiter auch auf ihrer Insel erschienen, um das Gras zu mähen.

Es gab keinen Zweifel: Sie mußte ihr Nest verlassen. Ob sie nun durch die Heuernte oder durch die Jagd vertrieben wurde, ob einige Tage früher oder später, darauf kam es nicht an.

Obwohl sie sich nun bereits an gute Leintücher und an verschließbare Türen und Fenster gewöhnt hatte, schlief sie auf ihrem Lager von Farnkraut so gut, als hätte es für sie nie etwas anderes gegeben. Erst die aufsteigende Sonne weckte sie.

Als die Fabrik ihre Tore öffnete, begab sie sich vor das Verwaltungsgebäude, ungewiß, ob sie eintreten oder warten sollte. Sie hielt sich in der Nähe der Tür auf, wo man sie sehen mußte, wenn man ihrer bedurfte.

Sie hatte fast eine Stunde gewartet, bis sie Talouel daherkommen sah, der sie in barschem Ton fragte, warum sie sich hier herumtreibe.

»Herr Vulfran hat mir befohlen, mich heute morgen im Büro einzufinden.«

»Der Hof ist nicht das Büro!« schnauzte er sie an.

»Ich warte, bis man mich ruft.«

»Geh hinauf!«

Sie folgte ihm. Als sie auf der Terrasse angelangt waren, setzte er sich rittlings auf einen Stuhl und bedeutete Perrine mit einer Handbewegung, sich ihm zu nähern. »Was hattest du in Saint-Pipoy zu tun?«

Sie erklärte ihm, was von ihr verlangt worden war.

»Herr Fabry hat wohl unsinnige Anordnungen getroffen?«

»Das weiß ich nicht.«

»Was? Du willst das nicht wissen? Du scheinst ja nicht sehr intelligent zu sein!«

»Da haben Sie recht.«
»Und doch bist du schlauer, als du zugeben willst. Du weichst mir aus, weil du nicht antworten willst. Vergiß nicht, mit wem du sprichst. Weißt du nicht, welchen Posten ich hier bekleide?«
»Sie sind der Direktor.«
»Das heißt nichts anderes als der Herr, und da in dieser Eigenschaft alles durch meine Hände geht, muß ich auch über alles unterrichtet sein. Wer mir nicht gehorcht, wird weggejagt, vergiß das nicht.«
Das also war der Mann, von dem die Arbeiterinnen in Mutter Françoises Schlafkammer als von einem Tyrannen gesprochen hatten, der überall, nicht nur in Maraucourt, sondern auch in Saint-Pipoy, in Bacourt und in Flexelles befehlen wollte und dem jedes Mittel gut genug war, um seinem Machtwort Geltung zu verschaffen.
»Ich frage dich«, fuhr er mit gedämpfter Stimme fort, »was für Dummheiten hat Herr Fabry angestellt?«
»Das kann ich Ihnen nicht sagen, weil ich es nicht weiß. Aber ich kann Ihnen die Anordnungen Herrn Vulfrans wiederholen, die ich den Monteuren übersetzen mußte.«
Und sie wiederholte diese Anordnungen, ohne ein Wort auszulassen.
»Das ist alles?«
»Jawohl.«
»Hat dich Herr Vulfran Briefe übersetzen lassen?«
»Nein. Ich habe für ihn nur Texte aus den ›Dundee News‹ und ein Mitteilungsblatt der ›Dundee trades report association‹ übersetzt.«
»Wenn du mir nicht die Wahrheit, die volle Wahrheit sagst, werde ich bald genug dahinterkommen. Und dann – hopp!«
Die Handbewegung, mit der er das letzte Wort begleitete, ließ keinen Zweifel über seine Bedeutung aufkommen.
»Warum sollte ich Ihnen nicht die Wahrheit sagen?«
»Ich will dich nur warnen.«
»Ihre Warnung werde ich nicht vergessen.«
»Gut. Und nun setz dich da unten auf die Bank. Wenn Herr Vulfran dich benötigt, wird er sich ja wohl erinnern, dich herbestellt zu haben.«

Beinahe zwei Stunden blieb Perrine auf ihrer Bank sitzen. Sie wagte es kaum, sich zu rühren, solange Talouel da war. Erst als sie ihn weggehen sah, faßte sie sich wieder. Sie fürchtete sich ganz einfach vor diesem schrecklichen Menschen, der zweifellos mit seinen Einschüchterungen die Absicht verfolgte, aus ihr herauszubringen, was in den Briefen stand, die ihr Herr Vulfran zum Übersetzen geben würde.

Schon ein paarmal hatte sie Wilhelm durch den Hof gehen sehen, und jedesmal hatte sie geglaubt, daß er sie holen würde. Doch war er stets an ihr vorübergegangen, ohne auch nur ein Wort an sie zu richten.

Endlich kam er aber doch und forderte sie auf, ihm zu folgen. Er führte sie in ein geräumiges Büro, wo sie Herrn Vulfran vor einem großen Tische sitzen sah. Die Platte des Tisches war ganz mit Briefordnern belegt, die mit geprägten Buchstaben bezeichnet waren, so daß sie Herrn Vulfran mit Hilfe seines Tastsinnes voneinander unterscheiden konnte.

Ohne Perrine anzumelden, hatte Wilhelm die Türe hinter ihr zugemacht. So wartete sie eine Weile und sagte dann: »Ich bin es, Aurèlie.«

»Ich habe dich an deinem Schritt erkannt. Tritt näher und höre mir zu. Was du mir aus deinem Leben erzählt hast, hat ebenso wie deine Ausdauer mein Interesse für dich geweckt. Auch hat es mir gefallen, wie verständig du die dir zugedachten Aufgaben angepackt und ausgeführt hast. Seitdem ich blind bin, brauche ich jemanden, der gewissermaßen für mich sieht und mich auf das, was ihm auffällt, aufmerksam macht. Ich glaubte, in Wilhelm diesen Menschen gefunden zu haben. Er ist auch wirklich verständig, leider aber ist er durch das Trinken dermaßen heruntergekommen, daß ich ihn nur noch als Kutscher verwenden kann. Und auch da stellt er durch seine Unzuverlässigkeit meine Geduld auf eine harte Probe. Möchtest du nicht den Platz an meiner Seite, den Wilhelm nicht mehr ausfüllen kann, übernehmen? Du hättest ein Anfangsgehalt von neunzig Francs im Monat. Dazu kämen noch besondere Belohnungen, falls ich, woran ich nicht zweifle, mit dir zufrieden wäre.«

Perrine war sprachlos vor freudiger Überraschung.

»Du antwortest nicht?«
»Ich weiß nicht, wie ich meinen Dank ausdrücken soll. Ich bin so verwirrt –«
»Deine Stimme verrät mir, daß dich mein Angebot wirklich freut. Ich weiß, daß du alles tun wirst, um mich zufriedenzustellen. Aber nun etwas anderes: Hast du deinen Verwandten geschrieben?«
»Nein Herr, ich konnte es nicht, weil ich kein Briefpapier besitze.«
»In Bendits Büro, das dir bis zu seiner Genesung zur Verfügung steht, wirst du finden, was du benötigst. Und wenn du schreibst, dann mußt du deinen Verwandten mitteilen, in welcher Eigenschaft du dich hier befindest. Haben sie dir dann etwas Besseres anzubieten, so werden sie dich kommen lassen, wenn nicht, dann wird es ihnen recht sein, wenn du hierbleibst.«
»Ich werde ganz bestimmt bleiben.«
»Das denke ich auch. Und ich glaube, daß es unter den gegenwärtigen Verhältnissen für dich das beste sein wird. Da du dich nun in den Räumen des Verwaltungsgebäudes aufhalten und mit den Angestellten in Verbindung treten wirst, um ihnen meine Anweisungen zu überbringen, und da du auch mit mir ausgehen sollst, kannst du deine jetzige Kleidung nicht weiter tragen. Benoist sagte mir, daß sie ...«
»Es sind Lumpen! Aber weder durch Faulheit noch durch Nachlässigkeit ist es so weit mit mir gekommen.«
»Du brauchst dich nicht zu rechtfertigen. Aber da nun alles geändert werden soll, kannst du nachher an die Kasse gehen, wo man dir einen Gutschein aushändigen wird, gegen den du bei Madame Lachaise alles anschaffen kannst, was du benötigst: Leibwäsche, ein Kleid, einen Hut und Schuhe.«
Es kam Perrine vor, als wäre das alles nur ein schöner Traum. Herr Vulfran aber rief sie in die Wirklichkeit zurück: »Du kannst auswählen, was dir gefällt. Vergiß aber nicht, daß die Wahl, die du treffen wirst, Rückschlüsse auf deinen Charakter zuläßt. Geh nun, um diese Angelegenheit zu erledigen. Für heute brauche ich dich nicht mehr. Morgen sehen wir uns wieder.«

24. Kapitel

Ein falscher Verdacht

Als Perrine an der Kasse den Gutschein entgegengenommen hatte, ging sie sofort ins Dorf und suchte den Laden der Madame Lachaise. Sie entdeckte ihn am Kirchplatz. Sicherlich war dies Geschäft das vornehmste von ganz Maraucourt. In der modern eingerichteten Auslage gab es alles, was das Herz eines jungen Mädchens höher schlagen lassen konnte: Stoffe, Bänder, Wäsche, Hüte, Schmucksachen und geschliffene Fläschchen voll Parfüm. Der Anblick all dieser Kostbarkeiten ließ Perrines Schüchternheit nur noch größer werden. Schließlich faßte sie sich ein Herz und trat ein.

Die Besitzerin des Geschäftes schenkte dem schäbig gekleideten Geschöpf keinerlei Beachtung und unterhielt sich weiter mit ihren im hinteren Teil des Raumes beschäftigten Näherinnen. Eine Weile blieb Perrine unschlüssig in der Mitte des Ladens stehen. Als sich

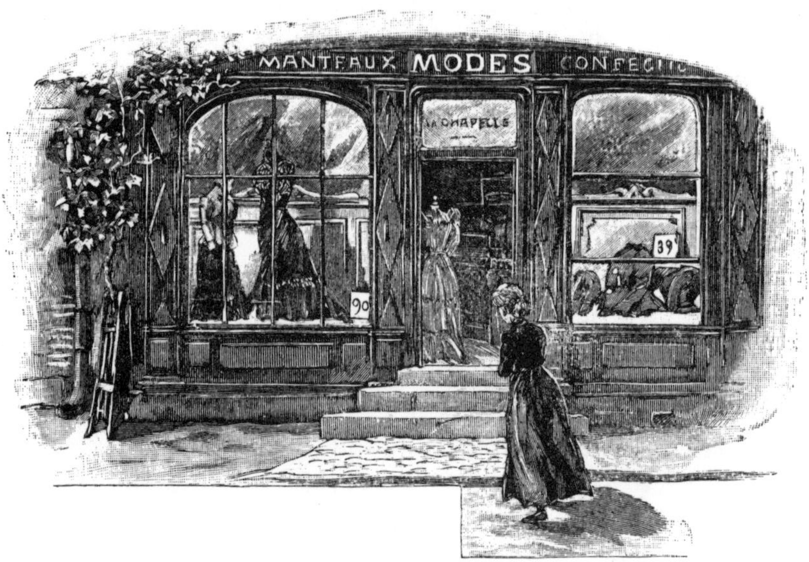

aber weiterhin niemand um sie kümmerte, nahm sie den Briefumschlag mit dem Gutschein aus der Tasche und streckte ihn Madame Lachaise hin.

»Was ist damit, Kleine?« fragte Madame Lachaise und nahm den Umschlag entgegen. Sobald sie ihn geöffnet und den Gutschein gelesen hatte, erhellte das verbindlichste Lächeln ihr Gesicht. »Und womit kann ich Ihnen dienen, mein Fräulein?« fragte sie und bot ihr dienstbeflissen einen Stuhl an.

Perrine antwortete, daß sie ein Kleid nötig habe, Leibwäsche, Schuhe und einen Hut.

»Das alles finden Sie bei uns in schönster Auswahl. Wünschen Sie, daß wir mit dem Kleid beginnen? Ich werde Ihnen Stoffe vorlegen, um Sie zu überzeugen, daß wir jeden ihrer Wünsche befriedigen können.«

Aber Perrine wollte keine Stoffe sehen, sie wünschte ein fertiges Kleid, das sie sofort oder doch wenigstens noch am selben Abend bekommen konnte, da sie ja am nächsten Tag mit Herrn Vulfran ausgehen sollte.

»Ach! Sie werden also mit Herrn Vulfran ausgehen?« fragte die Ladenbesitzerin lebhaft. Sie brannte sichtlich vor Neugierde, den Grund zu erfahren, der den allgewaltigen Herrn von Maraucourt veranlassen mochte, mit dieser Zigeunerin auszugehen.

Anstatt auf diese Frage einzugehen, erklärte Perrine, daß das Kleid schwarz sein müsse, weil sie in Trauer sei.

»Wünschen Sie es bei einer Beerdigung zu tragen?«

»Nein.«

»Ich muß Sie danach fragen, mein Fräulein, weil der Zweck, dem das Kleid dienen soll, mitbestimmend ist für seine Form, seinen Stoff und auch für seinen Preis.«

»Die Form soll möglichst schlicht sein, der Stoff dauerhaft und leicht und alles zum billigsten Preis.«

»Sehr gut, sehr gut«, erwiderte Madame Lachaise. »Man wird Ihnen etwas zeigen. Virginie, bedienen Sie das Fräulein.« Und so, wie sie ihren Ton geändert hatte, änderte sie auch ihr Benehmen. Sie nahm ihren Platz an der Kasse wieder ein und kümmerte sich nicht weiter um eine Kundin mit derart bescheidenen Ansprüchen. Offenbar handelte es sich bei diesem Geschöpf

um ein ganz einfaches Dienstmädchen, dem Herr Vulfran Trauerkleidung schenkte.
Als Virginie ein Kaschmirkleid brachte, das mit Borten und kleinen Glasperlen besetzt war, fuhr Madame die Verkäuferin an: »Was fällt Ihnen ein! So etwas kommt nicht in Frage. Zeigen Sie das gepunktete Baumwollkleid. Der Rock wird zwar etwas zu lang und die Bluse zu weit sein; aber mit ein paar Nähten und Falten wird man es schon anpassen können. Etwas anderes haben wir nicht in der gewünschten Preislage.«
Unter diesen Umständen war eine Wahl überflüssig. Perrine gefiel das Kleid sehr gut. Ihr wurde versichert, daß es mit einigen Abänderungen ganz gut passen würde.
Was die Strümpfe und die Hemden betraf, war die Wahl noch einfacher, da sie das Billigste verlangte. Als sie aber erklärte, daß ihr zwei Paar Strümpfe und zwei Hemden genügen würden, zeigte sich Fräulein Virginie ebenso geringschätzig wie ihre Herrin, und es war fast eine Gnade, daß sie sich überhaupt noch herbeiließ, Schuhe und einen schwarzen Strohhut zu zeigen, womit die Ausstattung dieses armseligen Gänschens vervollständigt werden sollte. Hatte man so etwas schon erlebt: zwei Paar Strümpfe und zwei Hemden! Als Perrine schließlich noch Taschentücher verlangte, die sie sich seit langem gewünscht hatte, und diesen neuen Einkauf auf drei Stück beschränkte, konnte sie damit die Meinung der Madame und die der Verkäuferin nur noch bestätigen.
»Soll man Ihnen die Sachen bringen?« fragte Madama Lachaise.
»Nein, danke, ich werde sie heute abend abholen.«
»Aber nicht vor acht und nicht nach neun Uhr.«
Perrine wußte wohl, weshalb sie sich die Kleidungsstücke nicht bringen ließ: Sie hatte ja keine Ahnung, wo sie in dieser Nacht schlafen würde! An die Insel war nicht mehr zu denken. Wer nichts besitzt, braucht sich nicht um Türen und Schlösser zu kümmern, wohl aber der Reiche! Denn trotz der verächtlichen Behandlung in Madame Lachaises Geschäft, bildete das, was sie eben gekauft hatte, einen Reichtum für sie, der behütet werden mußte. Und deshalb brauchte sie für die kommende Nacht eine Wohnung. Natürlich dachte sie sofort daran, sich bei Rosalies Großmutter einzumieten. So ging sie zum Haus der Mutter Françoise, um sich

dort zu erkundigen, ob ein einfaches, billiges Zimmerchen zu mieten wäre. Als sie sich der Gartenpforte näherte, kam eben Rosalie heraus.

»Gehst du weg?«

»Und du, hast du frei?«

Mit wenigen Worten berichtete Rosalie, daß man sie mit einem dringenden Auftrag nach Picquigny schickte. Sie konnte leider nicht umkehren, um mit Perrine bei der Großmutter nach einem Zimmer zu fragen.

Da Perrine erst am nächsten Tag in der Fabrik erwartet wurde und deshalb über den Nachmittag verfügen konnte, erklärte sie sich sofort bereit, Rosalie nach Picquigny zu begleiten, überzeugt, einen fröhlichen Ausflug zu machen.

Und sie täuschte sich nicht. Rosalie beeilte sich, ihre Botschaft loszuwerden. Dann kehrten die beiden Mädchen ohne Hast nach Maraucourt zurück. Sie schwatzten, schlenderten umher, unternahmen kleine Entdeckungsfahrten in die Wiesen hinein und hielten an schattigen Plätzchen Rast, so daß sie erst am Abend heimkamen.

Zum Glück war zu dieser Stunde Tante Zénobia mit dem Auftragen der Mahlzeit für ihre Kostgänger beschäftigt, so daß Perrine und Rosalie ungestört mit Mutter Françoise verhandeln konnten, die Perrine ein einfenstriges Zimmerchen vermietete. Es war mit einem kleinen Spiegel, einem Waschtisch und natürlich einem bequemen Bett ausgestattet und kostete monatlich zwölf Francs. Und für weitere fünfzig Francs sollte sie täglich zwei Mahlzeiten erhalten.

Um acht Uhr saß Perrine allein an ihrem Tischchen im Speisesaal und verzehrte, eine Serviette auf den Knien, ihr Abendbrot. Eine halbe Stunde später ging sie aus, um ihre inzwischen geänderten Kleidungsstücke abzuholen, und um neun Uhr betrat sie ihre Kammer. Sie verschloß die Tür mit dem Schlüssel und ging zu Bett, ein wenig verwirrt, ein wenig bekümmert, den Kopf voll sich jagender Gedanken. Doch war sie im Grunde genommen voller Hoffnung.

Am nächsten Morgen ließ Herr Vulfran Perrine in sein Büro rufen. Perrine erschrak, als sie sein ernstes Gesicht sah, dessen Züge

Unzufriedenheit, ja Unwillen verrieten. Was hatte sie Schlimmes getan, was konnte ihr vorgeworfen werden? Sie fand nur eine Antwort auf diese Fragen: Ihre Einkäufe bei Madame Lachaise waren als übertrieben empfunden worden. Und doch hatte sie sich alle Mühe gegeben, in ihren Ansprüchen nicht unbescheiden zu sein. Was hätte sie denn noch Einfacheres kaufen können?
Sie hatte keine Zeit für weitere Überlegungen, weil Herr Vulfran sie eben in barschem Ton ansprach: »Warum hast du mir nicht die Wahrheit gesagt?«
»Ich hätte Ihnen nicht die Wahrheit gesagt?« frage Perrine bestürzt.
»Es betrifft dein Verhalten seit deiner Ankunft in Maraucourt.«
»Ich versichere Ihnen, ich schwöre, daß ich Ihnen die Wahrheit gesagt habe.«
»Du hast mir gesagt, du habest bei Françoise gewohnt. Wo warst du aber, nachdem du von ihr wegzogst? Ich habe auf meine Erkundigungen hin erfahren, daß du nur eine einzige Nacht bei Françoise zugebracht hast und daß du daraufhin verschwunden bist, ohne daß jemand weiß, wo du dich in dieser Zeit herumgetrieben hast.«
Perrine, die zu Beginn des Verhörs in großer Aufregung gewesen war, beruhigte sich rasch. »Es gibt jemanden, der genau weiß, was ich tat, nachdem ich die Kammer bei Mutter Françoise verlassen hatte.«
»Wer?«
»Rosalie, Mutter Françoises Enkelin, wird Ihnen bestätigen können, daß das, was ich Ihnen nun sagen werde, der Wahrheit entspricht, vorausgesetzt, daß es Ihnen wichtig genug erscheint, mich anzuhören.«
»Die Stelle, für die ich dich bestimmt habe, erfordert es, daß ich über dich Bescheid weiß.«
»Nun, Herr, ich werde Ihnen alles sagen. Lassen Sie bitte, sobald Sie es erfahren haben, Rosalie als Zeugin kommen. Dann werden Sie sehen, daß ich Sie nicht getäuscht habe.«
»Das werde ich tun«, sagte er in etwas freundlicherem Ton. »Sprich jetzt.«
Sie schilderte zuerst jene schreckliche Nacht in der Kammer, ihren Ekel und ihre Angst, ersticken zu müssen.

PLAN

»Wieso haben es denn die andern ausgehalten?«
»Die andern haben nicht wie ich ständig in freier Luft gelebt. Ich kann Ihnen versichern, daß ich sonst wirklich nicht verwöhnt bin und daß mich die Not gelehrt hat, alles zu ertragen. Ich wäre aber damals gestorben, und ich glaube nicht, daß es Feigheit ist, wenn man versucht, dem Tod zu entgehen.«
»Ist Françoises Kammer wirklich so ungesund?«
»O Herr, wenn Sie sie sehen könnten, würden Sie niemals erlauben, daß Ihre Arbeiterinnen darin leben müssen.«
»Erzähl weiter!«
Nun berichtete sie, wie sie die Insel entdeckt hatte und wie ihr der Gedanke gekommen war, sich in der Hütte einzurichten.
»Hast du dich denn nicht gefürchtet?«
»Ich bin es gewohnt, mich nicht zu fürchten.«
»Sprichst du vom Teich, der sich als letzter linker Hand an der Straße nach Saint-Pipoy befindet?«
»Ja, Herr.«
»Diese Jagdhütte gehört mir und wird von meinen Neffen benutzt. Dort also hast du geschlafen?«
»Nicht nur geschlafen, sondern auch gearbeitet, gegessen, ja sogar Rosalie zu einer Abendmahlzeit eingeladen. Sie wird es Ihnen erzählen können. Ich habe die Insel erst an dem Tage verlassen, als Sie mich nach Saint-Pipoy holen ließen. In der letzten Nacht habe ich wieder bei Mutter Françoise geschlafen, bei der ich ein Zimmerchen für mich allein gemietet habe.«
»Bist du denn so reich, daß du eine Freundin bei dir bewirten konntest?«
»Wenn Sie mir erlauben würden, Ihnen alles zu sagen –«
»Sprich nur.«
So begann sie denn in fröhlichem Ton: »Das drolligste bei unserem Abendessen war, wie ich mir erst das Küchengeschirr verschaffen mußte, um überhaupt kochen zu können, und wie ich dann ohne Geld eine ganze Speisefolge zusammenstellte. Aber zuerst will ich Ihnen noch erzählen, wie ich mich in der Hütte eingerichtet und in ihr gehaust habe.«
Obwohl Perrine beim Erzählen immer eifriger wurde, wandte sie doch den Blick nie von Herrn Vulfrans Gesicht, um sofort

abbrechen zu können, wenn sich darauf Zeichen der Langeweile bemerkbar machen sollten. Aber das Gesicht des alten Herrn drückte nicht Langeweile, sondern teilnehmende Aufmerksamkeit aus.

»Das hast du wirklich fertiggebracht?« unterbrach er sie verschiedentlich.

Dann wieder erkundigte er sich nach Einzelheiten.

Als sie mit ihrem Bericht zu Ende war, legte er die Hand auf ihr Haar: »Du bist ein tapferes Mädchen«, sagte er. »Es freut mich, festzustellen, daß etwas Tüchtiges aus dir zu machen ist. Geh nun in dein Büro und beschäftige dich dort, wie es dir gefällt. Um drei gehen wir zusammen aus.«

25. Kapitel

Perrine als Kutscher

Bendits Büro, das Perrine vorläufig benutzen sollte, unterschied sich wesentlich von Herrn Vulfrans Arbeitsraum. Es gab weder hohe Bogenfenster noch schwere, mit grünem Leder überzogene Lehnstühle. Das ganze Mobiliar bestand aus einem Tisch, zwei Sesseln und einem Büchergestell aus dunkelgebeiztem Holz. Der einzige Wandschmuck war eine Weltkarte, auf der durch eingesteckte, bunte Papierfähnchen die Hauptschiffahrtslinien bezeichnet waren. Aber das einfach eingerichtete Zimmer war sonnig und machte einen freundlichen Eindruck.

Durch die offene Tür konnte Perrine in die benachbarten Räume sehen und manchmal auch hören, was dort verhandelt wurde. Rechts und links von Herrn Vulfrans Arbeitsraum lagen die Büros der beiden Neffen Theodor und Casimir, dann folgten die Rechnungsabteilung und die Kasse, denen gegenüber sich der Zeichensaal befand, wo Herr Fabry und seine Techniker an schrägen Zeichentischen arbeiteten.

Da Perrine nichts zu tun hatte und es nicht wagte, Bendits Platz am Schreibtisch einzunehmen, setzte sie sich neben die Tür und blätterte in einem der zahlreichen Wörterbücher, aus denen die ganze Bibliothek bestand. Um sich die Zeit zu vertreiben, wäre ihr ein anderes Buch freilich lieber gewesen, aber da es das nicht gab, mußte sie sich eben zufrieden geben.

Endlich verkündete die Sirene den Beginn der Mittagspause, und Perrine war eine der ersten, die sich entfernten. Dennoch wurde sie unterwegs von Fabry und Mombleux eingeholt, die sich wie sie zu Mutter Françoise zum Mittagessen begaben.

»Nun, Fräulein«, bemerkte Mombleux in etwas spöttischem Tone, »Sie sind ja, wie es scheint, unsere Kollegin geworden.« Er hatte es noch nicht vergessen, daß er in Saint-Pipoy wegen Perrine gedemütigt worden war, und wollte ihr dies heimzahlen.

Diese Worte brachten Perrine für einen Augenblick in Verlegen-

heit. Sie faßte sich aber schnell und antwortete: »Soviel ich weiß, bin ich nicht Ihre, sondern Wilhelms Kollegin geworden.«
Fabry, dem diese Antwort offenbar gefiel, warf dem Mädchen einen ermutigenden Blick zu.
Daß auch andere zwischen ihr und den beiden Herren einen Unterschied haben wollten, ersah sie daraus, daß man sie nicht an denselben Tisch setzte. Man hatte ihr in der dunkelsten Ecke des Saales ein Einzeltischchen gedeckt, wo sie immer zuletzt bedient wurde.
Das verletzte sie nicht. Was machte es ihr aus, ob ihr die Speisen zuerst oder zuletzt angeboten wurden und ob die besten Stücke bereits aus den Schüsseln verschwunden waren, wenn sie endlich an die Reihe kam! Viel wichtiger war, daß ihr Tischchen nahe genug bei dem der Herren stand und sie ihrem Gespräch zuhören konnte. Sie hoffte aus dem, was sie so zu hören bekam, einige Hinweise zu erhalten, die ihr bei ihrer zukünftigen Arbeit nützlich sein könnten.
An diesem Tage unterhielten sich die beiden allerdings nur über ganz allgemeine Dinge. Außerdem mußte sich Perrine beeilen, da sie noch Rosalie aufsuchen wollte, um von ihr zu erfahren, woher Herr Vulfran wußte, daß sie nur einmal bei Mutter Françoise übernachtet hatte.
»Während wir nach Picquigny gingen, war der Dürre hier, um sich bei Tante Zénobia über dich zu erkundigen«, berichtete Rosalie. »Sie hat ihm wohl nicht viel Gutes über dich gesagt. Aber wie es scheint, hat sie dir damit nicht geschadet.«
»Im Gegenteil, Herr Vulfran hat der Schilderung meiner Erlebnisse mit großem Interesse zugehört.«
»Sehr gut, das werde ich der Tante erzählen. Sie wird platzen, wenn sie es vernimmt.«
»Laß das lieber bleiben. Es hat keinen Sinn, sie noch mehr gegen mich aufzuhetzen.«
»Oh, du brauchst jetzt nichts mehr zu befürchten. Sobald sie erfährt, mit welchem Posten dich Herr Vulfran betraut hat, wird sie sich jede erdenkliche Mühe geben, um sich gut mit dir zu stellen. Wenn ich dir aber einen Rat geben darf, dann sage ihr nichts, was Talouel nicht erfahren soll.«

»Da kannst du ruhig sein.«
»Sie ist nämlich falsch.«
»Ich weiß nun, was ich von ihr zu halten habe.«

Wie es abgemacht war, ließ Herr Vulfran um drei Uhr Perrine durch ein Klingelzeichen zu sich rufen, worauf sie im Wagen wegfuhren. Es verging kein Tag, an dem Herr Vulfran nicht jede einzelne seiner Fabriken aufsuchte. Und wenn es ihm die knappe Zeit auch nicht erlaubte, überall nach dem Rechten zu sehen, so hatte er so doch wenigstens die Möglichkeit, die Berichte seiner Direktoren entgegenzunehmen und seine Anordnungen zu treffen. Außerdem gab es noch verschiedene Dinge, über die er sich bei dieser Gelegenheit, trotz seiner Blindheit, selber Klarheit zu verschaffen wußte.

An diesem Tage begannen sie ihre Besichtigung in Flexelles, einem großen Dorf, wo sich die Werkstätten befanden, in denen Hanf und Flachs gekämmt wurden. Statt sich ins Büro des Direktors führen zu lassen, wollte Herr Vulfran sofort nach ihrer Ankunft in der Fabrik zu einem mächtigen Schuppen gebracht werden, wo eben Hanfballen abgeladen und aufgestapelt wurden.

Herr Vulfran hatte angeordnet, daß sich durch sein Erscheinen niemand in seiner Arbeit stören lassen dürfe, um ihn zu grüßen. Ebenso durfte ihn niemand ansprechen. So wurde nun auch im Schuppen die Arbeit fortgesetzt, als ob er nicht dagewesen wäre, nur vielleicht etwas eifriger als sonst.

»Paß gut auf, was ich dir nun erklären werde«, sagte Herr Vulfran zu Perrine. »Ich möchte bei der Kontrolle dieser Ballen zum ersten Mal versuchen, mich deiner Augen zu bedienen. Weißt du, was man unter Silberfarbe versteht?«

Sie zögerte.

»Oder vielmehr unter Perlgrau?«

»Perlgrau? Jawohl, Herr.«

»Gut. Ebenso wirst du die verschiedenen Farbtöne von Grün unterscheiden können: dunkelgrün, hellgrün, graugrün und rötlichgrün?«

»Gewiß, wenigstens ungefähr.«

»Das genügt. Nimm jetzt einen Wisch Hanf aus diesem ersten

Ballen und betrachte ihn genau, damit du mir seine Farbe nennen kannst.«
Sie kam dem Befehle nach, und nachdem sie den Hanf genau geprüft hatte, sagte sie schüchtern: »Rötlich. Er scheint mir wirklich etwas rötlich zu sein.«
»Gib mir den Wisch.« Er hielt den Hanf an die Nase und roch daran. »Das stimmt, dieser Hanf muß tatsächlich von rötlicher Farbe sein.«
Sie sah ihn überrascht an, und als ob er ihre Verwunderung erriet, fuhr er fort: »Riech an diesem Hanf. Duftet er nicht ähnlich wie gebrannter Zucker?«
»Tatsächlich.«
»Gut. Dieser Geruch verrät, daß der Hanf im Ofen getrocknet und geröstet worden ist, das geht auch aus seiner rötlichen Farbe hervor. Geruch und Farbe müssen miteinander übereinstimmen. Das hat mir bewiesen, daß du richtig gesehen hast, und läßt mich hoffen, daß ich dir vertrauen kann. Wir wollen jetzt zu einem anderen Wagen gehen. Nimm auch da eine Handvoll Hanf heraus.«
Diesmal war er von grüner Farbe.
»Es gibt zwanzig verschiedene Arten von Grün. An welche Pflanze erinnert dich das Grün, von dem du sprichst?«
»An Kohl. Überdies sind braune und schwarze Flecken dazwischen.«
»Reich mir den Hanf.«
Anstatt daran zu riechen, rieb er ihn zwischen den Händen, worauf die Fasern zerrissen. »Dieser Hanf ist in zu grünem Zustand geerntet worden«, sagte er. »Dazu war der Ballen der Feuchtigkeit ausgesetzt. Auch diesmal hast du ihn richtig beurteilt. Ich bin zufrieden mit dir, es ist ein guter Anfang.«
Sie setzten ihre Besuche in den andern Dörfern fort, in Bacourt, Hercheux und zuletzt in Saint-Pipoy. Hier hielten sie sich am längsten auf, weil sich Herr Vulfran über den Stand der von den englischen Monteuren ausgeführten Arbeiten unterrichten lassen wollte.
Wie immer war der Wagen, sobald Herr Vulfran ausgestiegen war, in den Schatten einer großen Zitterpappel gestellt worden. Aber statt beim Pferd zu bleiben, hatte Wilhelm das Tier an eine Bank

gebunden und war ins Dorf geschlendert. Natürlich nahm er sich vor, früh genug zurückzukehren, damit Herr Vulfran nichts von seiner Abwesenheit merkte. Aber dann traf er im Wirtshaus mit einem Kameraden zusammen, so daß Herr Vulfran vor ihm zum Wagen zurückkam.

»Lassen Sie Wilhelm holen«, sagte er zum Direktor, der sie begleitete.

Es dauerte lange, bis Wilhelm gefunden war, sehr zum Ärger Herrn Vulfrans, der es nicht vertrug, wenn er seine kostbare Zeit vertrödeln mußte.

Endlich sah Perrine Wilhelm in sonderbarer Verfassung daherkommen. Er torkelte, als ob sich ihm bei jedem Schritt ein Hindernis in den Weg legen würde.

»Der Kerl ist betrunken, nicht wahr, Benoist?«

»Es bleibt Ihnen nichts verborgen, Herr Vulfran.«
»Gott sei Dank bin ich nicht auch noch taub.« Dann wandte er sich an Wilhelm, der vor ihm stehenblieb: »Wo kommst du her?«
»Herr – ich werde – Ihnen sagen –«
Während er sprach, hatte Wilhelm das Pferd losgebunden. Als er das Leitseil in den Wagen legte, ließ er die Peitsche fallen, und als er sich bückte, um sie aufzuheben, taumelte er dreimal darüber hin, ohne sie fassen zu können.
»Ich glaube, es wird besser sein, wenn ich Sie nach Maraucourt zurückfahre«, sagte der Direktor.
»Warum denn?« fragte Wilhelm in unverschämtem Ton.
»Schweig!« herrschte ihn Herr Vulfran an. »Von Stund an bist du aus meinen Diensten entlassen.«
»Herr – ich wollte – Ihnen nur sagen –«
Ohne auf ihn zu hören, wandte sich Herr Vulfran an seinen Direktor: »Ich danke Ihnen, Benoist, aber die Kleine wird für diesen Trunkenbold einspringen.«
»Weiß sie denn mit Pferden umzugehen?«
»Ihre Eltern waren fahrende Kaufleute, sie hat ihren Wagen oft genug geführt, nicht wahr, Aurèlie?«
»Gewiß.«

»Übrigens ist Coco ein wahres Lamm. Von sich aus fährt er in keinen Graben, man müßte ihn schon hineinwerfen.«
Er stieg in den Wagen, Perrine setzte sich neben ihn, der Verantwortung vollauf bewußt.
»Nicht zu schnell«, sagte Herr Vulfran, als sie Coco mit dem Ende der Peitsche leicht berührte.
»Ich werde gewiß nicht schnell fahren.«
Wie staunten die Leute in den Straßen von Maraucourt, als sie den Wagen des Herrn Vulfran kommen sahen, kutschiert von einem kleinen Mädchen mit schwarzem Strohhut und in Trauerkleidern, das den alten Coco mit großer Geschicklichkeit zu führen verstand. Das war etwas anderes als der ungleichmäßige Trott, den das Tier unter Wilhelms Hand wider Willen hatte anschlagen müssen.
Was ging hier vor? Wer war dieses kleine Mädchen?
Man stellte sich vor die Türen, um sich diese und ähnliche Fragen zuzurufen. Es gab im Dorf nur wenige, die Perrine kannten oder wußten, welche Stellung das Mädchen bei Herrn Vulfran einnahm.
Vor dem Haus der Mutter Françoise stand Tante Zénobia in eifrigem Gespräch mit zwei Nachbarinnen. Als sie Perrine auf dem Wagen erkannte, verschlug es ihr beinahe den Atem. Staunend hob sie die Arme zum Himmel. Doch gleich nickte sie ihr einen Gruß zu und lächelte dabei so freundlich, als ob sie ihre beste Freundin wäre. »Guten Tag, Herr Vulfran, guten Tag, Aurèlie!«
Sobald der Wagen am Zaun vorübergefahren war, erzählte sie ihren Nachbarinnen, sie selbst habe dieser jungen Person, die bei ihr esse und wohne, diese gute Stelle bei Herrn Vulfran verschafft, und zwar durch die Auskünfte, die sie Talouel gegeben habe. »Sie ist ein braves Mädchen und wird nicht vergessen, was sie mir schuldig ist; denn uns hat sie alles zu verdanken!«
Was für Auskünfte hatte sie denn geben können?
Auf Grund von Rosalies Erzählungen hatte sie sich eine ganze Geschichte ausgedacht, die überall in Maraucourt wiedererzählt wurde. Natürlich tat jeder noch etwas dazu, so daß sich eine wahre Legende um Perrine spann, die um so williger geglaubt wurde, als sich niemand diesen Wandel im Leben des armen Mädchens zu erklären vermochte.

Wenn das ganze Dorf erstaunt war, Herrn Vulfran mit Perrine als Wagenlenkerin vorbeifahren zu sehen, so war Talouel, als er sie ankommen sah, wie vor den Kopf geschlagen. »Wo ist denn Wilhelm?« rief er, als er sich etwas erholt hatte und nun die Treppe hinunterstürzte, um Herrn Vulfran zu empfangen.
»Auf die Straße gesetzt habe ich den unverbesserlichen Trunkenbold«, antwortete Herr Vulfran lächelnd.
»Vermutlich hatten Sie schon lange die Absicht, ihn zu entlassen?«
»Richtig.«
»Das verwundert mich keineswegs. Ebensowenig überrascht es mich, daß sich das Mädchen, durch das Sie diesen Säufer ersetzt haben, Ihres Vertrauens würdig erwies.«
»Auch da haben Sie recht.«
»Schon an jenem Tag, als sie in Begleitung Rosalies bei uns eintrat, erkannte ich ihre ungewöhnlichen Qualitäten und war überzeugt, daß Sie sie bald genug entdecken würden.« Bei diesen Worten warf er Perrine einen Blick zu, der unmißverständlich ausdrückte: »Hörst du, was ich für dich tue? Vergiß es nicht und sei zu Gegendiensten bereit.«
Kurz vor Arbeitsschluß erschien er vor Perrines Büro und fragte, ohne einzutreten, mit gedämpfter Stimme, so daß nur sie ihn hören konnte: »Was hat es eigentlich in Saint-Pipoy mit Wilhelm gegeben?«
Da mit dieser Frage nicht die Enthüllung wichtiger Dinge gefordert wurde, hatte Perrine keine Veranlassung, die gewünschte Auskunft zu verweigern.
»Gut«, sagte er, »du kannst ruhig sein. Wenn es Wilhelm einfallen sollte, sich wieder um den an dich verlorenen Posten zu bewerben, dann bekommt er es mit mir zu tun.«

26. Kapitel

Das Tischgespräch

Beim Abendessen erkundigten sich auch Fabry und Mombleux bei Perrine, was sich in Saint-Pipoy mit Wilhelm zugetragen habe, denn jeder in der Fabrik wußte, daß Herr Vulfran von ihr nach Hause gefahren worden war. Sie schilderte kurz den Sachverhalt, worauf die beiden Herren erklärten, dem Trunkenbold sei völlig recht geschehen.

»Es ist überhaupt ein Wunder, daß er seinen Prinzipal nicht schon zehnmal umgeworfen hat«, meinte Fabry. »Er ist immer wie ein Verrückter gefahren.«

»Besser gesagt wie ein Besoffener«, sagte Mombleux lachend.

»Man hätte ihn schon lange entlassen sollen.«

»Und das wäre sicherlich auch geschehen, wenn sich nicht jemand immer wieder für Wilhelm eingesetzt hätte –«

Perrine horchte auf, bemühte sich aber, sich ihre Aufmerksamkeit nicht anmerken zu lassen.

»Dafür mußte sich der Bursche auch erkenntlich zeigen –«

»Blieb ihm denn etwas anderes übrig?«

»Er hätte sich nicht auf so etwas einlassen dürfen.«

»Bei seiner Veranlagung fiel ihm das offenbar zu schwer.«

»Sind Sie wirklich sicher, daß man ihn in seinem Laster nicht noch bestärkt hat, anstatt ihn auf die Folgen seines Trinkens aufmerksam zu machen?«

»Man hat offenbar ein verdutztes Gesicht gemacht, als man ihn nicht zurückkehren sah. Ich hätte dabei sein mögen.«

»Es ist erstaunlich, daß er, der doch das Opfer dieser ganzen Auskundschafterei ist, nicht einmal ahnt, wie sehr er ausgenützt worden ist. Man wird es schon einzurichten wissen, daß er durch jemand Geeigneten ersetzt wird, der ebensogut spioniert und hinterbringt.«

»Das glaube ich auch.«

Perrine zuckte zusammen. Wenn die beiden Herren auch keine

Namen genannt hatten, so war doch kein Zweifel möglich, daß sie von Talouel sprachen.

»Wie kann man nur an solchem Ränkespiel Gefallen finden?« meinte Mombleux.

»Wie? Das können Sie sich nicht erklären? Entweder ist man neidisch oder nicht. Andere sind ehrgeizig, und zuweilen geschieht es, daß einer sowohl neidisch als auch ehrgeizig ist. Stellen Sie sich vor, man hat sich aus bescheidensten Verhältnissen zu solcher Position emporgearbeitet, ist der zweitgrößte Mann eines Unternehmens, das zu den bedeutendsten ganz Frankreichs gehört. Ist es so verwunderlich, daß man den Ehrgeiz hat, vom zweiten auf den ersten Platz aufzurücken? So etwas liegt durchaus im Bereiche des Möglichen. Man muß es nur verstehen, sich beizeiten den Ruf des Unersetzlichen zu verschaffen und so zu tun, als ob man allein die Fähigkeit hätte, die gewaltige Last eines solchen Unternehmens zu tragen. Um sich aber vor dem Prinzipal den Anschein solch ungewöhnlicher Verstandesschärfe zu geben, ist es nötig, immer zu wissen, was dieser Prinzipal gesagt, getan und gedacht hat. Und zu solchem Wissen kann ihm am besten diejenige Person verhelfen, deren Stellung es mit sich bringt, daß sie sich ständig in der Nähe des Prinzipals aufhält.«

Während Zénobia die Teller für den Nachtisch wechselte, schwiegen sie, sobald sie sich aber wieder entfernt hatte, setzten sie ihre Unterhaltung fort. Offenbar hielten sie es für ausgeschlossen, daß die Kleine, die an ihrem Tischchen stillschweigend ihre Mahlzeit einnahm, den Sinn ihrer Andeutungen erraten konnte.

»Wenn der Verschwundene nun eines Tages wieder erscheinen würde?« fragte Mombleux.

»Das kann sich jedermann nur wünschen. Bleibt er aber weg, dann wird das wohl gute Gründe haben. Vermutlich ist er nicht mehr am Leben.«

»Es war aber nicht unser ehrgeiziger Freund, der sein Verschwinden veranlaßt hat.«

»Wer weiß, ob nicht er den Anstoß zu diesem Verschwinden gab oder wenigstens dafür sorgte, daß der Verschwundene verschwunden blieb.«

»Glauben Sie wirklich?«

»Weder Sie noch ich waren zu jener Zeit hier. Wir können also nicht wissen, was damals vorging. Aber so, wie ich den Mann kennengelernt habe, halte ich es für wahrscheinlich, daß er seine Hand im Spiel hatte, um die Ereignisse zu seinen Gunsten zu beeinflussen.«
»Zum Teufel, daran habe ich nie gedacht –«
»Ich bin überzeugt, daß wir noch interessanten Entwicklungen entgegengehen. Der Mann wird auch über die Verwandtschaft triumphieren. Warten Sie es nur ab!«
In diesem Augenblick trat Rosalie in den Saal und fragte Perrine, ob sie Lust hätte, sie auf einen Gang ins Dorf zu begleiten. Perrine konnte die Einladung nicht zurückweisen. Da sie mit ihrem Abendessen längst fertig war, konnte sie nicht länger sitzenbleiben, ohne Verdacht zu erwecken. Gerade das aber mußte sie vermeiden, wenn sie wollte, daß die beiden Herren auch in Zukunft in ihrer Gegenwart so offen wie heute miteinander sprachen.
Der Abend war mild, und die Leute saßen schwatzend vor den Häusern. Nur zu gern wäre Rosalie noch länger draußen geblieben; aber Perrine schützte Müdigkeit vor, um heimkehren zu können. In Wahrheit wollte sie aber nicht nach Hause, um zu schlafen, sondern um nachzudenken und sich in der Stille ihres Zimmerchens, bei verschlossener Tür, über ihre Lage und ihr künftiges Verhalten Klarheit zu verschaffen.
Schon an jenem Abend, an dem ihre Zimmergefährtinnen über Talouel gesprochen hatten, hatte sie erkannt, daß man sich vor diesem Mann hüten mußte. Als er ihr dann befohlen hatte, ihm die volle Wahrheit über die von Fabry begangenen Dummheiten zu sagen, weil er in seiner Eigenschaft als Direktor alles wissen müsse, hatte sie gesehen, wie er seine Machtstellung ausnützte und welcher Mittel er sich dazu bediente. Was sie nun aber bei dem Tischgespräch der beiden Herren gehört hatte, öffnete ihr über Talouels Charakter endgültig die Augen.
Daß er neben Herrn Vulfran der Mächtigste sein wollte, das hatte sie schon gewußt, daß aber sein ganzes Sinnen und Trachten dahin gehen könnte, eines Tages Herrn Vulfran zu ersetzen und sich zum alleinigen Herrn über die Fabriken von Maraucourt aufzuschwingen, das hätte sie doch nicht geglaubt.

Da Wilhelm als Spion für Talouel nicht mehr in Frage kam, sollte bestimmt sie, die an Wilhelms Stelle gerückt war, ihn ersetzen. Wie konnte sie sich dagegen wehren?
Befand sie sich nicht in einer entsetzlichen Lage? Sie war doch noch ein Kind, ohne jede Erfahrung, ohne jeden Schutz und Halt.
Auf ihrem Bett sitzend, rief sie sich das, was sie gehört hatte, noch einmal ins Gedächtnis zurück. Was sollte sie nur tun, um nicht wie Wilhelm in die Gewalt Talouels zu geraten? Immer wieder quälte sie sich mit dieser Frage. Und als sie dann, von Müdigkeit überwältigt, den Kopf aufs Kissen legte, hatte sie nichts erreicht, als sich der ganzen Schwierigkeit ihrer Lage bewußt zu sein. Welchen Weg sie einschlagen sollte, um sich gegen den machthungrigen Talouel zur Wehr zu setzen, wußte sie nicht.

27. Kapitel

Bedrohungen

Herrn Vulfrans erste Beschäftigung am Morgen im Büro war, vom Inhalt der eingelaufenen Briefe Kenntnis zu nehmen. Früher hatte er die französische Korrespondenz selbst geöffnet und dann einem Angestellten in Stichworten die zu erteilenden Antworten diktiert. Seit er blind geworden war, mußte er sich die Briefe von seinen Neffen oder von Talouel vorlesen lassen. Sie versahen dann auch nach den Angaben Vulfrans die Schriftstücke mit den für die Angestellten bestimmten Notizen. Seit Bendits Erkrankung wurden die englischen Briefe Fabry und die deutschen Mombleux zum Übersetzen gegeben.

An jenem Morgen, der auf das Perrine so sehr erregende Tischgespräch zwischen Fabry und Mombleux folgte, waren Herr Vulfran und seine beiden Neffen Theodor und Casimir und auch Talouel mit der Durchsicht der Briefe beschäftigt. Eben öffnete Theodor einen Brief aus dem Ausland und meldete: »Ein Brief aus Dakka, datiert vom 29. Mai.«

»Französisch?« fragte Herr Vulfran.

»Nein, englisch.«

»Und die Unterschrift?«

»Sie ist nicht sehr leserlich. So etwas wie Feldes, Faldes oder Fildes. Davor steht ein Wort, das ich nicht entziffern kann. Vier Seiten. Dein Name, Onkel, kommt mehrmals darin vor. Soll ich den Brief an Fabry weiterleiten?«

»Nein, gib ihn mir.«

Theodor und Talouel sahen zugleich Herrn Vulfran an. Als sie merkten, daß sie ihre Neugierde verraten hatten, bemühten sie sich, möglichst gleichgültig auszusehen.

»Ich lege den Brief auf deinen Tisch«, sagte Theodor.

»Nein, gib ihn her.«

Sobald die Korrespondenz durchgesehen war, zog sich ein Angestellter mit den mit Notizen versehenen Briefen zurück. Theodor und Talouel wollten noch einige Angelegenheiten klären, doch Herr Vulfran schickte sie fort. Nachdem auch sie sich entfernt hatten, ließ Herr Vulfran Perrine kommen.

»Was ist das für ein Brief?« fragte er.

Sie nahm ihn entgegen und blickte hinein. Hätte er sehen können, würde Herr Vulfran bemerkt haben, daß sie dabei erbleichte und daß ihre Hände zitterten.

»Es ist ein englischer Brief aus Dakka, datiert vom 29. Mai.«

»Die Unterschrift?«

»Pater Fildes.«

»Bist du ganz sicher?«

»Gewiß, hier steht Pater Fildes.«

»Was schreibt er?«

»Würden Sie mir erlauben, einige Zeilen zu lesen, ehe ich Ihnen antworte?«

»Natürlich, aber rasch.«

Gern wäre sie dieser Aufforderung nachgekommen; aber ihre Aufregung hatte sich gesteigert, so daß ihr die Wörter vor den Augen tanzten.

»Nun?« fragte Herr Vulfran mit ungeduldiger Stimme.

»Der Brief ist ebenso schwer zu lesen wie zu verstehen, die Sätze sind sehr lang.«

»Du brauchst sie nicht zu übersetzen, gib einfach den Inhalt an. Um was handelt es sich?«

Es dauerte noch eine Weile, ehe sie antworten konnte. »Pater Fildes teilt mit, daß Pater Leclerc, dem Sie geschrieben haben, gestorben ist. Er selbst sei von Pater Leclerc beauftragt worden, Ihnen zu antworten. Durch Abwesenheit sei er bisher daran verhindert worden, auch sei es sehr schwierig gewesen, die von Ihnen gewünschten Erkundigungen einzuziehen. Endlich entschuldigt er sich, daß er Ihnen in englischer Sprache schreibe, es sei ihm jedoch nicht möglich, sich in Ihrer schönen Sprache klar genug auszudrücken.«

»Und diese Erkundigungen?« rief Vulfran heftig.

»Verzeihen Sie, aber ich bin noch nicht so weit.«

Wenn sie auch in ganz ruhigem Ton geantwortet hatte, merkte er doch, daß es keinen Sinn hatte, sie zu drängen. »Du hast recht«, sagte er, »der Brief ist ja nicht französisch geschrieben. Du mußt ihn selber verstehen, ehe du ihn mir erklären kannst. Nimm ihn und geh damit in Bendits Büro hinüber, wo du ihn so genau wie möglich übersetzt. Dann kannst du mir die schriftliche Übersetzung vorlesen. Verlier aber keine Zeit. Du siehst, daß ich darauf brenne, zu erfahren, was darin steht.«

Als sie sich entfernen wollte, rief er sie noch einmal zurück: »Paß gut auf. Es handelt sich bei diesem Brief um eine persönliche Angelegenheit, von der niemand etwas erfahren darf. Hörst du, niemand! Was man dich auch fragen mag, wenn es überhaupt jemand wagen sollte, dich ausforschen zu wollen, du darfst nichts sagen. Du siehst, welches Vertrauen ich dir entgegenbringe. Wenn du mir treu dienst, wirst du es nicht bereuen.«

»Ich verspreche Ihnen, alles zu tun, um Ihr Vertrauen zu rechtfertigen.«

»So geh nun, und beeile dich.«

Trotz dieser Ermahnung begann Perrine nicht gleich mit der Niederschrift der Übersetzung. Erst las sie den Brief von Anfang bis Ende durch, dann las sie ihn noch einmal, erst dann nahm sie einen großen Bogen Papier und begann mit ihrer Arbeit.

Sehr geehrter Herr, Dakka, 29. Mai

zu meinem lebhaften Bedauern muß ich Ihnen mitteilen, daß uns Pater Leclerc, an den Sie sich mit der Bitte wandten, gewisse Erkundigungen einzuziehen, durch den Tod entrissen wurde. Er bestimmte mich dazu, Ihnen an seiner Stelle zu antworten, was mir – wofür ich Sie um Entschuldigung bitte – leider nicht eher möglich war, da mich Reisen ins Innere des Landes davon abhielten und es mit den größten Schwierigkeiten verbunden war, nach einer Zeitdauer von mehr als zwölf Jahren die Ihnen so wichtigen Auskünfte zu erhalten und zusammenzutragen, was Sie gütigst verzeihen mögen, wie ich Sie auch um Nachsicht bitten muß, daß ich Ihnen englisch schreibe, weil es mir leider nicht möglich ist, mich in Ihrer schönen Sprache klar genug auszudrücken.

Nachdem sie diesen Satz geschrieben hatte, der tatsächlich lang und schwerfällig genug war, um ihr beim Übersetzen einiges Kopfzerbrechen zu verursachen, hielt sie inne, um das Geschriebene noch einmal durchzulesen und zu verbessern. Sie war ganz in ihre Arbeit vertieft, als plötzlich die Tür geöffnet wurde und Herr Theodor Paindavoine hereintrat, um von ihr ein englisch-französisches Wörterbuch zu verlangen.
Gerade dieses Wörterbuch lag aufgeschlagen vor ihr. Sie klappte es zu und reichte es Theodor.
»Ach, Sie haben es selbst gebraucht?« fragte er und näherte sich ihrem Tisch.
»Gewiß, doch kann ich es entbehren.«
»Wieso?«
»Ich habe es mehr wegen der Rechtschreibung der französischen Wörter gebraucht, als um mich nach dem Sinn der englischen zu erkundigen, ein französisches Wörterbuch genügt mir also vollkommen.«
Sie spürte, wie er sich über ihren Rücken beugte, und obwohl sie

seine Augen nicht sehen konnte, weil sie nicht wagte, sich umzudrehen, erriet sie doch, daß er versuchte, über ihre Schultern hinweg das Geschriebene zu lesen.

»Ist es der Brief aus Dakka, den Sie da übersetzen?«

Sie war überrascht, daß er diesen Brief, der so streng geheimgehalten werden sollte, erkannte. Aber sofort fiel ihr ein, daß er wohl nur fragte, um seinen Inhalt zu erfahren, was um so wahrscheinlicher war, weil das Wörterbuch nur ein Vorwand zu sein schien. Was wollte er mit einem englisch-französischen Wörterbuch, wo er doch kein Wort Englisch konnte!

»Ja«, antwortete sie.

»Und kommen Sie vorwärts mit der Übersetzung?«

Sie spürte wieder, wie er sich über sie beugte, denn er war kurzsichtig. Da drehte sie mit einer raschen Bewegung das Blatt um. »Ich bitte Sie, lesen Sie nicht, es ist nur der Entwurf.«

»Das schadet nichts.«

»Doch, ich müßte mich schämen.«

Er wollte das Blatt nehmen, doch sie legte die Hand darauf. Hatte sie es zuerst mit einer Ausrede versucht, so war sie nun fest entschlossen, sich zu widersetzen, selbst einem Chef des Hauses gegenüber.

Bis dahin hatte er in freundlichem Ton gesprochen, nun aber fuhr er fort: »Geben Sie mir den Entwurf, glauben Sie denn, ich würde einem hübschen Mädchen gegenüber den Schulmeister spielen?«

»Nein, es ist unmöglich.«

»Vorwärts, her damit!«

Lächelnd wollte er ihr das Papier entreißen, doch sie ließ es nicht geschehen. »Nein, ich lasse es mir nicht nehmen.«

»Es ist ja nur ein Scherz –«

»Aber nicht für mich. Für mich gibt es nichts Ernsthafteres. Herr Vulfran hat mir verboten, irgend jemandem diesen Brief zu zeigen, und ich gehorche ihm.«

»Ich habe ihn ja selbst geöffnet.«

»Der englische Brief ist nicht die Übersetzung.«

»Mein Onkel wird mir Ihre Übersetzung selbst zeigen.«

»Dann ist das seine Sache. Er hat mir seine Befehle gegeben, und ich gehorche. Entschuldigen Sie.«

Ihre Stimme und ihre Haltung drückten so viel Entschlossenheit aus, daß ihr der Brief nur mit Gewalt zu entreißen gewesen wäre. Daß Perrine mit ihrem Geschrei das ganze Haus alarmierte, wollte Herr Theodor nicht riskieren. »Ich bin entzückt«, sagte er, »zu sehen, mit welcher Treue Sie die Befehle meines Onkels ausführen, selbst dann, wenn es sich wie hier um etwas ganz Unwesentliches handelt.«

Als er die Tür hinter sich zugemacht hatte, wollte Perrine ihre Arbeit wieder aufnehmen. Aber sie war so erregt, daß sie dazu nicht fähig war. Wenn ihr Theodor Paindavoine auch versicherte, von ihrem Benehmen entzückt zu sein, wußte sie doch genau, daß er in Wahrheit wütend über sie war. Wie sollte sie sich aber einem so mächtigen Gegner gegenüber auf die Dauer zur Wehr setzen können?

In diesem Augenblick wurde die Tür von neuem geöffnet, und

Talouel trat mit schleichenden Schritten ein, die Augen auf den Tisch gerichtet, wo der Brief und die angefangene Übersetzung ausgebreitet lagen. »Nun, wie steht es mit der Übersetzung des Briefes aus Dakka? Kommst du voran?«

»Ich habe damit erst begonnen.«

»Hat dich Herr Theodor gestört? Was wollte er eigentlich?«

»Ein englisch-französisches Wörterbuch.«

»Wozu? Er kann ja gar nicht Englisch.«

»Er hat es mir nicht gesagt.«

»Hat er sich nach dem Inhalt des Briefes erkundigt?«

»Ich bin ja noch am ersten Satz.«

»Du willst mich doch nicht glauben machen, daß du ihn noch nicht gelesen hast?«

»Ich habe ihn noch nicht übersetzt.«

»Du hast ihn noch nicht französisch niedergeschrieben; aber gelesen hast du ihn.«

Sie antwortete nicht.

»Ich habe dich gefragt, ob du ihn gelesen habest. Darf ich dich vielleicht bitten, mir auf meine Frage zu antworten?«

»Das kann ich nicht.«

»Ah! Und warum nicht?«

»Weil mir Herr Vulfran verboten hat, zu irgend jemand von diesem Brief zu sprechen.«

»Weißt du denn noch nicht, daß Herr Vulfran und ich so gut wie eine Person sind? Alle Befehle, die Herr Vulfran hier erteilt, gehen durch mich, alle Zuwendungen, die er spendet, teile ich aus, weshalb ich von allem Kenntnis haben muß, was ihn betrifft.«

»Selbst von seinen persönlichen Angelegenheiten?«

»Ach! Es handelt sich bei diesem Brief also um eine persönliche Angelegenheit?«

Sie sah sofort ein, daß sie sich hatte überrumpeln lassen.

»Das habe ich nicht behauptet. Ich habe Sie nur gefragt, ob ich Ihnen auch dann vom Inhalt des Briefes Kenntnis geben müßte, wenn es persönliche Angelegenheiten wären.«

»Gerade über die persönlichen Angelegenheiten muß ich unterrichtet sein, und das im Interesse Herrn Vulfrans. Weißt du nicht, daß er aus Kummer krank geworden ist? Wenn er nun plötzlich eine Nachricht erhält, die ihn in große Aufregung versetzt, kann ihn das unter Umständen das Leben kosten. Deshalb muß ich immer alles, was ihn angeht, zuerst erfahren, damit es mir möglich ist, ihn ganz langsam und vorsichtig darauf vorzubereiten. Das aber wäre mir nicht möglich, wenn du ihm deine Übersetzung einfach vorlesen würdest.«

Er hatte das in einem weichen, einschmeichelnden Ton gesagt, der in sonderbarem Widerspruch stand zu seiner üblichen, barschen Ausdrucksweise.

Als sie stumm blieb und ihn, ganz bleich vor Erregung, ansah, fuhr er fort: »Ich hoffe, du bist klug genug, um das zu verstehen und einzusehen, wie wichtig es für uns alle und auch für dich selbst ist, daß seine Gesundheit nicht durch Schläge erschüttert wird, denen sie nicht mehr gewachsen ist. Er sieht zwar noch gesund aus, doch dürfen wir uns dadurch nicht täuschen lassen. Der Kummer nagt an ihm, und der Verlust seines Augenlichtes drückt ihn nieder. Deshalb ist es für alle, die hier arbeiten, Pflicht, ihm alle Aufregungen zu ersparen. Diese Verpflichtung liegt in erster Linie auf mir, dem er sein ganzes Vertrauen geschenkt hat.«

Hätte Perrine nicht gewußt, was sie von Talouel zu halten hatte, so wäre sie sicherlich auf seine so geschickt auf Rührung berechneten Worte hereingefallen. Aber nach dem, was sie bereits über ihn gehört hatte, nicht nur von den Mädchen in der Schlafkammer, die ja nur einfache Arbeiterinnen waren, sondern auch von Fabry und Mombleux, die doch die Fähigkeit besitzen mußten, Dinge und Menschen richtig zu beurteilen, konnte sie ebensowenig an die Aufrichtigkeit von Talouels Worten wie an seine Ergebenheit Herrn Vulfran gegenüber glauben. Er wollte sie einfach zum Sprechen bringen, und um das zu erreichen, war ihm jedes Mittel gut genug: Lüge, Täuschung und Heuchelei. Wie vor ihm Herr Theodor, so war es auch ihm einzig darum zu tun, vom Inhalt des Briefes Kenntnis zu bekommen.

Talouel stand vor ihr, auf ihren Arbeitstisch gestützt, und sah sie durchdringend an, bemüht, ihr seinen Willen aufzuzwingen. Da nahm sie all ihren Mut zusammen und erklärte mit vor Erregung etwas heiserer, aber fester Stimme: »Herr Vulfran hat mir verboten, zu irgend jemand von diesem Brief zu sprechen.«

Erbost über den hartnäckigen Widerstand des Mädchens fuhr er auf, neigte sich aber beinahe im selben Augenblick erneut gegen sie und versuchte es noch einmal mit einschmeichelnder Stimme. »Ich bin aber nicht irgend jemand, ich bin sein zweites Ich, sein anderes Selbst.«

Sie gab ihm keine Antwort.

»Du bist also dumm?« schrie er sie an.

»Das bin ich sicherlich.«

»Nun, dann mußt du eben lernen, daß man gescheit sein muß, wenn man die Stelle an Herrn Vulfrans Seite behalten will. Da dir nun zugegebenermaßen die erforderliche Intelligenz fehlt, ist es meine Pflicht, dafür zu sorgen, daß du weggejagt wirst. Schade, ich wäre dir lieber behilflich gewesen, deine Stellung noch zu verbessern. Verstehst du das?«

»Ja.«

»Überleg es dir. Halt dir vor Augen, in welcher Lage du dich heute noch befindest, und stell dir vor, wie es morgen sein wird, wenn ich dich auf die Straße gesetzt habe. Du kannst wählen. Heute abend wirst du mir mitteilen, wozu du dich entschlossen hast.«

Er wartete noch einen Augenblick und sah sie lauernd an. Als sie aber stumm blieb, entfernte er sich mit schleichenden Schritten, wie er gekommen war.

28. Kapitel

Der Brief aus Dakka

»Überleg es dir.«

Das hätte Perrine gerne getan, doch dazu war jetzt keine Zeit, denn Herr Vulfran wartete.

Sie machte sich wieder an ihre Übersetzung. Beim Arbeiten legte sich vielleicht ihre Aufregung, so daß sie dann eher ihre Lage überdenken und den für sie so bedeutungsvollen Entschluß fassen konnte. So begann sie zu schreiben:

Die größte Schwierigkeit, die sich meinen Nachforschungen entgegengestellt hat, war die Länge der Zeit, die seit der Heirat Herrn Edmund Paindavoines, Ihres geliebten Sohnes, verstrichen war. Da mir Pater Leclerc, der diese Verbindung eingesegnet hatte, keinerlei Angaben mehr machen konnte, tappte ich völlig im Dunkeln. Auf Grund mühsam zusammengetragener Auskünfte gelang es mir endlich, folgende Fakten zusammenzustellen:

Die junge Dame, die sich Herr Edmund Paindavoine zur Gattin wählte, ist mit den vorzüglichsten Eigenschaften ausgestattet: mit Verstand, Güte und Sanftmut, und dazu kommen persönliche Reize, die, mögen sie auch vergänglich sein, doch von entscheidender Bedeutung sein können für Menschen, die nicht wie wir den Freuden dieser Welt entsagt haben.

Die Zeiten sind vorbei, in denen das Wissen der Hindufrauen sich in der Kenntnis der geltenden Bräuche erschöpfte, im Beherrschen der Kunst, sich anmutig zu erheben und hinzusetzen, und in denen jeder Unterricht, der sich mit anderen Dingen beschäftigte, als Versündigung gegen die Sittengesetze betrachtet wurde. Im Gegenteil verfügen heute sehr viele Frauen, selbst solche aus den obersten Kasten, über eine ausgezeichnete Bildung. Sie wissen, daß im alten Indien die Geistesschulung dem Schutz der Göttin Sarasvati anvertraut war. Zu diesen gebildeten Frauen gehört die Dame, sowohl ihr Vater als auch ihre Mutter, die beide brahmanischen Familien entstammten, waren durch den ehrwürdigen Pater Leclerc zu unserer heiligen katholischen Religion, der apostolisch-römischen, bekehrt worden. Dies geschah in den ersten Jahren von Pater Leclercs segensreicher Missionstätigkeit. Die Ausbreitung unseres Glaubens wird leider dadurch erschwert, daß der Einfluß der Kasten noch immer sehr stark ist, so daß derjenige, der seinen Glauben aufgibt, aus seiner Kaste ausgeschlossen wird und so seinen Rang, seine Beziehungen und seine gesellschaftliche Stellung verliert. Das war der Fall bei dieser Familie, die dadurch, daß sie zum christlichen Glauben übertrat, sich gewissermaßen zu Parias machte.

Unter diesen Umständen werden Sie verstehen, daß die Familie, als sie aus der Hinduwelt verstoßen worden war, den Anschluß an die europäische Gesellschaft suchte. Bald sah sie sich mit einer französischen Familie in freundschaftlicher und geschäftlicher Beziehung verbunden, und diese Verbindung führte zur Gründung einer bedeutenden Musselinfabrik unter der Firmenbezeichnung Doressany (der Inder) & Bercher (der Franzose).

Im Hause Bercher hat dann Herr Edmund Paindavoine Fräulein Marie Doressany kennen- und liebengelernt. Alle Zeugnisse, die ich gesammelt habe, stimmen darin überein, daß Fräulein Doressany tatsächlich ein liebreizendes junges Wesen ist, das alle Eigenschaften in hohem Maße besitzt, die geeignet sind, einen Mann glücklich zu machen. Ich selbst kann mich darüber nicht äußern, da ich erst nach ihrer Abreise nach Dakka kam.

Warum Sie sich dieser Heirat widersetzten, ist eine Frage, die ich nicht zu beantworten habe. Welcher Art Ihre Gründe auch sein mochten, der Ehebund wurde geschlossen, und unser ehrwürdiger Pater Leclerc gab in der Kapelle unserer Missionsstation Herrn Edmund Paindavoine und Fräulein Marie Doressany den Segen der Kirche. Die Trauung ist in unser Register eingetragen worden, so daß Ihnen, wenn Sie es wünschen sollten, eine Abschrift davon zugestellt werden kann.

Vier Jahre lebte Herr Edmund Paindavoine im Haus der Eltern seiner Frau, wo dem jungen Ehepaar durch die Gnade Gottes ein

Töchterchen geschenkt wurde. Das Andenken, das die damaligen Bekannten in Dakka den beiden bewahrt haben, ist das allerbeste, noch heute sprechen sie von ihnen als von einem Musterehepaar.
Nach vielen Jahren des Wohlergehens wurde dann das Haus Doressany & Bercher Schlag auf Schlag von beträchtlichen Verlusten betroffen, die schließlich einen vollständigen Ruin herbeiführten. Herr und Frau Doressany starben beide im Zeitraum von wenigen Monaten, die Familie Bercher kehrte nach Frankreich zurück, und Herr Edmund Paindavoine unternahm im Auftrag englischer Firmen eine Forschungsreise nach Dalhousie, als Sammler von Pflanzen und Raritäten aller Art. Auf dieser Reise begleitete ihn sowohl seine junge Frau als auch sein damals ungefähr dreijähriges Töchterchen.
Seither ist er nicht mehr nach Dakka zurückgekehrt, aber durch einen seiner Freunde, an den er mehrmals geschrieben hat, habe ich erfahren, daß er mehrere Jahre in Dehra wohnte, einer an der Grenze von Tibet im Himalaja gelegenen Stadt, die er zum Ausgangspunkt für verschiedene Expeditionen wählte. Diese Jahre sollen für ihn sehr ergiebig gewesen sein.
Ich selbst kenne Dehra nicht, doch wir haben in dieser Stadt eine Missionsstation. Wenn Sie glauben, daß Ihnen dieser Umstand für Ihre Nachforschungen nützlich sein könnte, würde ich gern einen Brief an einen unserer Patres schicken, der dazu beitragen könnte, Ihnen Ihre Nachforschungen zu erleichtern.

Endlich war er fertig, dieser schreckliche Brief! Sobald sie das letzte Wort geschrieben hatte, ohne erst die Höflichkeitsformel am Schluß zu übersetzen, raffte sie die Blätter zusammen und lief damit zu Herrn Vulfran. Als sie eintrat, schritt er in seinem Arbeitsraum ungeduldig auf und ab.

»Das hat aber lange gedauert«, sagte er.

»Der Brief war lang und schwierig.«

»Bist du nicht gestört worden? Ich habe gehört, daß die Tür zu deinem Büro zweimal geöffnet und geschlossen wurde.«

Da er sie geradeheraus danach fragte, fühlte sie sich verpflichtet, ihm offen und ehrlich zu antworten: »Herr Theodor und Direktor Talouel sind in mein Büro gekommen.«

»Aha!« Es schien, als ob er auf diesen Punkt noch näher eingehen wollte. Aber nach kurzem Überlegen fuhr er fort: »Zuerst der Brief. Das andere kann warten. Setz dich neben mich und lies langsam und deutlich, doch nicht zu laut.«

Sie las, wie ihr befohlen worden war, eher leiser, als sie sonst sprach.

Von Zeit zu Zeit unterbrach sie Herr Vulfran, ohne sich aber an sie zu wenden, ganz mit eigenen Gedanken beschäftigt. »Musterehepaar ... Englische Firmen, was für Firmen? ... Einer seiner Freunde? ... Aus welcher Zeit mögen diese Aussagen stammen?«

Und als dann Perrine am Schluß des Briefes angelangt war, sagte er, seine Eindrücke zusammenfassend: »Das sind Phrasen. Keine einzige Tatsache, kein Name, kein Datum. Was diese Leute doch für eine ungenaue Ausdruckweise haben!«

Da diese Bemerkungen nicht an sie gerichtet waren, hütete sich Perrine, darauf zu antworten. So entstand ein langes Stillschweigen, dem Herr Vulfran schließlich mit einer Frage ein Ende bereitete. »Kannst du auch aus dem Französischen ins Englische übersetzen, wie du das eben aus dem Englischen ins Französische getan hast?«

»Gewiß, wenn es keine allzu schweren Sätze sind.«

»Ein Telegramm?«

»Ich glaube schon.«

»Gut, dann setz dich dort an den kleinen Tisch und schreib.« Er diktierte:

Pater Fildes, Missionsstation Dakka.
Dank für Brief. Bitte telegraphisch Namen des Freundes nennen, der Nachricht erhielt, sowie deren Datum. Zwanzig Wörter Rückantwort bezahlt. Auch Namen des Paters in Dehra schikken. Ihm schreiben, daß ich mich selbst an ihn wenden werde. Paindavoine.

»So, und nun übersetze das ins Englische. Faß dich so kurz wie möglich, jedes Wort kostet einen Franc und zwölf Sous. Es hat keinen Sinn, das Geld zu verschwenden. Schreib leserlich.«
Perrine war mit der Übersetzung ziemlich rasch fertig. Sie las sie vor.
»Wie viele Wörter sind es?«
»Im Englischen fünfundvierzig.«
Er rechnete laut: »Das macht siebenundsechzig Francs für das Telegramm und zweiunddreißig für die Antwort, also neunundneunzig Francs. Ich werde dir das Geld geben. Du gehst mit der Depesche selbst aufs Telegraphenamt und liest sie der Beamtin vor, damit sich kein Fehler einschleicht.«
Als sie über die Terrasse ging, stieß sie auf Talouel, der dort, die Hände in den Taschen, auf und ab ging, als überwache er alles, was sowohl in den Höfen als auch in den Büros vor sich ging. »Wo gehst du hin?« fragte er.
»Aufs Telegraphenamt, um eine Depesche aufzugeben.«
Sie hielt das Telegramm in der einen, das Geld in der anderen Hand. Er griff nach dem Papier und zog so fest daran, daß es zerrissen wäre, wenn sie es nicht losgelassen hätte. Sofort faltete er es auseinander. Als er aber sah, daß der Text englisch abgefaßt war, bebte er vor Zorn: »Du weißt, daß du nachher mit mir zu sprechen hast.«
»Ja.«
Erst um drei Uhr sah sie Herrn Vulfran wieder, als er klingelte, damit sie mit ihm ausfahre. Mehr als einmal hatte sie darüber nachgedacht, wer wohl Wilhelm ersetzen würde. Ihr Erstaunen war groß, als Herr Vulfran sie aufforderte, an seiner Seite im Wagen Platz zu nehmen, nachdem der Stallbursche, der Coco herbeigeführt hatte, auf seinen Wink weggegangen war.

»Da du mich gestern so gut gefahren hast«, sagte er, »sehe ich nicht ein, warum du mich nicht auch heute fahren solltest. Außerdem haben wir noch etwas zu besprechen, und da ist es besser, wenn wir allein sind.«

Erst als sie aus dem Dorf hinaus waren, wo die Leute dieselbe Neugierde wie tags zuvor gezeigt hatten, und sie gemächlich zwischen den Wiesen fuhren, auf denen die Heuernte in vollem Gang war, brach Herr Vulfran das Schweigen. »Du hast mir gesagt, daß Herr Theodor und Herr Talouel in dein Büro gekommen sind.«

»Ja, Herr.«

»Was wollten sie von dir?«

Sie zögerte, ihr Herz klopfte heftig vor Erregung.

»Warum schweigst du? Du mußt mir alles sagen.«

»Ja Herr, das muß ich, doch manchmal muß man trotzdem zögern.«

»Man soll nie zögern, wenn es gilt, seine Pflicht zu erfüllen. Wenn du glaubst, schweigen zu müssen, dann schweige. Wenn du aber glaubst, mir eine Antwort auf meine Frage schuldig zu sein, dann antworte.«

»Ich glaube, daß ich antworten muß.«

»So sprich, ich höre.«

Sie erzählte ihm wörtlich, was sich zwischen Theodor und ihr zugetragen hatte.

»Ist das alles?« fragte Herr Vulfran, als sie am Ende ihres Berichtes angelangt war.

»Ja, Herr.«

»Und Talouel?«

Sie gab auch über ihren Auftritt mit dem Direktor Auskunft, wobei sie allerdings das, was Talouel über Herrn Vulfrans Krankheit gesagt hatte, etwas abschwächte. Sie verschwieg auch nicht, was sich mit der Depesche zugetragen hatte, und daß Talouel ihr befohlen habe, ihm am Abend ihren Entschluß mitzuteilen.

Während ihrer Erzählung hatte sie Coco die Zügel gelassen, und das alte Pferd trottete im Genuß dieser Freiheit gemächlich weiter und schnupperte den köstlichen Duft des Heues ein, der die Gegend erfüllte.

Nach längerem Schweigen wandte sich Herr Vulfran dem Mädchen zu: »Vor allem liegt mir daran, dich zu beruhigen. Du kannst überzeugt sein, daß du für deine Offenheit mir gegenüber nicht zu büßen haben wirst. Wenn es jemandem einfallen sollte, an dir Rache zu nehmen, würde ich dich zu schützen wissen. Eigentlich habe ich nichts anderes erwartet, und deshalb habe ich dir auch eingeschärft, den Brief streng geheimzuhalten. Da mir aber die Neugierde dieser Leute bekannt war, war es ein Fehler von mir, dich ihren Angriffen auszusetzen. In Zukunft wird so etwas nicht mehr vorkommen. Von morgen an wirst du Bendits Büro verlassen und deinen Platz in meinem Arbeitszimmer, und zwar an dem kleinen Tischchen einnehmen, an dem du heute das Telegramm geschrieben hast. Man wird es nicht wagen, dich in meiner Gegenwart zu belästigen. Da man dies aber auch außerhalb der Arbeitszeit tun könnte, wirst du nicht mehr bei Françoise wohnen, sondern ein Zimmer im Schloß beziehen und dort auch mit mir speisen. Ich sehe voraus, daß ich mit Indien einen Brief- und Telegrammwechsel unterhalten muß, von dem nur du Kenntnis haben sollst. Diese Maßnahmen sollen nicht nur ein Schutz für dich, sondern auch eine Antwort an jene sein, die dich zum Sprechen bringen wollten. Nicht zuletzt möchte ich mich damit dir gegenüber erkenntlich zeigen.«
Die Überraschung und Freude erschütterten Perrine derart, daß sie kein Wort hervorbringen konnte.
»Das Vertrauen, das ich dir entgegenbringe, gründet sich auf deinen Mut, den du im Kampf gegen das Elend bewiesen hast. Wer so tapfer ist, wie du es warst, der ist auch ehrlich. Und nun hast du mir bewiesen, daß ich mich nicht getäuscht habe. Aurèlie, du hast wohl schon aus den Erzählungen der Leute im Dorf erfahren, und nun weißt du es ja auch aus dem Brief, den du übersetzt hast, daß ich einen Sohn habe. Aus Gründen, auf die ich hier nicht eingehen möchte, sind wir aber auseinandergekommen, und als mein Sohn gegen meinen Willen eine Heirat durchsetzte, ist es zwischen ihm und mir zum vollständigen Bruch gekommen. Aber das kann nichts daran ändern, daß ich ihn immer noch liebe, wie ich ihn liebte, als er noch ein kleines Kind war. Mein Sohn hat mich einer Frau zuliebe verlassen. Statt zu mir zurückzukehren, da die Ehe,

die er einging, gar nicht gültig sein kann, bleibt er bei ihr. Immer habe ich gehofft, er werde nachgeben, und dasselbe wird er wohl von mir erwartet haben. Aber wir haben den gleichen Charakter, keiner von uns hat nachgegeben. Ich habe nichts mehr von ihm gehört, obwohl ich doch annehmen muß, daß er von meiner Krankheit unterrichtet wurde. Offenbar ist er dem schlechten Einfluß dieser Frauensperson vollständig erlegen.«

Perrine hatte gierig zugehört und kaum zu atmen gewagt. Nun aber unterbrach sie ihn: »Aber Pater Fildes schildert diese Frau in seinem Brief doch ganz anders!«

»Dieser Brief vermag an den Tatsachen nichts zu ändern. Ist nicht Beweis genug, daß sie meinen Sohn immer noch festhält, statt ihn zu seinem Vater zurückkehren und ihn hier ein standesgemäßes Leben führen zu lassen? Ich wiederhole, daß diese Heirat ungültig ist. Diese Frau ist es, die mich von meinem Sohne trennt, und trotz aller Erkundigungen, die ich einziehen ließ, weiß ich nicht einmal, wo er sich aufhält. Dazu kommt noch ein anderes. Das Verschwinden meines Sohnes, unser Zerwürfnis und das Ausbleiben aller Nachrichten von ihm haben in gewissen Leuten Hoffnungen geweckt. Denn wenn mein Sohn nicht mehr zurückkehren würde, um einmal meinen Platz einzunehmen und mich nach meinem Tode zu beerben, wer würde da diesen Platz besetzen, wem würde mein Vermögen zufallen? Verstehst du, was für Hoffnungen sich hinter diesen Fragen verbergen?«

»Ich kann es mir denken.«

»Es gibt in meiner Umgebung Leute, die ein Interesse daran haben, daß mein Sohn nicht mehr zurückkehrt. Sie bilden sich ein, daß er gestorben ist. Mein Sohn tot! Als ob das möglich wäre! Als ob Gott mich mit einem so furchtbaren Unglück strafen könnte! Mögen sie es glauben, ich kann es nicht. Was hätte mein Leben noch für einen Sinn, wenn mein Edmund tot wäre? Es entspricht den in der Natur gültigen Gesetzen, daß die Kinder ihre Eltern, nicht aber, daß die Eltern ihre Kinder verlieren. Wäre Edmund etwas zugestoßen, dann hätte ich es doch erfahren müssen. Seine Frau wäre wohl die erste gewesen, mich davon zu benachrichtigen. Edmund ist also nicht tot, er kann nicht tot sein, und ich wäre ein Vater ohne Glauben, wenn ich das Gegenteil annehmen wollte.«

Perrine hatte sich abgewandt, um ihr Gesicht zu verbergen, als ob Herr Vulfran es hätte sehen können.
»Weil meine Interessen denen der anderen entgegengesetzt sind, habe ich allen Grund, meine Erkundigungen geheimzuhalten. Und nun weißt du auch, was die Aufgabe ist, mit der ich dich betraue: Du sollst mir behilflich sein, meinen Sohn zu finden.«
Sie hatten nun die Schornsteine der Fabrikanlagen von Hercheux vor sich, die am weitesten von Maraucourt entfernt waren. Nur noch eine kurze Strecke, und sie fuhren in das Dorf ein.
Perrine, zutiefst erschüttert, zitterte vor Aufregung, so daß sie lange nichts zu erwidern vermochte. Ihr Geist war wie gelähmt, ihre Kehle zusammengeschnürt, die Lippen trocken. Doch endlich vermochte sie zu stammeln: »Lassen Sie mich Ihnen sagen, daß ich von ganzem Herzen zu Ihnen halte.«

29. Kapitel

Im Schloß

Als sie am Abend von der Besichtigung der Fabriken zurückkamen, wollte Herr Vulfran nicht erst zum Verwaltungsgebäude, sondern direkt zum Schloß gefahren werden. Dabei öffnete sich vor Perrine zum ersten Mal das prachtvolle, vergoldete Gittertor, ein Meisterwerk der Schmiedekunst, das sich, wie man erzählte, auf einer Ausstellung ein König nicht hatte leisten können, das aber dem reichen Fabrikherrn nicht zu teuer gewesen war.

»Folge der Hauptallee«, sagte Herr Vulfran.

Nun sah sie auch die Blumenbeete aus der Nähe, die sie bisher nur als rote oder rosa Flecken auf dem grünen Samt des kurzgeschnittenen Rasens erblickt hatte. Coco, dem dieser Weg vertraut war, trabte ruhig vorwärts, so daß sie ihre Blicke nach rechts und links schweifen lassen durfte, um die Pflanzen und Sträucher zu bewundern. Denn obwohl Herr Vulfran das alles nicht mehr sehen konnte, mußten doch die Anlagen mit derselben Sorgfalt gepflegt werden wie früher, als er sie jeden Morgen und Abend voller Stolz betrachtet hatte.

Am Fuß der breiten Freitreppe blieb Coco von selbst stehen. Ein alter Diener, durch ein Glockenzeichen des Hausverwalters herbeigerufen, erwartete seinen Herrn.

»Bist du da, Bastien?« fragte Herr Vulfran, ohne auszusteigen.

»Ja, Herr.«

»Du wirst dieses Mädchen ins Schmetterlingszimmer führen, wo sie wohnen wird. Du sorgst dafür, daß sie alles erhält, was sie braucht. Ihr Gedeck legst du dem meinigen gegenüber. Schick mir Felix her, er soll mich zum Verwaltungsgebäude fahren.«

Perrine wußte nicht, ob sie wachte oder träumte.

»Wir speisen um acht Uhr«, sagte Herr Vulfran. »Bis dahin bist du frei.«

Sie stieg aus und folgte dem alten Diener, ganz geblendet von der sie umgebenden Pracht. War sie durch ein Wunder in ein

Märchenschloß geraten? Aus der mächtigen Halle führte eine mit einem roten Teppich belegte Treppe aus weißem Marmor empor, und überall auf den Absätzen standen herrliche Blumen.
Bastien führte sie ins zweite Stockwerk hinauf, wo er ihr, ohne selbst einzutreten, eine Tür öffnete. »Ich werde Ihnen das Zimmermädchen hinaufschicken«, sagte er und zog sich zurück.
Nachdem sie ein kleines, dunkles Vorgemach durchschritten hatte, befand sie sich in einem großen, lichtdurchfluteten Zimmer. Die Wände waren mit elfenbeinfarbenem Stoff bespannt, der mit bunten Schmetterlingen übersät war, die in munterem Spiel umherzufliegen schienen. Die Möbel waren aus geflammtem Ahornholz gefertigt, und auf dem grauen Teppich stand in einer Ecke ein großer Feldblumenstrauß aus Margeriten, Mohn, Kornblumen und Hahnenfuß.
Wie entzückend war das alles!
Perrine war noch nicht aus ihrem Staunen herausgekommen und

unterhielt sich eben damit, den Fuß in den weichen Teppich einzudrücken, als das Zimmermädchen eintrag. »Bastien hat mir gesagt, daß ich dem Fräulein behilflich sein soll.«
Ein Zimmermädchen in schmuckem Kleid, mit einem Spitzenhäubchen auf dem Kopf, erkundigte sich nach ihren Wünschen! Noch vor wenigen Tagen hatte sie in einer Schilfhütte, auf einer Streu von Farnkraut, mitten im Sumpf mit Ratten und Fröschen geschlafen – da brauchte es einige Zeit, um sich zurechtzufinden.
»Ich danke Ihnen«, sagte Perrine endlich. »Aber – ich glaube, ich habe gar nichts nötig.«
»Wenn es dem Fräulein recht ist, möchte ich Ihnen doch Ihre Einrichtung zeigen –« Und diensteifrig öffnete sie einen Spiegelschrank, dann einen Wandschrank und zog die Schubladen eines Toilettentischchens auf, die mit Bürsten, Scheren, Seifen und Fläschchen angefüllt waren. Dann zeigte sie auf einen der in die Wand eingelassenen Knöpfe. »Dieser Knopf ist für das Personal, der andere da für die Beleuchtung.«
Augenblicklich flammten im Zimmer, im Vorraum und in der Ankleidenische Lichter auf, um ebensoschnell wieder zu erlöschen.
»Wenn das Fräulein mich braucht, dann läuten Sie bitte: zweimal für mich, einmal für Bastien.«
Aber was Perrine wünschte, war vorläufig nur, allein gelassen zu werden, damit sie sich gründlich im Zimmer umsehen und wieder ins Gleichgewicht kommen könne. Durch das, was sich seit dem Morgen ereignet hatte, war sie ganz aus dem Geleise geraten. Wer hätte ihr wohl am Morgen, als Theodor und Talouel ihr gedroht hatten, geweissagt, daß ihr gerade die Feindseligkeit dieser Herren zum Glück verhelfen würde?
Sie lächelte vor sich hin. Hätte sie aber das Gesicht Talouels sehen können, als er unten an der Treppe Herrn Vulfran erwartete, hätte sie allen Grund gehabt, in herzliches Lachen auszubrechen.
»Ich vermute, daß die junge Person irgendeine Dummheit begangen hat?« fragte er.
»Keineswegs.«
»Trotzdem haben Sie sich von Felix herfahren lassen?«
»Nun, ich habe die Kleine vorhin beim Schloß abgesetzt, damit sie sich für das Abendessen vorbereiten kann.«

»Für das Abendessen? Ich vermute –« Aber er war dermaßen bestürzt, daß ihm im Augenblick gar nicht einfiel, was er vermuten könnte.
»Und ich vermute«, schmunzelte Herr Vulfran, »daß Sie immer nur zu vermuten wissen.«
»Ich vermute, daß sie mit Ihnen speisen wird.«
»Ganz richtig. Schon längst wünschte ich jemanden um mich zu haben, der so klug, so verschwiegen, so treu wäre, daß ich ihm mein Vertrauen schenken könnte. Dieses kleine Mädchen scheint über diese Tugenden zu verfügen. Daß sie klug ist, das weiß ich bestimmt, und daß sie ebenso verschwiegen und treu ist, das hat sie auch schon bewiesen.«
Das wurde scheinbar ohne Nebenabsicht, aber doch so gesagt, daß Talouel den Sinn der Worte nicht mißverstehen konnte.
»Deshalb habe ich sie aufgenommen. Da ich nicht will, daß sie gewissen Gefahren ausgesetzt bleibt – nicht ihretwegen – ich bin überzeugt, daß sie ihnen nicht erliegen würde; aber wegen der anderen, was mich veranlassen könnte, mich von ihnen zu trennen – so wird sie von nun an immer bei mir bleiben. Hier in meinem Zimmer wird sie arbeiten, dann wird sie mich begleiten, sie wird an meinem Tisch speisen, um durch ihr Geplauder meine Mahlzeiten etwas heiterer zu gestalten, und im Schloß wird sie auch wohnen.«
Talouel hatte Zeit gehabt, seine Ruhe zurückzugewinnen. »Ich vermute, daß sie Ihnen die Beweise ihrer Dankbarkeit, die sie Ihnen schuldet, nicht vorenthalten wird.«
»Das vermute ich auch.«
Unterdessen genoß Perrine am offenen Fenster ihres Zimmers die Aussicht auf den Park, die Fabriken, das Dorf mit seinen Häusern und seiner Kirche, die Wiesen, die Weiher, deren silbernes Wasser im Schein der untergehenden Sonne aufblitzte, und auf das Wäldchen, wo sie sich am Tag ihrer Ankunft nach dem ersten Spaziergang durch die Umgebung ausgeruht hatte.
Als die Fabriksirene den Feierabend ankündigte, sah sie das Ameisengewimmel der Arbeiter, die nach Hause eilten. Sie sah, wie der von Coco gezogene Wagen gemächlich durch die Allee heranfuhr. Die Rückkehr Herrn Vulfrans war für Perrine das Zeichen, sich zum Abendessen zurechtzumachen. Sie schwelgte

förmlich im Gebrauch der schäumenden Seife und des erfrischend duftenden Kölnischen Wassers. Als dann die Uhr auf dem Kaminsims acht schlug, ging sie hinunter.
Sie brauchte sich nicht lange nach dem Speisesaal umzusehen: Ein schwarzgekleideter Diener, der sich in der Halle aufhielt, geleitete sie hinein. Kurz darauf erschien auch Herr Vulfran. Niemand führte ihn, und Perrine bemerkte, daß er einfach einem über den Teppich gelegten Läufer folgte. In der Mitte des gedeckten Tisches stand ein Körbchen mit Orchideen, die angenehmen Duft ausströmten. Das schwere Silber der Schüsseln und der Platten und das kostbar geschliffene Kristall der Gläser funkelten im hellen Licht des elektrischen Kronleuchters.
Einen Augenblick blieb sie unschlüssig hinter ihrem Stuhl stehen. Herr Vulfran kam ihr zu Hilfe. »Nimm Platz!« sagte er.
Sofort wurde aufgetragen. Der Diener, der sie hereingeführt hatte, stellte einen Teller mit Suppe vor sie hin, während Bastien seinem Herrn einen brachte, der bis zum Rand gefüllt war.
Hätte Perrine mit Herrn Vulfran allein essen dürfen, dann würde sie sich wohl ganz behaglich gefühlt haben; aber die neugierigen, wenn auch ernsten Blicke der Bediensteten, die sie auf sich gerichtet fühlte, schüchterten sie ein und machten sie in ihren Bewegungen unsicher. Glücklicherweise ließ sie sich aber keine Ungeschicklichkeiten zuschulden kommen.
»Seit meiner Krankheit«, sagte Herr Vulfran, »habe ich die Gewohnheit, nur Suppen zu essen, da dies für mich bequemer ist. Du aber, die du gute Augen hast, brauchst mir das keineswegs nachzumachen.«
»Ich habe so lange Suppe entbehren müssen, daß ich ganz gern auch zweimal davon nehme.«
Aber es war nicht dieselbe Suppe, die man ihr das zweite Mal vorsetzte. Diesmal war es eine kräftige Gemüsesuppe nach Bauernart. Ebenso einfach war auch die übrige, aus Hammelkeule, grünen Erbsen und Salat bestehende Mahlzeit. Aber zum Nachtisch wurden vier Teller mit verschiedenem Gebäck und vier mit Blumen und herrlichen Früchten gefüllte Schalen aufgetragen.
»Wenn es dir Spaß macht, kannst du morgen in die Gewächshäuser gehen, wo diese Früchte gezogen wurden«, sagte Herr Vulfran.

Sie hatte sich bescheiden mit ein paar Kirschen bedient; aber Herr Vulfran ermunterte sie, auch von den Aprikosen, Pfirsichen und Trauben zu nehmen. »In deinem Alter hätte ich alle Früchte gegessen, die hier auf dem Tische sind – wenn man sie mir damals angeboten hätte.«

Auf diese Worte hin verließ Bastien seinen Platz hinter Herrn Vulfrans Stuhl, wählte mit Kennerblick eine Aprikose und einen Pfirsich aus und legte die Früchte auf Perrines Teller. So herrlich sie auch schmeckten, Perrine atmete doch auf, als die Mahlzeit endlich vorüber war. Je kürzer die erste Probe, desto besser, dachte sie. Morgen würde dann die Neugierde der Diener befriedigt sein und sie nicht mehr beunruhigen.

»Du bist nun bis morgen frei«, sagte Herr Vulfran und erhob sich. »Du kannst noch draußen im Garten im Mondschein spazierengehen, in der Bibliothek etwas lesen oder auch ein Buch in dein Zimmer hinaufnehmen.«

Sie war unsicher und überlegte, ob sie nicht noch etwas für Herrn Vulfran tun könnte. Da sah sie, wie ihr Bastien durch Zeichen zu verstehen gab, sie solle Herrn Vulfran vorlesen. Als sie begriffen hatte, was er meinte, nickte sie dem Diener dankbar zu und wandte sich dann an Herrn Vulfran: »Brauchen Sie mich denn nicht mehr? Möchten Sie nicht, daß ich Ihnen noch ein wenig vorlese?«

»Jedermann hat nach seiner Arbeit Anspruch auf Freizeit«, antwortete Herr Vulfran.

»Aber ich versichere Ihnen, daß ich noch gar nicht müde bin.«

»Nun gut, dann folge mir in mein Zimmer.«

Dies war ein großes, durch einen Vorraum vom Speisesaal getrenntes Gemach, in das ebenfalls ein Läufer gelegt war, der es Herrn Vulfran erlaubte, sicher auszuschreiten. Außer einem mit Mappen und Papieren belegten Tisch und einigen Stühlen gab es hier nur noch einen unter dem Fenster stehenden Lehnsessel, dessen abgenützte Polster darauf schließen ließen, daß Herr Vulfran wohl die meiste Zeit seines Alleinseins hier verbrachte.

»Was wirst du lesen?« fragte er.

Auf dem Tisch lagen verschiedene Zeitungen und Zeitschriften.

»Eine Zeitung, wenn Sie es wünschen.«

»Je weniger Zeit man auf das Zeitunglesen verwendet, um so

besser ist es. Liest du gern Reisebeschreibungen?« fragte er dann.

»O ja.«

»Ich auch. Sie sind unterhaltsam, vermitteln neues Wissen und regen so den Geist an.« Und leise fügte er hinzu: »Sich selbst vergessen, sich in das Leben anderer hineinversetzen. – Komm Aurèlie, wir gehen hinüber in die Bibliothek.«

Sie lag unmittelbar neben seinem Zimmer, er brauchte nur eine Tür zu öffnen und das Licht einzuschalten. Da es aber nur eine einzige Lampe gab, blieb der große Saal mit seinen Bücherschränken aus schwarzem Holz dunkel.

»Kennst du die ›Tour du Monde‹?« fragte er.

Perrine verneinte.

»Nun gut, der Katalog enthält ja die notwendigen Angaben, nach denen wir uns zurechtfinden können.«

Er führte sie zum Schrank, der diesen Katalog enthielt. Es dauerte eine Weile, bis sie ihn gefunden hatte. »Was soll ich nachschlagen?« fragte sie.

»Bei I, das Wort Indien.«

Es war Perrine klar, daß er damit nichts anderes wollte, als dem Leben seines Sohnes nachzugehen, sich, wie er vorhin gesagt hatte, in das Leben anderer hineinzuversetzen.

»Was hast du gefunden?«

»›Das Indien der Rajahs‹, Reisen in den Königreichen von Mittelindien und Bengalen, 1871/2, 209 bis 288.«

»Das bedeutet, daß wir im zweiten Band des Jahrgangs 1871, auf Seite 209 den Anfang dieser Reisebeschreibung finden werden. Nimm diesen Band und dann gehen wir wieder in mein Zimmer hinüber.«

Als sie das gewünschte Buch auf einem der unteren Regale gefunden hatte, betrachtete sie, anstatt sich zu erheben, ein über dem Kamin hängendes Bildnis, das sie, da sich ihre Augen nur nach und nach an das Halbdunkel gewöhnt hatten, erst jetzt bemerkte.

»Was hast du?« fragte er.

»Ich betrachte das Bild, das über dem Kamin hängt«, antwortete sie mit bebender Stimme.

»Es stellt meinen Sohn im Alter von zwanzig Jahren dar. Aber so kannst du es nicht gut sehen, ich will es beleuchten.« Er trat an die Wandtäfelung, drückte auf einen Knopf, und eine Reihe von Glühlampen, die oben über dem Rahmen angebracht waren, überfluteten das Bild mit Licht.

Perrine, die aufgestanden war, um ein paar Schritte näher zu treten, stieß einen Schrei aus und ließ das Buch fallen.

»Was ist denn?« fragte Herr Vulfran.

Aber sie konnte ihm nicht antworten, unbeweglich starrte sie auf das Bildnis des jungen, blonden Mannes, der ein Jagdkostüm aus grünem Samt und eine hohe Mütze mit breitem Schild trug. Die eine Hand stützte er auf eine Flinte, während er mit der andern den Kopf eines schwarzen Spaniels streichelte, der sich wie lebend vom Hintergrund abhob.

Perrine zitterte am ganzen Körper, Tränen rannen ihr über die Wangen. Ihr Schluchzen verriet ihre Erschütterung.

»Warum weinst du?«

Nun mußte sie antworten. Sie riß sich zusammen, und doch vermochte sie nur ein paar zusammenhanglose Worte zu stammeln: »Es ist das Bild – Ihr Sohn, – Sie sein Vater –«

Verständnislos und wartend stand er einen Augenblick da. Dann sagte er in mitleidigem Ton: »Und da – da hast du wohl an deinen eigenen Vater denken müssen?«

»Ja, Herr, ja, gewiß.«

»Arme Kleine!«

30. Kapitel

Die Lehrerin

Es bereitete den beiden Neffen Vulfran Paindavoines eine nicht geringe Überraschung, als sie am nächsten Morgen beim Betreten des Arbeitszimmers ihres Onkels feststellen mußten, daß Perrines Arbeitsplatz aus Bendits Büro hierher verlegt worden war. Talouel hatte sein Vergnügen an den verdutzten Gesichtern der jungen Herren. Durch eine Handbewegung gab er ihnen zu verstehen, daß er bereit sei, mit ihnen über die Angelegenheit zu reden, und von Neugierde getrieben, folgten sie ihm auf die Terrasse hinaus, wo sie ungestört waren.
Talouel triumphierte wieder einmal: »Nicht wahr, meine Herren, das sind Überraschungen? Wenn Sie heute Morgen nicht zu spät gekommen wären, hätte ich Sie von dem Ereignis unterrichten können. Gestern hat mir Herr Vulfran mitgeteilt, daß die Kleine nicht nur in seinem Arbeitszimmer arbeiten, sondern von nun an auch bei ihm im Schloß wohnen werde.«

»Wer zum Teufel ist eigentlich diese Kleine?«
»Das weiß ich auch nicht, und ich vermute, daß nicht einmal Herr Vulfran es weiß.«
»Aber wie kommt es denn –«
»Das kann ich Ihnen nun freilich sagen. Herr Vulfran wünscht jemanden um sich zu haben, der ebenso klug wie verschwiegen und treu ist und dem er so sein volles Vertrauen schenken kann.«
»Ja, hat er denn nicht uns?« unterbrach ihn Herr Casimir.
»Gerade das habe ich ihn auch gefragt.«
»Was antwortete er darauf?«
»Nicht viel. Seine ganze Antwort in bezug auf diese Bemerkung war nur: ›Ach, meine Neffen!‹ Was das heißen sollte, konnte ich mir nicht erklären. Aber nun sollen sie noch hören, wie er seinen Entschluß, das Mädchen ins Schloß zu nehmen und in seinem eigenen Büro zu beschäftigen, begründet hat. Er sagte nämlich, es geschehe, um sie vor gewissen Gefahren zu schützen, denen er sie nicht länger aussetzen wolle. Nicht ihretwegen, denn er wisse mit Bestimmtheit, daß sie ihnen nicht erliegen würde, sondern wegen der andern, was ihn veranlassen könnte, sich von ihnen zu trennen. Ich versichere Ihnen, daß ich wörtlich wiederhole, was er gesagt hat. Und nun frage ich Sie, wen meinte er wohl mit jenen andern?«
Als sie schwiegen, drang Talouel weiter in sie: »Ich bitte Sie, auf wen hat er angespielt? Wo sieht er diese andern, die der Kleinen Gefahr bringen könnten? Und was für Gefahren? Das sind alles Fragen, für die ich keine Erklärung habe, die Ihnen vorzulegen ich mich aber verpflichtet glaubte, da Sie es doch sind, meine Herren, die dank Ihrer Herkunft während der Abwesenheit von Herrn Edmund an der Spitze dieses Unternehmens stehen.«
Als er feststellte, daß diese Worte ihre Wirkung nicht verfehlt und in den jungen Herren von neuem ehrgeizige Pläne geweckt hatten, entschloß sich Talouel, zum Schlag auszuholen: »Es ist allerdings wahr, daß Herr Edmund von einem Tag auf den andern, vielleicht morgen schon zurückkehren kann. Wenigstens lassen das die von Herrn Vulfran so fieberhaft betriebenen Nachforschungen vermuten.«
»Wissen Sie etwas darüber?« fragte Herr Theodor, der nicht den Stolz besaß, seine Neugierde zu verbergen.

»Oh, nichts anderes, als was ich mit meinen Augen sehen kann. Herr Vulfran hat die Kleine nur in seine Dienste genommen, um sich von ihr die Briefe und Telegramme übersetzen zu lassen, die er aus Indien erhält.« Hier unterbrach er sich, da er, in den Hof hinunterspähend, einen Boten vom Telegraphenamt kommen sah. »Ah, da kommt ja gerade eine Depesche. Wahrscheinlich ist es die Antwort auf das Telegramm, das er nach Dakka geschickt hat. Wie schade, daß Sie nun nicht erfahren, was darin steht, daß Sie nicht die ersten sind, die Herrn Vulfran die Rückkehr seines Sohnes verkündigen können. Aber Sie verstehen eben nicht Englisch, während diese Kleine es kann.«
Eifrig ging Talouel dem Boten entgegen und nahm ihm die Depesche ab. Dann trug er sie zu Herrn Vulfran. »Soll ich sie öffnen?« fragte er.
»Jawohl.«
Doch kaum hatte er den Umschlag aufgerissen, als er ungehalten ausrief: »Sie ist englisch geschrieben.«
»Dann ist es eine Angelegenheit, die Aurèlie betrifft.« Und mit einer nicht mißzuverstehenden Gebärde wurde Talouel entlassen. Sobald er das Zimmer verlassen hatte, übersetzte Perrine das Telegramm:

> Freund heißt Leserre, französischer Kaufmann, letzte Nachrichten vor fünf Jahren. Dehra, Pater Mackerness, ihm auf Ihren Wunsch geschrieben.

»Fünf Jahre!« rief Herr Vulfran aus. »Was kann sich inzwischen alles ereignet haben! Wie soll man da seine Spur noch auffinden können!« Aber er war nicht der Mann, der sich unnützen Klagen hingab. »Du wirst sofort an Leserre eine französische und an Pater Mackerness eine englische Depesche aufsetzen.«
Den englischen Text schrieb Perrine fließend nieder, beim französischen aber stockte sie schon bei der ersten Zeile und bat um die Erlaubnis, aus Bendits Büro ein Wörterbuch holen zu dürfen.
»Bist du denn nicht sicher in der Rechtschreibung?«
»Nein, keineswegs. Ich bin überzeugt, daß ich eine Menge Fehler machen würde. Ich möchte aber nicht, daß sich die Postangestellten

über eine Depesche lustig machen, die in Ihrem Namen aufgegeben wird.«
»Hast du denn nie eine Schule besucht?«
»Nie. Ich kann nur das, was mein Vater und meine Mutter mich gelehrt haben, wenn wir zufälligerweise auf unseren Reisen Zeit dafür hatten. Aber um ehrlich zu sein, ich habe nie viel gelernt.«
»Deine Offenheit freut mich. Wir werden sehen, was sich da tun läßt. Vorläufig wollen wir uns aber wieder unserer Arbeit zuwenden.«
Erst am Nachmittag, als sie im Wagen nach den Fabriken fuhren, kam Herr Vulfran noch einmal auf Perrines mangelnde Kenntnisse in der Rechtschreibung zu sprechen. »Hast du nun deinen Verwandten geschrieben?«
»Nein, Herr.«
»Warum nicht?«
»Weil ich gar nichts anderes wünsche, als immer hier zu bleiben, bei Ihnen, der Sie mich mit soviel Güte behandeln und mein Leben so glücklich gestalten.«
»Du wünschst also nicht, mich zu verlassen?«
»Wenn ich Ihnen nur jeden Tag beweisen könnte, wie dankbar ich Ihnen bin und wie sehr ich Sie verehre!«
»Unter diesen Umständen ist es wohl wirklich am besten, wenn du, wenigstens vorläufig, nicht schreibst. Man wird später sehen. Um mir aber nützlich sein zu können, mußt du an dir arbeiten, damit du fähig wirst, meine Sekretärin zu sein. Dazu gehört natürlich, daß du richtig schreibst und dir auch andere Kenntnisse aneignest. Möchtest du lernen?«
»Ich bin zu allem bereit, was Sie wünschen, und ich versichere Ihnen, daß ich mich vor keiner Arbeit, auch vor dem Lernen nicht, fürchte.«
»Nun gut, wir können es ja so einrichten, daß ich dennoch deine Dienste in Anspruch nehmen kann. Wir haben in Maraucourt eine ausgezeichnete Lehrerin. Sobald wir zurückkehren, werde ich sie bitten, dir jeweils nach der Schule Unterricht zu erteilen. Vielleicht von sechs bis acht Uhr, in der Zeit, wo ich dich nicht brauche. Sie ist eine vortreffliche Person, und ihre Vorgesetzten bezeichnen sie

als eine Musterlehrerin. Ich bin überzeugt, daß ich nicht einmal aus Amiens eine bessere Lehrerin für dich kommen lassen könnte.«
Die Lehrerin, deren Dienste Herr Vulfran in Anspruch zu nehmen beabsichtigte, hieß Schönmann und war etwa vierzig Jahre alt. Sie war groß, breitschultrig und kräftig gebaut und erinnerte so tatsächlich an einen Mann. Schön allerdings konnte sie nicht genannt werden, dazu waren ihre Gesichtszüge viel zu grob. Aber aus ihren Augen strahlte unendlich viel Güte.
Als der Wagen vor dem Schulhaus anhielt, eilte Fräulein Schönmann herbei, doch ließ es sich Herr Vulfran nicht nehmen, auszusteigen und ihr in ihre kleine Wohnung zu folgen, um sein Anliegen vorzubringen. Dem allgewaltigen Herrn von Maraucourt konnte sie natürlich keine abschlägige Antwort geben. Außerdem war das Unterrichten ihre ganze, ja ihre einzige Freude.
»Wir werden ihr die notwendigen Kenntnisse schon beibringen. Wissen Sie, daß die Kleine richtige Gazellenaugen hat? Zwar habe ich noch keine Gazelle gesehen, und doch bin ich überzeugt, daß sie nur solche Augen haben können.«
Am übernächsten Tag, nachdem sie Perrine zweimal unterrichtet hatte, so daß sie die Fähigkeit der Kleinen einigermaßen beurteilen konnte, traf sie im Schloß mit Herrn Vulfran zusammen, der eben zum Abendessen nach Hause gekommen war.
»Es wäre eine Katastrophe gewesen, wenn wir die Ausbildung dieses Mädchens nicht an die Hand genommen hätten.«
»Sie ist intelligent?«
»Intelligent im höchsten Grad, Herr Vulfran!«
»Und wie steht es mit ihrer Schrift?«
»Nicht gerade hervorragend; aber das wird sich geben.«
»Und die Rechtschreibung?«
»Schwach.«
»Was ist da zu tun?«
»Ich habe ihr die Aufgabe gestellt, in zwanzig bis hundert Zeilen eine Beschreibung von Maraucourt zu geben. In weniger als einer Stunde, ohne abzusetzen, hat sie eine ganz ungewöhnliche Schilderung verfaßt, alles vereinigend: den Gesamteindruck der Landschaft und Einzelheiten wie die Weiher und ihr Pflanzenwuchs, ihre Vögel und Fische, ihr Anblick im Morgendunst und in der

klaren Abendluft, und das alles war so klug beobachtet und anschaulich dargestellt, daß man hätte glauben können, es sei aus dem Buch eines bedeutenden Schriftstellers abgeschrieben worden. Nur Schrift und Rechtschreibung ließen, wie ich Ihnen schon gesagt habe, zu wünschen übrig. Aber das hat nichts zu bedeuten, wirklich nicht. In ein paar Monaten schon wird sie das nachgeholt haben, während ihr mit allem Unterricht nicht beizubringen wäre, so zu schreiben, wie sie es tut. Das ist eine Begabung. Wenn Sie Zeit haben, dann müssen Sie sich diese Naturbeschreibung vorlesen lassen. Sie werden dann sehen, daß ich nicht übertrieben habe.«

Herr Vulfran, den dieses Lob über seinen Schützling in gute Laune versetzt und die Bedenken zerstreut hatte, die ihm wegen seines vielleicht allzu rasch aufgeflammten Interesses für Perrine aufgestiegen waren, erzählte nun Fräulein Schönmann, daß die Kleine in einer Jagdhütte im Sumpfgebiet gewohnt und dort ohne alle Hilfsmittel nicht nur Espadrillen, sondern auch ihr Kochgeschirr verfertigt habe.

Fräulein Schönmann hörte ihm mit Interesse zu. »Finden Sie nicht auch«, sagte sie endlich, »daß es eine beneidenswerte Eigenschaft ist, sich aus eigener Kraft zu schaffen, was zum Leben notwendig ist?«

»Zweifellos, und gerade dieser Wille war es, der mich sofort für die Kleine einnahm.«

»Welch ein Glücksfall für sie, daß Sie sich ihrer angenommen haben.«

»Sie ist mir tatsächlich schon lieb geworden. Ich schätze nichts mehr als einen solchen Willen, der auch mich zu dem gemacht hat, was ich bin. Und gerade deshalb bitte ich Sie, nicht nur die Mehrung der Kenntnisse, sondern vor allem auch die Entwicklung und Förderung ihrer hervorragenden Charaktereigenschaften zum Ziel Ihres Unterrichts zu nehmen.«

»Der beste Unterricht ist und bleibt das Beispiel, das Vorbild«, sagte Fräulein Schönmann. »Und darum wird das Mädchen in Ihrer Schule weit mehr lernen als in meinen Stunden. Wenn sie täglich sieht, wie Sie, Herr Vulfran, trotz Ihres Leidens, Ihres Alters und Ihres Reichtums, in keiner Minute des Tages versäumen, das zu

tun, was Sie für Ihre Pflicht halten, dann bleibt das zweifellos nicht ohne tiefen Eindruck auf Aurèlie.«

Perrine gab sich alle Mühe, Fräulein Schönmann während des Unterrichts aufmerksam zuzuhören; aber noch viel mehr Aufmerksamkeit verriet sich in ihren Augen, wenn es ihr gelang, das Gespräch auf Herrn Vulfran zu bringen. Sie hatte ja Rosalie schon öfters über Herrn Vulfrans Krankheit ausgefragt, jedoch immer nur ganz unbestimmte Antworten erhalten. Von Fräulein Schönmann, die oft mit Dr. Ruchon gesprochen hatte, erfuhr sie dagegen alle Einzelheiten über die Krankheit selbst und über die Blindheit. Herr Vulfran hatte einen doppelten Star, der nicht unheilbar zu sein schien. Wenn aber bisher die Operation noch nicht versucht worden war, so hatte das seinen Grund im ungünstigen Allgemeinbefinden des Erblindeten. Er litt nämlich an einer Bronchitis, und der durch sie verursachten Blutandrang gegen die Lunge führte zu Atemnot, Herzbeschwerden, schlechter Verdauung und gestörtem Schlaf. Ehe zu einer Operation geschritten werden konnte, mußte die Bronchitis, als der Herd aller übrigen Beschwerden, geheilt werden. Aber Herr Vulfran war ein schrecklicher Patient, der sich nur wenig um die vom Arzt verordneten Verhaltungsmaßregeln kümmerte. Denn wenn ihm Dr. Ruchon befahl, jede Aufregung von sich fern zu halten, so war das einfach ein Ding der Unmöglichkeit, weil ihn doch die Sorge um seinen verschwundenen Sohn Tag und Nacht quälte. Solange er keine Gewißheit über das Schicksal seines Sohnes hatte, war an eine Operation nicht zu denken.

Gerne hätte sich Perrine bei Fräulein Schönmann auch nach Talouel und den beiden Neffen erkundigt, doch fand sich lange keine Gelegenheit dazu, bis dann eines Tages Madame Bretoneux, Casimirs Mutter, zu Besuch in Maraucourt eintraf, was die Lehrerin veranlaßte, von Herrn Vulfrans Verwandten zu sprechen.

»Mein liebes Kind«, sagte Fräulein Schönmann mit gedämpfter Stimme, »ich muß Ihnen den Rat geben, sich der Dame gegenüber vorsichtig und – zurückhaltend zu benehmen.«

»Vorsichtig und zurückhaltend?« fragte Perrine verwundert. »Warum das?«

»Herr Vulfran hat mich nicht nur als Lehrerin, sondern auch als

Ihre Erzieherin angestellt. Aus diesem Grund erteile ich Ihnen diesen Rat, sowohl in Ihrem eigenen als auch im Interesse von uns allen.«

»Bitte, erklären Sie mir, was ich zu tun habe, denn ich kann ganz und gar nicht verstehen, was Sie mit Ihrem Rat meinen.«

»Obwohl Sie noch nicht lange in Maraucourt sind, haben Sie doch sicherlich schon gehört, daß Herrn Vulfrans Krankheit und das Verschwinden seines Sohnes uns alle beunruhigt.«

»Ja, davon habe ich schon sprechen hören.«

»Was würde aus den Fabriken, in denen siebentausend Arbeiter ihr Brot verdienen, wenn Herr Vulfran stürbe und Herr Edmund nicht mehr zurückkäme? Wer übernähme da wohl die Leitung des ganzen Betriebes? Wären es die beiden Neffen, einer von ihnen, oder am Ende Direktor Talouel, der sich seit zwanzig Jahren bemüht hat, sich den Ruf der Unersetzlichkeit zu verschaffen? Niemand weiß es, und so ist es ganz klar, daß jeder der drei Anwärter alles versucht, um später Herrn Vulfrans Nachfolger zu werden. Verstehen Sie nun, mein liebes Kind, daß Sie selbst das größte Interesse daran haben müssen, sich Casimirs Mutter gegenüber vorsichtig und zurückhaltend zu benehmen? Es ist ganz klar, daß es für sie nur ein Ziel gibt: sich mit allen Mitteln für ihren Sohn und gegen seine Widersacher einzusetzen. Wären Sie zu freundlich mit ihr, dann würden Sie es mit Theodors Mutter verderben, die sich zweifellos in nächster Zeit auch einfinden wird. Würden Sie sich umgekehrt auf die Seite von Theodors Mutter stellen, dann würden Sie sich Madame Bretoneux zur Feindin machen. Und wenn es Ihnen möglich sein sollte, sich die Gunst beider Damen zu erringen, dann zögen Sie sich die Feindschaft Talouels zu. Deshalb rate ich Ihnen zu größter Vorsicht. Sprechen Sie sowenig wie möglich in ihrer Gegenwart. Und wenn Ihnen Fragen gestellt werden, denen Sie nicht ausweichen können, dann geben Sie unbestimmte Antworten, die Sie zu nichts verpflichten. Es ist im Leben oftmals besser, sich in den Schatten zu stellen, statt glänzen zu wollen, und zuweilen beweist einer seine Klugheit gerade damit, daß er sich einfältig stellt.«

31. Kapitel

Die »Wohltäterin«

Fräulein Schönmann hatte die Lage durchaus richtig beurteilt. Seitdem Herr Edmund zur Strafe für seinen etwas leichtfertigen und verschwenderischen Lebenswandel von seinem erzürnten Vater nach Indien geschickt worden war – nach außen hin, um Jute einzukaufen – waren die beiden Schwägerinnen darauf bedacht, aus den Verhältnissen Nutzen zu ziehen. Als dann bekannt wurde, daß sich Edmund gegen das ausdrückliche Verbot seines Vaters in Indien verheiratet habe, da hatten sie um die Wette alles getan, was dem eigenen Sohn die besondere Gunst des reichen Onkels sichern konnte. Während Madame Bretoneux hoffte, daß ihr Casimir den leer gewordenen Platz des verstoßenen Edmund einnehmen würde, träumte Madame Paindavoine davon, daß ihrem Theodor eines schönen Tages mit den Fabriken von Maraucourt auch das Millionenvermögen Vulfran Paindavoines zufalle.

Bisher hatte Herr Vulfran allerdings noch durch nichts zu erkennen gegeben, welchem von seinen beiden Neffen er günstiger gesinnt war, ja er hatte sogar abgelehnt, Casimir oder Theodor bei sich im Schloß wohnen zu lassen. Um, wie er sagte, keinen Streit und keine Eifersucht um sich haben zu müssen, hatte er Theodor sein altes Haus angewiesen, während Casimir nichts anderes übriggeblieben war, als mit dem des früheren Buchhalters vorliebzunehmen.

So war es verständlich, daß sich die beiden Mütter nicht wenig darüber entrüsteten, als sie erfuhren, daß eine Fremde, irgendeine hergelaufene Person, ins Schloß aufgenommen worden war, das sie selbst nur als Gäste betreten durften.

Was hatte das zu bedeuten? Wer war dieses Mädchen? Was hatte man von ihr zu befürchten?

Da Casimir diese Fragen seiner Mutter nicht zu beantworten vermochte, nahm sie sich vor, der Sache selbst auf den Grund zu gehen. Es beruhigte Madame Bretoneux einigermaßen, als sie bei ihrer Ankunft feststellen konnte, daß nichts unterlassen worden

war, um ihr einen würdigen Empfang zu bereiten. Am Bahnhof von Picquigny wurde sie mit der Kutsche abgeholt, die Pferde trugen Prunkgeschirr, und der Diener, der ihr den Wagenschlag öffnete, steckte in einer goldbetreßten Livree. Als der Wagen vor Schloß Maraucourt vorfuhr, wartete Bastien am Fuße der breiten Freitreppe, um Madame Bretoneux würdevoll zu begrüßen und zu ihren Gemächern emporzuführen, die von jeher bei jedem ihrer Besuche im ersten Stockwerk für sie hergerichtet wurden.
Dagegen hielt Herr Vulfran daran fest, daß durch den Besuch weder seine noch die Arbeitszeit seiner Neffen abgekürzt würde. Er fand es genug, daß er seiner Schwester bei den Mahlzeiten und am Abend zur Verfügung stand. Die gleiche Regelung galt für Casimir und Theodor. Herr Vulfran hatte sie eingeladen, während der Anwesenheit von Madama Bretoneux im Schloß zu frühstücken und zu Mittag zu speisen, auch stand es ihnen frei, am Abend noch zu bleiben. Ihre Arbeit aber hatten sie wie sonst zu machen. Selbstverständlich traf das auch für Perrine zu, so daß Madame Bretoneux gar keine Gelegenheit fand, das Mädchen dem geplanten Verhör zu unterziehen.
Um ihre Neugierde aber doch einigermaßen zu befriedigen, hielt sie sich erst einmal an Bastien und die Zimmermädchen, dann wurden Zénobia und Rosalie ausgefragt. Aus deren Munde erfuhr

Madame Bretoneux, unter welchen Umständen die Kleine in Maraucourt Einzug gehalten hatte und daß sie ihre Anstellung bei Herrn Vulfran einzig und allein ihren englischen Sprachkenntnissen verdankte. Zu ärgerlich, daß nicht auch an Perrine selbst heranzukommen war. Bei Tisch sprach sie kein Wort, in der Frühe fuhr sie mit Herrn Vulfran davon, nach dem Mittagessen begab sie sich sofort in ihr Zimmer hinauf, wenn sie aus der Fabrik kam, hatte sie Unterricht, und abends, wenn die Mahlzeit vorüber war, zog sie sich wieder in ihr Zimmer zurück. Es gelang Madame Bretoneux einfach nicht, die »Zigeunerin« zu erwischen.
Um nicht unverrichteter Sache nach Hause zurückkehren zu müssen, blieb Madame Bretoneux nichts anderes übrig, als am Abend vor ihrer Abreise Perrine in ihrem Zimmer aufzusuchen.
Perrine hatte sich bereits schlafen gelegt und erwachte, als an die Tür geklopft wurde. Sie horchte, und als sich das Klopfen wiederholte, stand sie auf und ging barfuß zur Tür. »Wer ist da?«
»Öffnen Sie, ich bin es.«
»Madame Bretoneux?«
»Ja.«
Perrine schob den Riegel zurück, und Madame Bretoneux glitt behende ins Zimmer, während Perrine das Licht einschaltete.
»Legen Sie sich nur wieder nieder«, sagte Madame Bretoneux. »Wir können dann besser miteinander plaudern.«
Sie selbst nahm einen Stuhl und setzte sich an das Fußende des Bettes, so daß sie Perrine bequem betrachten konnte. »Ich bin gekommen, um Ihnen wegen meines Bruders einige Ratschläge zu erteilen. Es handelt sich um gewisse Vorsichtsmaßnahmen, die für seine Gesundheit getroffen werden müssen. Da sie ja ein ganz verständiges Mädchen zu sein scheinen, zweifle ich nicht daran, daß Sie mir, der besorgten Schwester Ihres Herrn, diesen Dienst erweisen werden, wie das auch Wilhelm, den Sie ersetzen, trotz seiner Fehler treu getan hat. Es versteht sich von selbst, daß ich mich dafür erkenntlich zeigen werde.«
Perrine merkte, daß sie auf der Hut sein mußte. »Ich danke Ihnen«, sagte sie und zwang sich zu einem einfältigen Lächeln. »Natürlich möchte ich Ihnen nicht weniger behilflich sein, als es Wilhelm war.«

»Ich habe ja gewußt, daß Sie ein kluges Mädchen sind«, atmete Madame Bretoneux auf, sichtlich erleichtert, keinem Widerstand zu begegnen.

»Und womit kann ich Ihnen dienen?«

»Vor allem müssen Sie ständig den Gesundheitszustand meines Bruders beobachten und jede nur erdenkliche Vorsicht anwenden, damit er sich nicht erkältet. In seinem Alter und bei seiner angegriffenen Gesundheit könnte eine Lungenentzündung tödliche Folgen haben. Umgekehrt müßte nur seine Bronchitis geheilt werden, damit er operiert werden kann. Stellen Sie sich vor, was für eine Freude das für uns alle sein müßte, wenn ihm das Augenlicht zurückgegeben würde!«

»Auch ich wäre sehr glücklich darüber«, antwortete Perrine herzlich.

»Diese Worte beweisen Ihr gutes Herz. Aber so dankbar Sie auch für die Ihnen erwiesenen Wohltaten sein mögen, so gehören Sie eben doch nicht zur Familie.«

Perrine stellte sich wieder einfältig. »Gewiß, doch kann mich das nicht hindern, anhänglich zu sein.«

»Den besten Beweis für diese Anhänglichkeit können Sie durch die Sorgfalt geben, die ich Ihnen empfohlen habe. Mein Bruder muß aber nicht nur vor Erkältungen, sondern auch vor starken Gemütserregungen bewahrt werden. Auch eine zu große Überraschung könnte für ihn leicht verhängnisvoll sein. So habe ich zum Beispiel von meinem Sohn erfahren, daß er gegenwärtig in Indien Nachforschungen anstellen läßt, um Näheres über den Verbleib seines Sohnes, unseres lieben Edmund, zu erfahren.« Sie unterbrach sich. Da Perrine aber stumm blieb, fuhr Madame Bretoneux fort: »Man hat mir gesagt, daß die Briefe und Telegramme alle durch Ihre Hand gehen, weil Sie sie für meinen Bruder übersetzen müssen. Für den Fall nun, daß schlimme Nachrichten einlaufen sollten, wovon wir leider so gut wie überzeugt sind, wäre es wichtig, wenn in allererster Linie mein Sohn davon unterrichtet würde. Er könnte mich dann sofort telegraphisch benachrichtigen. Da ja die Entfernung zwischen hier und Boulogne nicht sehr groß ist, wäre es mir möglich, meinem Bruder unverzüglich mit Trost zur Seite zu stehen. Es ist klar, daß eine Schwester, vor allem eine

ältere Schwester, in ihrem Herzen viel geeignetere Trostworte findet als etwa eine Schwägerin. Sie haben verstanden?«
»O gewiß, wenigstens glaube ich bestimmt, Sie zu verstehen.«
»So dürfen wir also auf Sie zählen?«
Perrine zögerte einen Augenblick. Sie sah ein, daß sie antworten mußte. »Was in meinen Kräften steht, werde ich für Herrn Vulfran tun.«
»Und was Sie für ihn tun, das tun Sie gleichzeitig für uns, wie das, was Sie für uns tun, wiederum ihm zugute kommt. Und nun werde ich Ihnen auf der Stelle beweisen, daß wir nicht undankbar sein werden. Wie wäre es, wenn ich Ihnen ein Kleid schenken würde?«
Da Perrine nichts sagen wollte, beantwortete sie die Frage mit einem Lächeln.
»Ein schönes Kleid mit einer kleinen Schleppe«, fuhr Madame Bretoneux fort.
»Ich bin in Trauer.«
»Aber das hindert Sie doch nicht, ein Kleid mit Schleppe zu tragen! Sie sind zu einfach gekleidet, um mit meinem Bruder am gleichen Tisch zu speisen. Sie sind sogar sehr schlecht angezogen, geputzt wie ein dressiertes Hündchen.«
Perrine wußte, daß sie nicht hübsch gekleidet war; aber es verletzte sie doch, mit einem Hündchen verglichen zu werden, und dies in einem Ton, der deutlich genug die Absicht verriet, sie zu demütigen.
»Ich habe genommen, was bei Madame Lachaise zu finden war.«
»Bei Madame Lachaise konnten Sie sich einkleiden, als Sie noch eine Landstreicherin waren. Aber jetzt, da es meinem Bruder gefällt, Sie an seinem Tisch mitspeisen zu lassen, geht es nicht länger, daß wir über Sie erröten müssen, wie das leider der Fall ist.«
Unter diesem Hieb vergaß Perrine für einen Augenblick die Rolle, die sie spielte. »Ach«, seufzte sie.
»Sie haben ja keine Ahnung, wie lächerlich Sie in Ihrer Bluse aussehen.« Madame Bretoneux lachte spöttisch auf. »Ein Glück, daß dem abzuhelfen ist«, fuhr sie fort. »Und wenn Sie dann so hübsch aussehen, wie ich es haben möchte, mit einem schönen Kleid für den Speisesaal und einem hübschen Kostüm für Ihre Ausfahrten, dann werden Sie sich erinnern, wem Sie es zu

verdanken haben. Und wie steht es mit Ihrer Wäsche? Ich werde einmal nachsehen.« Und schon zog sie die Schubladen der Kommode eine nach der andern heraus, um sie aber sogleich verächtlich wieder zuzustoßen. Mitleidig zuckte sie die Schultern. »Ich habe mich nicht getäuscht, nichts als elende Lumpen.« Perrine antwortete nicht. Sie war aufs tiefste gekränkt.

»Sie haben wahrhaftig Glück«, fuhr Madame Bretoneux fort, »daß ich nach Maraucourt gekommen bin und mich Ihrer annehmen will.«

Das Wort, das sich Perrine auf die Lippen drängte, war eine Zurückweisung. Sie hatte es nicht nötig, sich wie eine Bettlerin behandeln zu lassen. Aber sie bezwang sich, sie mußte ihre Rolle weiterspielen.

Madame Bretoneux war überzeugt, das Spiel gewonnen zu haben. »Ich werde meinem Bruder sagen, daß er Sie zu einer Schneiderin nach Amiens schickt, deren Adresse ich ihm geben will. Sie wird Ihnen das Kleid und das Kostüm anfertigen und Sie auch mit der unbedingt notwendigen Wäsche ausstatten. Sie können sich darauf verlassen, daß Sie etwas Hübsches bekommen werden, das Sie, so hoffe ich wenigstens, stets an mich erinnern wird. Und nun schlafen Sie wohl, und vergessen Sie nicht, was ich Ihnen gesagt habe.«

32. Kapitel

Eine Auseinandersetzung

Die Nachrichten, die aus Dakka, Dehra und London eintrafen, waren unbestimmt und widersprachen sich, vor allem waren sie unvollständig und lückenhaft, besonders über die letzten drei Jahre. Herr Vulfran ließ sich nicht entmutigen. »Das Schwierigste ist getan«, pflegte er zu sagen. »Wenn es gelungen ist, Licht in die am weitesten zurückliegenden Geschehnisse zu bringen, wird es auch möglich sein, die nähere Vergangenheit zu erforschen. Sobald wir die richtige Spur gefunden haben, brauchen wir ihr nur noch zu folgen.«

Perrine hütete sich wohl, Herrn Casimir über die Ereignisse der Nachforschungen auf dem laufenden zu halten, obwohl sie von Madame Bretoneux aufgefordert worden war, dies zu tun, und Herr Casimir ständig um sie herumstrich, um ihr Gelegenheit zu geben, ihm die ersehnten Mitteilungen zu machen. Perrine hatte Madame Bretoneux ja nur versprochen, alles, was in ihren Kräften stehe, für Herrn Vulfran zu tun, und dazu gehörte in erster Linie, daß sie die ihr auferlegte Schweigepflicht erfüllte.

Dagegen hatte sich Perrine Madame Bretoneux' Bitte, Herrn Vulfran mit aller Sorgfalt zu betreuen, sehr zu Herzen genommen. Früher hätte sie sich in ihrer Schüchternheit nie erlaubt, an regnerischen Tagen das Dach des Wagens hochzuziehen oder bei kaltem oder nebligem Wetter Herrn Vulfran zu bitten, den Mantel anzuziehen oder ein Halstuch umzubinden. Nun aber, seit sie von Madame Bretoneux gehört hatte, wie gefährlich ihm Kälte und Feuchtigkeit werden könnten, überwand sie jede Scheu. An kühlen Abenden schloß sie eigenmächtig die Fenster des Herrenzimmers und fuhr von nun an nie mehr aus, ohne Herrn Vulfrans Mantel und Halstuch mitzunehmen. Beim geringsten kalten Windstoß gab sie nicht nach, bis sich Herr Vulfran von ihr in den Mantel helfen ließ. Früher, wenn sie miteinander einen Spaziergang unternommen hatten, ging sie in ihrem gewohnten Tempo, jetzt aber, als sie

merkte, daß ihm ihre etwas rasche Gangart Beschwerden verursachte, nahm sie jede nur erdenkliche Rücksicht auf ihn, um ihn nicht zu ermüden.
Als sie eines Nachmittags durchs Dorf gingen, begegneten sie Fräulein Schönmann, mit der sie ein paar Worte wechselten. »Es freut mich, Sie in so treuer Obhut zu wissen, Herr Vulfran«, sagte sie.
Ein Lächeln glitt über Herrn Vulfrans Gesicht. »Ja, ja«, nickte er, »sie ist ein gutes Kind.« Und als sie wieder allein waren, fuhr er fort: »Auch wenn mein Sohn zurückgekehrt ist, darfst du uns nicht mehr verlassen. Er wird es zu schätzen wissen, daß du mich mit so viel Sorgfalt und Zärtlichkeit behandelst.«
»Ich kann ja so wenig für Sie tun.«
»Ich werde ihm sagen, was du alles für mich getan hast. Übrigens wird er das selbst sehen; denn mein Sohn hat ein gutes Herz.«
Wie oft schon hatte Herr Vulfran mit solcher Liebe von seinem Sohn gesprochen. Wie war es nur möglich, daß er damals so hart gegen ihn gewesen war und jeden Verkehr mit ihm abgebrochen hatte? Gern hätte Perrine einmal danach gefragt; aber noch nie

hatte sie es bisher gewagt, zu sehr schnürte ihr der bloße Gedanke daran vor Aufregung die Kehle zusammen.
Aber an diesem Abend, ermutigt durch die herzlichen Worte, die Herr Vulfran zu ihr gesprochen hatte, fühlte sie sich tapferer als sonst. Noch nie war die Gelegenheit so günstig gewesen. Sie saß mit Herrn Vulfran allein im Herrenzimmer, das niemand betreten durfte, ohne daß er gerufen wurde. Nein, sie wollte nicht länger zögern. Ihre Stimme zitterte, als sie begann: »Darf ich eine Frage an Sie richten über eine Sache, die ich nicht verstehe? Ich habe es bisher nie gewagt, darüber zu sprechen.«
»Sprich.«
»Da Sie Ihren Sohn so sehr lieben, kann ich nicht verstehen, daß Sie sich überhaupt von ihm getrennt haben.«
»Das verstehst du nicht, weil dir in deinem Alter die Einsicht fehlt, daß das Pflichtbewußtsein zuweilen stärker sein muß als das Gefühl der Liebe. Es war meine Pflicht als Vater, meinem Sohn, der sich Fehler hatte zuschulden kommen lassen, die ihn leicht in noch Schlimmeres hätten verstricken können, eine Strafe aufzuerlegen, die ihm zur Lehre dienen sollte. In Indien, ganz auf sich gestellt, sollte er zur Besinnung kommen. Ich konnte ja nicht ahnen, daß er sich von jener elenden Person betören und zu dieser verrückten, ganz und gar verrückten Heirat verleiten ließe.«
»Aber Pater Fildes hat doch geschrieben, daß die Frau, die er geheiratet hat, keineswegs eine elende Person ist!«
»Sie ist es aber! Hätte sie sonst in eine Heirat eingewilligt, die in Frankreich null und nichtig ist? Deshalb konnte ich sie auch nicht als Tochter anerkennen, so wenig, wie ich meinen Sohn nach Hause zurückrufen durfte, es sei denn, er hätte sich von ihr losgesagt. Es wäre gegen meine Vaterpflicht gewesen, außerdem hätte ich damit meinen Willen preisgegeben. Ein Mann wie ich darf es nicht so weit kommen lassen. Ich lasse mich weder von meinem Willen noch von meiner Pflicht abbringen.«
Er sagte das mit solch harter Entschiedenheit, daß es Perrine eiskalt überlief. Dann fuhr er fort: »Du wirst mich nun fragen, wie es kommt, daß ich jetzt meinen Sohn heimrufen will. Nun, die Verhältnisse liegen heute anders als damals. Nachdem dreizehn Jahre seit jener unseligen Heirat verflossen sind, wird mein Sohn

von dieser elenden Person und dem jammervollen Leben, zu dem er an ihrer Seite verurteilt ist, genug haben. Aber auch meine Verhältnisse sind geändert: Ich bin leidend geworden, bin blind und kann das Augenlicht nur durch eine Operation zurückgewinnen, die erst dann ausgeführt werden darf, wenn ich mich in einem ruhigen Zustand befinde. Glaubst du, daß mein Sohn, sobald er das erfährt, noch zögern wird, diese Frau zu verlassen, der ich übrigens, ebenso wie ihrer Tochter, ein sorgenfreies Dasein sichern werde? So wie ich ihn liebe, so liebt er mich auch. Es kann nicht anders sein, als daß er schon oft reuevoll an Maraucourt zurückgedacht hat. Du wirst sehen, daß er herbeieilen wird, sobald er die Wahrheit erfährt.«

»Er soll also seine Frau und seine Tochter verlassen?«

»Er hat keine Frau, er hat keine Tochter!«

»Aber Pater Fildes schrieb doch, daß er durch Pater Leclerc in der Missionskapelle getraut worden ist?«

»Diese Heirat ist in Frankreich ungültig, da sie mit unseren Gesetzen im Widerspruch steht.«

»Und seine Tochter?«

»Das Gesetz erkennt diese Tochter nicht an.«

»Ist denn das Gesetz alles?«

»Was willst du damit sagen?«

»Daß es nicht auf das Gesetz ankommt, ob man seine Kinder und seine Eltern liebt. Nicht aus Gehorsam gegen das Gesetz habe ich meinen Vater geliebt, sondern weil er gut, zärtlich und liebevoll gegen mich war, weil ich glücklich war, wenn er mich auf seinen Arm nahm, mir durch Worte seine Liebe bewies oder mich mit einem Lächeln ansah, weil ich fühlte, daß es nichts Besseres geben konnte, als bei ihm zu sein, auch dann, wenn er nicht mit mir sprechen konnte, weil er mit seinen eigenen Angelegenheiten beschäftigt war. Und mein Vater liebte mich, weil ich in seiner Obhut herangewachsen war, weil er mich bei Tag und in der Nacht mit seiner Sorge umhegte und weil er spüren mußte, daß ich ihn von ganzem Herzen liebte. Mit all dem hatte das Gesetz nichts zu schaffen. Ich kümmerte mich nicht darum, ob er von Gesetzes wegen mein Vater war, es genügte mir, zu wissen, daß wir durch unsere gegenseitige Liebe zueinander gehörten.«

»Was beabsichtigst du?«
»Verzeihen Sie mir, wenn ich etwas sage, was Ihnen unvernünftig zu sein scheint; aber ich sage nur, was ich denke und fühle.«
»Darum höre ich dir ja auch zu. So sehr das, was du sagst, von deiner Unerfahrenheit zeugt, beweist es mir wenigstens, daß du eine gute Tochter bist.«
»Ist nun nicht anzunehmen, daß Ihr Sohn, den Sie so sehr lieben und deshalb bei sich haben möchten, seine Tochter ebenso liebt und sich nicht freiwillig von ihr trennen wird?«
»Wenn diese Heirat ungültig erklärt ist, wird es meinem Sohn nicht schwerfallen, zwischen seinem Vater und seiner Tochter zu wählen, die ja dann gesetzlich gar nicht mehr zu ihm gehört. In Indien sind die Mädchen früh erwachsen. Er könnte sie einfach verheiraten, was mit der Mitgift, die ich dem Mädchen geben würde, einfach genug wäre. Er wird doch nicht so unvernünftig sein, sich nicht von seiner Tochter trennen zu wollen, die ihrerseits keinen Augenblick zögern würde, den Vater zu verlassen, um einem Gatten zu folgen! Unser Leben wird nicht nur durch Gefühle bestimmt, unsere Entschlüsse können auch noch durch andere Faktoren beeinflußt werden. Als Edmund nach Indien reiste, war ich noch nicht so reich wie heute, und wenn er erst einmal die Größe unseres Unternehmens kennenlernt, wenn er vernimmt, daß es zu den bedeutendsten industriellen Unternehmungen Frankreichs gehört, und wenn er erfährt, was für ein Leben in Ehren und Reichtum ihn hier erwartet, dann wird er sich wohl nicht länger von einer kleinen Mulattin zurückhalten lassen.«
»Aber diese kleine Mulattin ist möglicherweise gar nicht so schrecklich, wie Sie sich vorstellen!«
»Eine Inderin!«
»In den Büchern, die ich Ihnen vorgelesen habe, heißt es, daß sie in der Regel schöner seien als Europäerinnen.«
»Das sind Übertreibungen der Bücherschreiber.«
»Wer weiß, ob Sie nicht anders urteilten, wenn Sie das Mädchen kennenlernten. Vielleicht würden Sie es sogar liebgewinnen.«
»Niemals! Ich brauche nur an ihre Mutter zu denken, um in hellen Zorn zu geraten!«
Obwohl Herr Vulfran die Hand zur Faust ballte, ließ Perrine sich

nicht einschüchtern: »Pater Fildes hat ihr aber die vortrefflichsten Eigenschaften nachgerühmt –«

»Pater Fildes ist ein Priester, der von Berufs wegen dazu verpflichtet ist, die Menschen nachsichtig zu beurteilen. Übrigens hat er die Frau ja gar nicht selber gekannt.«

»Er hat sich aber auf die Zeugnisse jener berufen, die sie gekannt haben. Und was das Mädchen betrifft, so würde sie vielleicht, wenn Sie sie in Ihr Haus aufnähmen, viel besser als ich imstande sein, Sie mit fürsorgender Liebe zu pflegen –«

»Sprich nicht gegen dich selbst!«

»Ich spreche weder für noch gegen mich, sondern nur für die Gerechtigkeit.«

»Gerechtigkeit!«

»So fühle ich es. Gerade weil ihre Herkunft angefochten wird, müßte sich dieses Mädchen durch eine liebevolle Aufnahme zu größter Dankbarkeit verpflichtet fühlen. Schon deshalb wäre sie Ihnen von ganzem Herzen zugetan.«

Sie faltete die Hände im Schoß und sah ihn flehend an, als ob er sie sehen könnte. Und mit bebender Stimme rief sie: »O Herr, möchten Sie denn nicht von Ihrer Enkelin geliebt werden?«

Da fuhr Herr Vulfran auf: »Ich habe dir gesagt, daß sie niemals meine Enkelin sein wird. Ich hasse sie, wie ich ihre Mutter hasse, sie haben mir meinen Sohn genommen. Wäre er nicht längst zurückgekehrt, wenn sie ihn nicht behext hätten? Waren sie nicht sein alles, während ich, sein Vater, ihm nichts bedeute?«

Die Heftigkeit, mit der er gesprochen hatte, und die hastigen Schritte zeigten Perrine, daß Herr Vulfran außer sich war vor Zorn. So hatte sie ihn noch nie gesehen.

Plötzlich blieb er vor ihr stehen. »Geh in dein Zimmer hinauf!« herrschte er sie an. »Und untersteh dich nie mehr, hörst du, nie mehr, von diesen Elenden mit mir zu sprechen. Überhaupt, wie kommst du dazu, dich einzumischen? Wer hat dich beauftragt, mir eine solche Rede zu halten?«

Nach einer Weile hatte sie ihre Fassung wiedererlangt. »Oh, niemand, ich schwöre es Ihnen! Ich habe nur dem Ausdruck gegeben, was ich in meinem Herzen fühle, weil ich ja selbst ein elternloses Kind bin.«

Er beruhigte sich etwas, doch verriet seine Stimme immer noch Groll, als er fortfuhr: »Wenn du nicht willst, daß wir miteinander in Streit geraten, dann komme nie mehr auf diese Angelegenheit zurück, die mir, wie du siehst, so schmerzlich ist. Du solltest mich nicht so aufregen!«

»Verzeihen Sie«, stammelte sie mit tränenerstickter Stimme. »Sie haben recht, ich hätte schweigen sollen.«

»Ja, das hättest du wirklich, um so mehr, als das, was du gesagt hast, doch zwecklos war.«

33. Kapitel

Der Schlag fällt!

Da die Nachrichten der Korrespondenten keinerlei Auskunft über das Leben seines Sohnes während der drei letzten Jahre gaben, ließ Herr Vulfran in den wichtigsten Zeitungen von Kalkutta, Dakka, Dehra, Bombay und London jede Woche ein Inserat erscheinen, worin für jede auch noch so geringfügige, aber beweisbare Auskunft über Edmund Paindavoine eine Belohnung von vierzig Pfund versprochen wurde. Als dann einer der eingehenden Briefe die Mitteilung enthielt, daß Edmund die Absicht gehabt habe, nach Ägypten und möglicherweise nach der Türkei zu reisen, ließ Herr Vulfran seine Anzeigen auch in die Zeitungen von Kairo, Alexandrien und Konstantinopel aufnehmen. Es wurde also nichts unterlassen, um die Spur Edmunds aufzufinden, da bei seinem Umherziehen das Unwahrscheinlichste möglich sein konnte.

Weil Herr Vulfran in den Inseraten seinen eigenen Namen nicht nennen wollte, um sich nicht Betteleien auszusetzen, hatte er die Adresse seines Bankiers in Amiens angegeben, so daß dieser die Briefe erhielt, die er dann nach Maraucourt weiterleitete.

Aber so zahlreich diese Briefe auch waren, befand sich doch nicht ein einziger darunter, der es verdient hätte, ernst genommen zu werden. Die meisten stammten von Geschäftsagenten, die sich anboten, Erkundigungen einzuziehen, wenn ihnen für ihre Bemühungen im voraus ein gewisser Betrag überwiesen werde. Und bei den übrigen Briefen handelte es sich entweder um reine Phantasieprodukte oder um Hinweise auf Ereignisse, die sich vor fünf, zehn, ja vor zwölf Jahren zugetragen haben sollten. Keiner bezog sich auf die letzten drei Jahre.

Perrine mußte diese Briefe vorlesen und wenn nötig übersetzen, und so wertlos sie im allgemeinen auch waren, vermochten sie doch Herrn Vulfran nicht zu entmutigen und seinen Glauben nicht zu erschüttern, daß eine der vielen Anzeigen doch einmal den gewünschten Erfolg haben würde.

Eines Tages traf aus Sarajevo in Bosnien ein Schreiben ein, das in schlechtem Englisch abgefaßt war und ganz bestimmte Angaben über Herrn Edmund Pandavoine in Aussicht stellte, wenn die im Inserat der »Times« versprochenen vierzig Pfund bei einem Bankier in Sarajevo hinterlegt würden. Die Angaben bezögen sich auf den November des vergangenen Jahres. Für den Fall, daß man bereit sei, die gestellten Bedingungen anzunehmen, möge man an Nummer 917 postlagernd Sarajevo schreiben.

»Siehst du, daß ich doch recht hatte?« rief Herr Vulfran aus. »Der Monat November liegt noch nicht weit zurück.«

Die Freude, die er zeigte, war ein Beweis für die Befürchtungen, die er im stillen doch gehegt hatte. Jetzt konnte er seine Behauptung, daß Edmund noch lebe, auf Tatsachen stützen und nicht nur auf den starken Glauben seines väterlichen Herzens. Jetzt geschah es zum ersten Mal seit dem Betreiben seiner Nachforschungen, daß er zu den beiden Neffen und zu Talouel von seinem Sohn sprach. »Ich habe die große Freude, euch mitzuteilen, daß ich Nachrichten über Edmund erhalten habe, im vergangenen November war er in Bosnien.«

Diese Nachricht, die sich in Windeseile verbreitete, verursachte überall große Aufregung. Und schon hieß es: »Herr Edmund kommt demnächst zurück.«

»Ist das möglich?«

»Wenn Sie sich darüber Gewißheit verschaffen wollen, dann brauchen Sie nur die langen Gesichter der Neffen und Talouels anzusehen.«

Trotzdem gab es Leute, die an Edmunds Rückkehr nicht glauben wollten. »Was heißt das schon, daß er sich einmal in Bosnien aufhielt? Damit ist noch lange nicht gesagt, daß er sich auf dem Rückweg nach Maraucourt befindet. Seit wann führt der Weg von Indien nach Frankreich über Bosnien?«

Herr Vulfran unterhielt sich bei jeder Gelegenheit mit Perrine über seine Hoffnungen. »Seine Rückkehr ist nur noch eine Zeitfrage. Wenn wir sichere Nachrichten über den Monat November haben, dann können wir der aufgefundenen Spur mit Leichtigkeit folgen.«

Und er bat Perrine, aus der Bibliothek Bücher über Bosnien zu holen und ihm daraus vorzulesen. Diese Schilderungen vermochten ihm allerdings nicht befriedigend zu erklären, was seinen Sohn damals veranlaßt haben konnte, dieses wilde Land mit seinem rauhen Klima aufzusuchen, da es dort weder Handel noch Industrie gab.

»Vielleicht war er dort nur auf der Durchreise«, sagte Perrine.

»Das glaube ich auch. Und gerade das ist mir ein Beweis für seine baldige Heimkehr. Und da Bosnien kein Land für Vergnügungsreisende zu sein scheint, hatte er wohl auf seiner Durchreise weder seine Frau noch seine Tochter bei sich. Sehr wahrscheinlich hat schon früher eine Trennung zwischen ihnen stattgefunden.« Als Perrine darauf nichts erwiderte, wurde er ungehalten: »Du sagst nichts?«

»Ich wage es nicht, mit Ihnen nicht gleicher Meinung zu sein.«

»Du weißt doch, daß ich will, daß du mir alles sagst was du denkst.«

»Das ist meistens der Fall. Haben Sie mir aber nicht verboten, jemals wieder von jenem jungen Mädchen zu sprechen? Ich möchte nicht, daß Sie mir noch einmal zürnen.«

»Ich zürne dir nicht, wenn du mir Gründe nennen kannst, die sie veranlassen konnten, mit ihm nach Bosnien zu reisen.«

»Nun, erstens einmal ist Bosnien kein unzugängliches Land für Frauen, besonders nicht für Frauen, die schon die viel gefahrvolleren Gebirge Indiens durchreist haben. Und zweitens kann ich nicht einsehen, weshalb sich Herr Edmund vor seiner Reise durch Bosnien von seiner Frau und seiner Tochter getrennt haben sollte, da Ihnen ja verschiedene Briefe aus Indien bestätigt haben, daß die drei immer zusammen reisten. Und endlich sehe ich noch eine andere Möglichkeit, über die ich aber lieber nicht sprechen möchte, da sie nicht Ihren Hoffnungen entspricht.«

»Sag es dennoch.«

»Gut, ich will es tun. Aber zuvor bitte ich Sie, an meine Sorge um Ihre Gesundheit zu glauben.«

»Erkläre dich deutlicher.«

»Aus dem Umstand, daß Herr Edmund im November in Sarajevo war, schließen Sie, daß er bald heimkehren wird –«

»Unbedingt.«

»Und doch ist er vielleicht nicht aufzufinden.«

»Das glaube ich nicht.«

»Dieser oder jener Grund könnte ihn doch an der Rückkehr hindern. Er könnte doch zum Beispiel verschwunden sein.«
»Verschwunden?«
»Wenn er nach Indien zurückgekehrt oder, sagen wir, nach Amerika gereist wäre.«
»Wenn, wenn! Solche Überlegungen sind unsinnig.«
»Zweifellos; aber wenn man nur das für möglich hält, was man sich wünscht, und alles andere, was einem nicht paßt, von vornherein als unsinnig bezeichnet, dann gerät man –«
»Wohin denn?«
»Zum mindesten in Ungeduld. In welcher Aufregung befinden Sie sich seit dem Eintreffen der Nachricht aus Sarajevo. Es ist zeitlich noch gar nicht möglich, daß eine Antwort hier sein kann. Ihr Husten war nahezu verschwunden, nun haben Sie täglich wieder mehrere Anfälle, Sie leiden unter Beklemmungen und Herzklopfen. Wie soll das erst werden, wenn die Antwort aus Sarajevo noch länger auf sich warten läßt oder wenn sie anders ausfällt, als Sie es wollen? Sie haben sich so sehr daran gewöhnt zu sagen: So ist es und nicht anders, daß ich mir wirklich Sorgen mache. Es ist schrecklich, vom Schlimmsten getroffen zu werden, wenn man an das Beste glaubte. Ich habe das selbst erfahren. Nachdem wir für meinen Vater alles befürchtet hatten, waren wir von seiner raschen Genesung überzeugt, und dies gerade an dem Tag, an dem wir ihn verloren haben. Ganz gewiß war es die Härte dieses unerwarteten Schlages, die meine arme Mutter getötet hat. Sie hat sich nie mehr davon erholt, und sechs Monate später ist sie gestorben. Und wenn ich daran denke, dann muß ich mir sagen –« Sie konnte vor Schluchzen nicht weitersprechen.
»Rühre nicht an diese Erinnerungen, arme Kleine«, sagte Herr Vulfran. »Wenn dich das Schicksal auch so hart geprüft hat, so darfst du nun doch nicht glauben, daß es nichts als Unglück auf der Welt gibt. Das wäre nicht nur schlimm für dich, es wäre auch ungerecht.«
Was sie auch sagte, nichts vermochte sein Vertrauen zu erschüttern.
Eines Morgens, als Talouel wie gewöhnlich mit den Händen in den Taschen auf seiner Terrasse auf und ab ging und mit lauernden

Blicken die Fabrikhöfe überwachte, sah er vor dem Tor den ihm wohlbekannten Bankier aus Amiens aus seinem Wagen steigen und sich mit bekümmerter Miene den Büros nähern.
Talouel eilte die Treppe hinunter und ihm entgegen: »Ich vermute, daß Sie schlechte Nachrichten bringen –«
Der Bankier antwortete nur mit einem zustimmenden Kopfnicken.
Talouel konnte seine Ungeduld nicht bezähmen: »Aber –«
»Ist Herr Vulfran in seinem Arbeitszimmer?«
»Bestimmt.«
»Ich muß ihn unverzüglich sprechen.«
»Aber –«
»Haben Sie mich nicht verstanden?«
Da Talouel einsehen mußte, daß er nichts auszurichten vermochte, änderte er sein Verhalten und sagte barsch: »Sie finden Herrn Vulfran in seinem Büro.« Dann entfernte er sich, die Hände in den Taschen.
Da der Bankier schon früher in Maraucourt gewesen war, kannte er sich aus, doch er zögerte vor der Tür des Arbeitszimmers. Kaum hatte er angeklopft, als er auch schon aufgefordert wurde, einzutreten.
»Guten Morgen, Herr Vulfran.«
»Wie, Sie sind es? In Maraucourt?«
»Ja, ich hatte heute Morgen in Picquigny geschäftlich zu tun, da bin ich gleich hierher gefahren, um Ihnen Nachrichten aus Sarajevo zu bringen.«

Perrine, die an ihrem Pult saß, brauchte nur diesen Namen zu hören, um zu wissen, wer eingetreten war. Sie saß wie versteinert da.

»Nun?« fragte Herr Vulfran ungeduldig.

»Leider sind sie nicht so ausgefallen, wie Sie hofften, wie wir alle es wünschten.«

»Unser Mann hat uns wohl nur um die vierzig Pfund bringen wollen?«

»Er scheint ehrlich zu sein.«

»Weiß aber wohl nichts?«

»Seine Auskünfte sind nur zu glaubwürdig – leider.«

»Leider!« Das war das erste Wort des Zweifels, das Herr Vulfran aussprach. Und nach einer bangen Stille fuhr er fort: »Man hat also seit dem November keinerlei Nachrichten mehr von Edmund?«

»Nein, man hat keine mehr.«

»Aber was für Nachrichten hat man denn zu jener Zeit gehabt? Warum kann man ihnen glauben?«

»Wir haben amtliche Schriftstücke, die vom französischen Konsul in Sarajevo beglaubigt worden sind.«

»So sprechen Sie doch! Was sind das für Nachrichten?«

»Im November ist Herr Edmund in Sarajevo eingetroffen, als Fotograf.«

»Weiter! Sie wollen sagen, mit fotografischen Apparaten?«

»Mit einem Wagen, wie von herumziehenden Fotografen benützt werden. Darin reiste er, von seiner Frau und seiner Tochter begleitet. Einige Tage lang hat er auf einem Platz in der Stadt Porträtaufnahmen gemacht.« Er blätterte in Papieren, die er auf einer Ecke von Herrn Vulfrans Schreibtisch ausgebreitet hatte.

»Da Sie Schriftstücke hierhaben, lesen Sie sie doch vor«, rief Herr Vulfran. »Das wird schneller gehen.«

»Ich werde sie Ihnen vorlesen. Ich sagte Ihnen, daß er auf einem öffentlichen Platze, auf dem Philippowitsch-Platz als Fotograf gearbeitet habe. Anfang November verließ er Sarajevo, um nach –« Von neuem suchte er in den Papieren. »Um nach Trawnik zu reisen. Er wurde – er kam krank in einem Dorf an, das zwischen diesen beiden Städten liegt.«

»Mein Gott!« rief Herr Vulfran aus. »Mein Gott, mein Gott!« Er

preßte die Hände gegeneinander, sein Gesicht war entstellt, er zitterte am ganzen Leib.
»Herr Vulfran! Sie sind ein starker Mann –«
»Es gibt keine Stärke gegen den Tod. Mein Sohn –«
»Sie müssen die schreckliche Wahrheit erfahren. Am 7. November ist Herr Edmund in Bousovatcha an einem Lungenschlag gestorben.«
»Das kann nicht stimmen!«
»Ach, Herr Vulfran, das habe ich auch gesagt. Aber als ich dann diese Schriftstücke erhielt, die vom französischen Konsul beglaubigt sind, diesen Totenschein, der auf Herrn Edmund Vulfran Paindavoine lautet, geboren in Maraucourt (Somme), 34 Jahre alt, mußte ich meine Zweifel aufgeben. Um ganz sicher zu sein, habe ich gestern noch an unseren Konsul in Sarajevo telegraphiert. Heute früh erhielt ich seine Antwort. Hier ist sie: ›Papiere echt, Tod gewiß.‹«
Aber Herr Vulfran schien nichts mehr zu hören. In seinem Lehnstuhl zusammengesunken, den Kopf vornübergeneigt, saß er da, ohne ein Lebenszeichen zu geben, und Perrine, zutiefst erschüttert, glaubte nichts anderes, als daß er gestorben wäre.
Doch plötzlich hob er sein Gesicht, über das die Tränen aus seinen blicklosen Augen strömten, streckte die Hand aus und drückte auf den Klingelknopf, um Talouel, Theodor und Casimir herbeizurufen. Das Klingelzeichen war so heftig, daß sie alle drei sofort herbeigestürzt kamen.
»Seid ihr da?« fragte Herr Vulfran, »Talouel, Theodor und Casimir?«
Sie bejahten es.
»Ich habe soeben die Nachricht vom Tod meines Sohnes erhalten. Es ist kein Zweifel möglich. Talouel, lassen Sie unverzüglich die Arbeit einstellen und durch Anschlag bekanntgeben, daß erst übermorgen wieder gearbeitet wird und morgen in den Kirchen von Maraucourt, Saint-Pipoy, Hercheux, Bacourt und Flexelles Gedächtnisgottesdienste stattfinden.«
»Onkel!« riefen die beiden Neffen wie aus einem Mund.
Aber er unterbrach sie: »Verlaßt mich jetzt, ich möchte allein sein.«
Alle entfernten sich, nur Perrine blieb.

»Aurèlie, bist du da?« fragte Herr Vulfran.
Sie antwortete mit einem bitterlichen Schluchzen.
»Wir wollen ins Schloß gehen.«
Wie immer hatte er seine Hand auf Perrines Schulter gelegt. So gingen sie hinaus, inmitten des ersten Stromes von Arbeitern, die die Werkstätten verließen. So schritten sie auch durch das Dorf, wo die Neuigkeit schon von Tür zu Tür lief. Und jeder, der die beiden vorübergehen sah, fragte sich, ob Herr Vulfran diese Erschütterung wohl überleben könnte. Wie gebeugt war er, er, der doch sonst so rüstig dahinschritt!
Aber Perrine stellte sich diese Frage mit noch bangerer Sorge. Denn wenn er auch kein einziges Wort sprach, so fühlte sie am Zucken seiner Hand, mit der er sich auf ihre Schulter stützte, wie tief es ihn getroffen hatte.
Als sie ihn in sein Zimmer geführt hatte, verabschiedete er sie: »Erklär den Leuten, warum ich allein sein will«, sagte er. »Sorge dafür, daß niemand hereinkommt, daß niemand mich anspricht.«
Als sie sich entfernen wollte, fügte er hinzu: »Und ich sträubte mich dagegen, dir zu glauben.«
»Wenn Sie mir doch nur erlauben wollten –«
»Laß mich allein!« sagte er rauh.

34. Kapitel

Der Zusammenbruch

Die ganze Nacht ging es im Schloß laut und lebhaft zu. Durch Theodor benachrichtigt, trafen zuerst Herr und Frau Paindavoine aus Paris ein, denen Herr und Frau Bretoneux aus Boulogne folgten, die von Casimir verständigt worden waren. Dann kamen aus Dünkirchen und Rouen die beiden Töchter der Madame Bretoneux mit ihren Männern und Kindern an. Niemand durfte beim Gedächtnisgottesdienst für den armen Edmund fehlen. Es war doch unbedingt notwendig, in dieser Stunde der Entscheidung anwesend zu sein, um die anderen zu überwachen und die eigene Position zu sichern! Es galt ja, den leer gewordenen Platz des Nachfolgers von Herrn Vulfran neu zu besetzen, Grund genug für jeden, alles aufzubieten und vor keinen Mitteln zurückzuschrekken, um das ersehnte Ziel zu erreichen.
Perrine erwartete, daß Madame Bretoneux und Madame Paindavoine sie am Morgen besuchen würden, doch ließ sich keine der beiden sehen. Ebenso vergeblich wartete sie darauf, Herrn Vulfran in die Kirche führen zu müssen, wie sie es jeden Sonntag tat. Als die Glocken zum Gottesdienst riefen, sah sie Herrn Vulfran, auf den Arm seines Bruders gestützt, den Wagen besteigen, in dem schon seine Schwester und seine Schwägerin saßen, während die übrigen Familienmitglieder in anderen Wagen untergebracht wurden. Das machte ihr klar, daß man sie nicht mehr nötig hatte.
Also mußte Perrine den Weg vom Schloß in die Kirche zu Fuß zurücklegen. Um nicht zu spät zu kommen, verließ sie das Trauerhaus in aller Eile und war nicht wenig überrascht, als sie sah, wie sonntäglich es im Dorfe zuging. Die Wirtshäuser waren überfüllt von Arbeitern, die trinkend und schwatzend einen betäubenden Lärm vollführten, während die Frauen vor den Häusern saßen, miteinander plauderten und den spielenden Kindern zusahen. Wollte denn niemand von ihnen am Trauergottesdienst teilnehmen?

Die Kirche, die sich Perrine überfüllt vorgestellt hatte, war zur Hälfte leer. Im Chor hatte die Familie Platz genommen, da und dort saßen Vertreter der Dorfbehörden, Lieferanten und höhere Fabrikangestellte. Die Arbeiter aber waren sehr spärlich vertreten, obwohl dieser Tag doch die ernstesten Folgen für sie haben konnte.

Als Perrine in einer Bank Rosalie erblickte, die ihre in tiefe Trauer gehüllte Großmutter begleitet hatte, setzte sie sich neben sie.

»Ach, mein armer, kleiner Edmund«, murmelte die alte Frau und wischte sich die Tränen aus den Augen. »Was für ein Unglück! Wie trägt es Herr Vulfran?«

Da die Messe in diesem Augenblick ihren Anfang nahm, brauchte Perrine nicht zu antworten, und weder Rosalie noch Mutter Françoise richteten ein weiteres Wort an sie, als sie merkten, wie erschüttert sie war.

Beim Hinausgehen wurde Perrine von Fräulein Schönmann angesprochen, die sich nach Herrn Vulfran erkundigen wollte. Perrine gestand ihr, seit dem vergangenen Abend nicht mehr mit ihm gesprochen zu haben.

»Kehren Sie zu Fuß zurück?« fragte die Lehrerin.

»Gewiß.«

»Nun, dann haben wir ja bis zur Schule denselben Weg.«
Perrine wäre viel lieber allein gewesen; aber sie durfte Fräulein Schönmann nicht zurückweisen. »Wissen Sie«, begann die Lehrerin, »woran ich vorhin gedacht habe, als ich Herrn Vulfran wie gebrochen dasitzen sah? Vielleicht war es heute zum erstenmal ein Glück für ihn, daß er blind ist.«
»Wieso?«
»Weil er so nicht sehen konnte, daß die Kirche halb leer war. Die Gleichgültigkeit der Arbeiter seinem Unglück gegenüber hätte ihn schmerzlich getroffen.«
»Es waren nicht viele da, das ist wahr.«
»Er hat es wenigstens nicht sehen müssen.«
»Aber glauben Sie nicht, daß er es hören konnte? Die Stille in der Kirche hat ihm wohl ebensoviel verraten wie der Lärm in den Wirtshäusern.«
»Das wäre ein Kummer mehr für ihn, und doch –« Sie unterbrach sich, fuhr aber nach einer kurzen Pause fort: »Es wäre eine Lehre, eine ernste Lehre für ihn gewesen. Denn sehen Sie, mein Kind, wir dürfen von den andern nicht erwarten, daß sie an unserem Kummer teilnehmen, wenn wir uns nicht auch um das kümmern, was ihnen am Herzen liegt. Und das hat Herr Vulfran niemals getan. Gewiß, er ist gerecht gegen seine Arbeiter, er läßt ihnen zukommen, was er ihnen schuldig zu sein glaubt. Aber das ist auch alles. Er hat nie daran gedacht, daß er seinen Arbeitern mehr als nur ein Arbeitgeber, daß er ihnen ein Vater sein könnte. Alle seine Gedanken und Kräfte gehören immer nur seinem Geschäft. Wer aber nicht daran denkt, Liebe zu säen, der darf auch nicht erwarten, Liebe zu ernten.«
Das mochte richtig sein, aber Perrine war jetzt nicht in der Verfassung, über den tieferen Sinn dieser Worte nachzudenken. Sie war froh, als sie sich vor dem Schulhaus von Fräulein Schönmann verabschieden konnte.
Als Perrine im Schlosse anlangte, trat ihr Bastien auf der Treppe entgegen, um ihr zu melden, daß sich Herr Vulfran sofort nach dem Verlassen des Wagens in sein Zimmer eingeschlossen und Weisung gegeben habe, niemanden zu ihm zu lassen. »Nicht einmal an einem Tag wie dem heutigen will er mit seinen Angehörigen speisen.«

»Bleiben die Leute da?«
»Nein, das können Sie sich wohl vorstellen. Nach dem Mittagessen reisen alle ab. Ich vermute, daß er sich nicht einmal von ihnen verabschieden wird. Er ist schrecklich niedergeschlagen. Was soll aus uns werden? Mein Gott, Sie sollten uns helfen.«
»Ich? Was könnte ich tun?«
»Oh, sehr viel. Herr Vulfran hat Vertrauen zu Ihnen, Sie sind ihm sehr lieb.«
»Er liebt mich?«
»Ich weiß, was ich sage.«
Und richtig, wie Bastien es vorausgesagt hatte, reisten die verschiedenen Familien nach dem Mittagessen ab. Perrine blieb bis am Abend in ihrem Zimmer, ohne daß Herr Vulfran sie rufen ließ, erst kurz vor dem Zubettgehen kam Bastien, um ihr im Auftrag seines Herrn auszurichten, daß sie sich morgen früh zur gewohnten Stunde bereithalten solle, um ihn zu begleiten.
So wartete denn Perrine am nächsten Morgen zur festgesetzten Zeit in der Halle, und bald erschien Herr Vulfran, tief gebeugt und von Bastien geführt, der ihr durch stumme Zeichen zu verstehen gab, daß Herr Vulfran eine schlechte Nacht gehabt habe.
»Ist Aurèlie da?« fragte Herr Vulfran mit müder Stimme.

Sie eilte ihm entgegen. »Da bin ich, Herr!«
»Dann komm!«
Gern hätte sie sich nach seinem Befinden erkundigt, doch sie wagte nicht. Als sie im Wagen saßen, sank er, den Kopf vornübergeneigt, in sich zusammen und sprach kein Wort.
Vor dem Verwaltungsgebäude stand Talouel, um Herrn Vulfran beim Aussteigen behilflich zu sein. »Ich vermute«, sagte er mit salbungsvoller Stimme, »daß Sie sich stark genug fühlten, um zu kommen.«
»Ich habe mich keineswegs stark gefühlt; aber ich bin gekommen, weil ich kommen mußte.«
»Gerade das wollte ich sagen.«
Herr Vulfran schnitt ihm das Wort ab, indem er Perrine zu sich rief und sich von ihr in sein Arbeitszimmer führen ließ.
Sofort wurde mit der Erledigung der umfangreichen Korrespondenz begonnen, die in den zwei Tagen zusammengekommen war. Er ließ sich die Briefe vorlesen, ohne eine einzige Bemerkung zu machen, ohne eine einzige Anordnung zu treffen, als ob er taub oder eingeschlafen gewesen wäre.
Die Zeit verstrich, ohne daß er sich rührte. Perrine hatte ihn schon oft unbeweglich an seinem Fenster sitzen sehen, aber jene Versunkenheit war etwas ganz anderes gewesen als diese stumpfe Teilnahmslosigkeit allem gegenüber. Alles an ihm, sein Denken, sein Fühlen, die Züge seines Gesichtes, die sonst die feinsten Regungen gespiegelt, schien erstarrt zu sein. Perrine hielt es kaum mehr aus in der sie umgebenden, tödlichen Stille.
Auf einmal preßte er beide Hände vor das Gesicht, und mit lauter Stimme, im Glauben, allein zu sein, oder vielmehr ohne zu wissen, wo er sich befand und wer ihn hören konnte, rief er aus: »Mein Gott, mein Gott, du hast dich von mir gewendet! Was habe ich getan, daß du mich verlassen hast?«
Dann war es wieder still, und nach diesem qualvollen Aufschrei lastete das Schweigen noch grausamer auf Perrine.
Ja, Herr Vulfran, verleitet durch die großen Reichtümer, die er erworben hatte, durch die machtvolle Stellung, die er einnahm, hatte geglaubt, ein bevorzugtes Wesen, ein Auserwählter zu sein. Wie hätte er aus eigener Kraft von so tief unten zu solchen Höhen

emporsteigen können? Eine allmächtige Hand hatte ihn aus der Menge emporgehoben, um ihn große Dinge verrichten zu lassen. Später hatte sie ihn so sicher gelenkt, daß seine Gedanken stets einer höheren Eingebung gehorchten. Was er sich wünschte, hatte er stets erreicht, aus allen Kämpfen war er als Sieger hervorgegangen.

Plötzlich war alles anders. Was er am sehnlichsten begehrte, was er schon mit Gewißheit zu besitzen glaubte, war ihm versagt worden. Er hatte seinen Sohn erwartet, hatte gewußt, daß dieser heimkehren würde, hatte sein ganzes Leben auf dieses Wiedersehen hin eingestellt, und sein Sohn – war tot!

Was sollte nun werden? Er verstand nichts mehr, weder die Gegenwart noch die Vergangenheit. Was für ein Mann war er gewesen! – Was war er jetzt? Und wenn er wirklich gewesen war, was er während vierzig Jahren zu sein glaubte, warum war er es jetzt nicht mehr?

35. Kapitel

Ein neues Ziel

Der Zustand völliger Gebrochenheit dauerte an und wirkte sich natürlich nachteilig auf Herrn Vulfrans Gesundheit aus. Aber weit mehr noch als diese körperlichen Leiden war es die zunehmende Verdüsterung seines Gemüts, die den Arzt mit großer Besorgnis erfüllte.

Schon mehrmals hatte Perrine versucht, von Dr. Ruchon nähere Auskunft zu erhalten. Er hatte ihr aber kaum geantwortet, da er es unter seiner Würde hielt, die Neugierde eines Fabrikmädchens – wofür er Perrine immer noch hielt – zu befriedigen. Glücklicherweise zeigte er sich gegen Bastien und Fräulein Schönmann weniger abweisend, so daß Perrine wenigstens durch den Diener und die Lehrerin erfuhr, wie es um Herrn Vulfran stand.

»Sein Leben ist nicht in Gefahr«, sagte Bastien. »Nur sollte der Herr wieder arbeiten wie früher.«

Fräulein Schönmann war etwas ausführlicher und erklärte: »Herr Vulfran müßte durch irgendein Ereignis aus seinem apathischen Zustand herausgerissen werden.«

Wie aber sollte man eine solch heilsame Erschütterung herbeiführen?

Trotz seiner stumpfen Gleichgültigkeit allen Dingen der Außenwelt gegenüber ließ sich Herr Vulfran nach wie vor regelmäßig von Perrine in die verschiedenen Fabriken fahren. Auf solchen Fahrten blieb er stumm und selbst auf die Fragen, die sie an ihn richtete, erhielt sie nur in den wenigsten Fällen eine Antwort.

In den Fabriken hörte er kaum auf die Berichte der Direktoren, und wenn er um seine Ansicht gebeten wurde, sagte er meistens: »Es ist am besten, wenn Sie sich mit Herrn Talouel in Verbindung setzen.«

Auf solche Weise ging die Leitung der Fabriken mehr und mehr in die Hände des triumphierenden Direktors über.

Wie lange konnte das so noch weitergehen?

Eines Nachmittags, als Herr Vulfran und Perrine nach Maraucourt

zurückfuhren, trug ihnen der Wind plötzlich ein grelles Trompetensignal zu.
»Halt an!« sagte Herr Vulfran. »Es scheint das Feuerhorn zu sein.«
Perrine brachte das Pferd augenblicklich zum Stehen, nun war das Signal ganz deutlich zu hören.
»Es brennt«, sagte Herr Vulfran. »Siehst du etwas?«
»Eine schwarze Rauchwolke.«
»In welcher Richtung?«
»Hinter den Pappeln, ich finde mich nicht ganz zurecht.«
»Rechts oder links?«
»Mehr nach links.«
Links lag die Fabrik.
»Soll ich das Pferd galoppieren lassen?«
»Nein, aber fahr weiter!«
Je näher sie kamen, um so lauter wurden die Trompetensignale, da aber die mit Pappeln umsäumte Straße in vielen Windungen und Kehren durch das Torfmoor angelegt war, vermochte Perrine immer noch nicht zu erkennen, von wo der Rauch aufstieg. Erst, als sie das Dorf erreichten, erhielten sie Gewißheit.
»Sie brauchen sich nicht zu beeilen«, rief ihnen ein Bauer zu. »Es ist nur die Hütte der Tiburce, die brennt.«
Die Tiburce war eine alte Trinkerin, die Kinder betreute, die noch

zu klein waren, um in einem Kinderheim aufgenommen zu werden. Sie wohnte in einer elenden, baufälligen Hütte in der Nähe des Schulhauses.

»Fahren wir hin«, sagte Herr Vulfran.

Sie brauchten nur dem Menschenstrom zu folgen, um zur Brandstätte zu gelangen. Nun sahen sie Rauch und Flammen aus dem Haus schlagen. Die Luft war erfüllt von Brandgeruch. Noch ehe sie aber das brennende Haus erreicht hatten, mußte Perrine anhalten, da die Neugierigen die Straße vollständig versperrten. Von Perrine geführt, schritt Herr Vulfran durch die Menge. Als sie sich dem Hauseingang näherten, kam ihnen Fabry entgegen. In seiner Eigenschaft als Kommandant der Fabrikfeuerwehr trug er einen Helm. »Wir sind Herr über das Feuer geworden«, sagte er. »Aber das Haus ist vollständig ausgebrannt, weit schlimmer aber ist, daß fünf oder sechs Kinder umgekommen sind. Eines liegt unter den Trümmern begraben, zwei sind erstickt, und von den drei andern weiß man nichts.«

»Wie ist denn das Feuer ausgebrochen?«

»Die Tiburce war betrunken und ist eingeschlafen. Da haben die größeren Kinder mit Streichhölzern gespielt. Als schon alles in

Flammen stand, haben sie sich gerettet, die Tiburce tat dasselbe und vergaß die Kleinen in der Wiege.«
Herr Vulfran wollte sich nach dem Hof begeben, aus dem Jammern und laute Schreie zu vernehmen waren.
»Gehen Sie nicht hin«, bat Fabry. »Es sind die Mütter der beiden erstickten Kinder.« »Wer sind sie?«
»Fabrikarbeiterinnen.«
»Ich muß mit ihnen reden.«
Er stützte die Hand auf Perrines Schulter, um ihr zu bedeuten, daß sie ihn begleiten solle.
Hinter Fabry, der ihnen den Weg bahnte, betraten sie den Hof, wo die Feuerwehrleute mit der Spritze die Trümmer des Hauses löschten, von dem nur die Mauern stehengeblieben waren. Unter den zischenden Wasserstrahlen loderten die Flammenwirbel noch einmal laut prasselnd auf.
In der gegenüberliegenden Ecke des Hofes, wo sich die Frauen zusammengedrängt hatten, erscholl das Wehgeschrei, das schon auf der Straße zu hören gewesen war. Fabry zerstreute die Gruppen, und in Begleitung von Perrine trat Herr Vulfran zu den beiden Müttern hin, die ihre toten Kinder auf den Knien hielten. Eine von ihnen hob drohend den Arm, als sie den Fabrikherrn erkannte: »Da, schauen Sie sich nur an, was mit unseren Kindern geschieht, während wir uns für Sie abschinden. Können Sie ihnen vielleicht das Leben zurückgeben? Oh, mein armer Kleiner!« Und sie beugte sich über ihr Kind und brach von neuem in herzzerreißende Klagelaute aus.
Einen Augenblick stand Herr Vulfran unentschlossen da, dann wandte er sich an Fabry: »Sie haben recht gehabt, wir wollen gehen.«
Perrine führte Herrn Vulfran in sein Arbeitszimmer. Nun wurde nicht mehr vom Feuer gesprochen, bis Talouel kam, um mitzuteilen, daß man die drei vermißten Kinder gesund und wohlbehalten aufgefunden habe. Man hatte sich in der Aufregung nicht mehr erinnert, daß sie sofort zu Nachbarsleuten in Sicherheit gebracht worden waren.
Die Beerdigung der drei Opfer wurde auf übermorgen angesetzt.
Als sich Talouel entfernt hatte, entschloß sich Perrine, die seit der

Rückkehr in die Fabrik in tiefe Gedanken versunken war, Herrn Vulfran anzureden: »Gehen Sie auch zu diesem Begräbnis?« fragte sie mit zitternder Stimme.
»Weshalb sollte ich hingehen?«
»Weil das die edelste Antwort wäre, die Sie auf die Anklage der armen Frau geben könnten.«
»Haben die Arbeiter vielleicht an der Trauerfeier für meinen Sohn teilgenommen?«
»Ich weiß, daß sie es nicht getan haben. Wenn Sie nun aber Teilnahme an ihrem Leid zeigen, ist das eine Antwort, die man verstehen wird.«
»Ach, du weißt nicht, wie undankbar der Arbeiter ist.«
»Weshalb undankbar? Für den Lohn, den er erhält? Das ist möglich, und das mag daher kommen, daß er das empfangene Geld von einem andern Gesichtspunkt aus betrachtet als derjenige, der es ihm gibt. Hat er denn das Geld nicht mit seiner Hände Arbeit verdient? Glauben Sie aber, daß er einen Beweis freundschaftlicher Anteilnahme mit ebensolcher Selbstverständlichkeit entgegennehmen würde wie verdientes Geld? Freundschaft erzeugt Freundschaft. Man liebt die, von denen man sich geliebt fühlt. Es ist gewiß schön, das Elend Unglücklicher zu verringern, aber schöner ist es, ihren Schmerz zu lindern, indem man ihn tragen hilft.«
Herr Vulfran erwiderte nichts, und da er ihr gar nicht zuzuhören schien, wagte Perrine nicht, das Gespräch fortzusetzen.
Als sie dann aufbrachen, um ins Schloß zurückzukehren, begegnete ihnen Talouel auf seiner Terrasse. Herr Vulfran blieb bei ihm stehen. »Teilen Sie dem Pfarrer mit, daß ich die Bestattungskosten für die Kinder übernehme. Er soll eine würdige Trauerfeier vorbereiten; ich werde ihr auch beiwohnen. Lassen Sie anschlagen, daß alle, die am Gottesdienst teilnehmen wollen, frei haben.«
Talouel glaubte nicht richtig gehört zu haben. »Wir sind aber doch gar nicht verantwortlich!«
»Unmittelbar nicht.«
Das war nicht die einzige Überraschung, die Perrine erlebte. Am nächsten Morgen, nachdem die Korrespondenz erledigt war, ließ Herr Vulfran Fabry kommen. »Sie haben doch gegenwärtig nichts Dringendes vor?«

»Nein, Herr Vulfran.«
»Nun, dann fahren Sie nach Rouen. Ich habe gehört, daß dort eine Musterkrippe, eine Kleinkinderbewahranstalt, gebaut worden ist, in der man sich die zweckmäßigsten Einrichtungen anderer Anstalten zunutze gemacht hat. Nicht die Stadt hat diese Kinderkrippe bauen lassen, sondern ein Privatmann, um damit das Andenken eines lieben Verstorbenen zu ehren. Sie werden diese Krippe in allen ihren Einzelheiten studieren: Bauart, Heizung, Lüftung, Herstellungs- und Unterhaltungskosten. Dann erkundigen Sie sich beim Baumeister, welchen Krippen er Anregungen zu seinem Werk verdankte. Studieren Sie auch diese Vorbilder und kehren Sie so schnell wie möglich zurück. Ehe drei Monate verstrichen sind, müssen derartige Krippen bei allen meinen Fabriken eröffnet sein. Ein Unglück wie das gestrige darf sich nicht wiederholen. Ich zähle auf Sie.«
Als Fräulein Schönmann am Abend zum Unterricht ins Schloß kam, erzählte ihr Perrine sofort die große Neuigkeit. Die beiden wurden in ihrem Gespräch durch Herrn Vulfrans Eintritt in die Bibliothek unterbrochen. »Fräulein Schönmann«, begann er, »ich komme, um Sie in meinem und im Namen unserer ganzen Bevölkerung um einen Dienst zu bitten. Er wird für Sie zwar ein großes Opfer bedeuten, doch könnten Sie damit viel Segen stiften.« Dann schlug er ihr vor, ihre Anstellung als Lehrerin aufzugeben, um die Leitung der fünf Krippen zu übernehmen, die er zu gründen beabsichtigte. Er habe lange darüber nachgedacht, doch kenne er keine Frau, die wie sie einer so schwierigen und verantwortungsvollen Aufgabe gewachsen wäre. Sobald die Krippen eröffnet seien, werde er sie den Gemeinden von Maraucourt, Saint-Pipoy, Hercheux, Bacourt und Flexelles übergeben und für ihren Unterhalt ein hinreichendes Kapital sicherstellen. Die einzige Bedingung, die er an seine Stiftung knüpfe, sei die, daß die Gemeinden sich verpflichten müßten, Fräulein Schönmann in ihrem Amt als Vorsteherin zu bestätigen.
Eine auf solche Weise vorgebrachte Bitte konnte nicht abgeschlagen werden; freilich ging es für die Lehrerin nicht ohne inneren Kampf ab. »Herr Vulfran, Sie wissen nicht, wie gern ich unterrichtet habe!«

»Den Kindern Wissen beizubringen, ist eine schöne Aufgabe; für ihre Gesundheit, für ihr Wohlergehen zu sorgen ist aber auch etwas. Und das wird Ihre Aufgabe sein. Sie ist zu wichtig, als daß Sie sie zurückweisen dürften!«

»Ich wäre Ihrer Wahl nicht würdig, wenn ich auf meine persönlichen Neigungen hören wollte. Ich nehme Ihren Auftrag an, erfüllt von Dankbarkeit und Bewunderung.«

»Wenn Sie schon von Dank sprechen wollen, dann müssen Sie sich nicht an mich, sondern an Ihre Schülerin wenden. Denn Sie war es, die mir diesen Weg gewiesen hat, auf dem ich nun den ersten Schritt getan habe.«

»Oh, Herr«, rief Perrine freudig und stolz, »möchten Sie nicht noch einen weiteren Schritt tun?«

»Um wohin zu gehen?«

»An einen Ort, an den ich Sie heute abend besonders gern führen möchte.«

»Willst du mir denn diesen geheimnisvollen Ort nicht nennen?«

»Wenn ich es tun würde, dann bliebe die Wirkung aus, die ich mir von Ihrem Besuch verspreche. Es wird heute abend warm sein, so daß Sie nicht befürchten müssen, sich zu erkälten. Bitte, Herr Vulfran, lassen Sie sich überreden!«

»Ich glaube, daß Sie Vertrauen zu ihr haben dürfen«, unterstützte Fräulein Schönmann die Bitte ihrer Schülerin.

»Nun gut. Wann soll es denn losgehen?«

»Je später wir gehen, desto besser.«

Am Abend kam Herr Vulfran mehrmals auf den bevorstehenden Ausgang zu sprechen, ohne daß es ihm aber gelang, Perrine zum Reden zu bringen. »Es ist dir tatsächlich gelungen, meine Neugierde zu erregen, Aurèlie.«

»Wenn das auch alles wäre, so wäre es immerhin schon etwas. Glauben Sie nicht, daß es für Sie besser wäre, an Zukünftiges zu denken, statt sich in Trauer um etwas Unabänderliches zu verzehren?«

»Du hättest recht, wenn für mich die Zukunft nicht noch viel trauriger wäre als die Vergangenheit, weil sie für mich keinen Inhalt, keinen Sinn mehr hat.«

»Ist es sinnlos, an die Zukunft seiner Mitmenschen zu denken?

Darüber nachzusinnen, was man tun könnte, um die glücklich zu machen, die es nicht sind?«

Unter solchen Gesprächen verstrich die Zeit. Herr Vulfran fragte mehrmals, ob denn der Augenblick zum Ausgehen noch nicht gekommen sei, doch Perrine schüttelte jedesmal den Kopf. Endlich aber war es soweit. Wie Perrine vorausgesagt hatte, war die Nacht warm, und der dunkle Himmel wurde öfters von Wetterleuchten überflammt.

Als sie das Dorf erreichten, war es schon spät. Kein einziges Licht schien mehr durch die geschlossenen Fenster, und außer dem Rauschen des Wassers vom Wehr herüber war kein Geräusch zu vernehmen.

Wie alle Blinden, hatte auch Herr Vulfran ein ausgezeichnetes Ortsgedächtnis. Wenn er sehend gewesen wäre, hätte er den Weg vom Schloß ins Dorf kaum sicherer zurücklegen können. Plötzlich hielt er an. »Wir sind jetzt vor dem Haus der Françoise.«

»Ja, und gerade da hinein werden wir gehen. Wenn es Ihnen recht ist, wollen wir jetzt ganz still sein; ich werde Sie an der Hand führen. Zuerst müssen wir eine Treppe hinaufsteigen. Sie ist aber bequem und gerade.« Als sie im inneren Hof angelangt waren, erhellte eben ein Blitz die Dunkelheit, so daß Perrine den Eingang

zur Treppe leicht finden konnte. Sie stiegen hinauf. »Ich werde nun eine Tür öffnen, damit wir eintreten können«, raunte Perrine ihrem Begleiter zu. »Wir werden aber nur so lange bleiben, wie Sie wollen, eine Minute oder zwei.«
Vorsichtig öffnete Perrine die Tür, zog Herrn Vulfran sanft herein und schloß dann die Tür hinter ihm.
Eine furchtbar heiße, schlechte Luft umgab sie und nahm ihnen beinahe den Atem. Eine lallende Stimme fragte: »Wer ist da?«
Durch einen Händedruck gab Perrine Herrn Vulfran zu verstehen, daß er nicht antworten solle.
Nun war die Stimme wieder zu hören: »So bleib doch liegen, La Noyelle!«
Herr Vulfran bedeutete Perrine, daß er gehen möchte.
Sie öffnete die Tür, und dann stiegen sie wieder hinunter, während aus dem Schlafraum Stimmengemurmel zu vernehmen war. Erst, als sie wieder auf der Straße standen, ergriff Herr Vulfran das Wort: »Du hast mir die Kammer gezeigt, in der du die erste Nacht nach deiner Ankunft zugebracht hast?«
»Ja. Es lag mir daran, daß Sie eine der zahlreichen Schlafstätten in Maraucourt und in den anderen Dörfern kennenlernen, in denen so viele Ihrer Arbeiter die Nächte verbringen müssen, Männer, Frauen und Kinder. Nachdem Sie nun nur eine Minute lang diese verpestete Luft eingeatmet haben, lassen Sie vielleicht ermitteln, wie viele Leute in ihr schon zugrunde gegangen sind.«

36. Kapitel

Perrines Geheimnis

An diesem Sonntag waren genau dreizehn Monate verstrichen, seitdem Perrine bei strahlendem Wetter, aber niedergeschlagen und in erbärmlichem Zustand, ihren Einzug in Maraucourt gehalten hatte, ohne zu wissen, was aus ihr werden sollte.
Auch jetzt war schönes Wetter; aber ebenso wie Perrine erinnerte auch das Dorf in nichts mehr an den Zustand vor einem Jahr. Auf dem Hügel, wohin ihr erster Spaziergang sie geführt und wo sie am Rand des Wäldchens ausgeruht hatte, war mit dem Bau eines Krankenhauses begonnen worden, in dem künftig die kranken Arbeiter aus Herrn Vulfrans Fabriken Aufnahme finden sollten, um hier in herrlich reiner Luft zu gesunden.
In den Fabriken selbst war am wenigsten geändert worden; aber nicht weit von ihrem Haupteingang entfernt, dort, wo früher die baufällige Baracke gestanden hatte, die als Kinderbewahranstalt wie die abgebrannte der Tiburce eingerichtet gewesen war, leuchteten nun das rote Ziegeldach und die in heiteren, rosa und blauen Farben gestrichenen Mauern der neuen Krippe, die Herr Vulfran nach den Angaben Fabrys hatte bauen lassen.
Die Art und Weise, wie er mit den beiden Besitzerinnen verhandelt hatte, war ebenso entschlossen wie rücksichtsvoll gewesen. Er hatte sie zu sich kommen lassen und ihnen klargemacht, daß er unter keinen Umständen die Kinder seiner Arbeiter und Arbeiterinnen noch weiter der Gefahr aller möglichen Krankheiten oder gar des Verbrennens aussetzen wolle und daß er deshalb eine Krippe bauen lasse, wo die Kinder unentgeltlich aufgenommen und bis zum Alter von drei Jahren gehegt und verpflegt würden. Sofern sie bereit seien, ihm ihre Häuser zu verkaufen, werde er ihnen eine lebenslängliche Rente aussetzen. Sonst würde es ihm ein leichtes sein, einen andern Bauplatz zu finden. Er lasse ihnen bis nächsten Vormittag um elf Uhr Bedenkzeit, um zwölf Uhr sei es für eine Antwort schon zu spät. Die beiden Frauen hatten gar

nicht erst bis elf Uhr gewartet, um das günstige Angebot anzunehmen.

Auf ähnliche Weise war Herr Vulfran vorgegangen, als es sich darum handelte, in der Mitte des Dorfes weitere Wohlfahrtsbauten zu errichten. Die eben erst vollendeten Gebäude enthielten außer sonnigen Wohnungen Speise- und Lesesäle, Restaurationsräume und Kaffeestuben, dazu Verkaufsstellen für Nahrungsmittel. Diese Gebäude ersetzten die verschiedenen privaten Gaststätten und Schlafräume, in denen die unverheirateten Arbeiter und Arbeiterinnen vorher mangelhaft genug untergebracht gewesen waren, wie sich Herr Vulfran in jener für ganz Maraucourt so entscheidenden Nacht selbst hatte überzeugen können.

Auch an die verheirateten Arbeiter war gedacht worden. An verschiedenen Stellen des Dorfes, wo ein günstiger Bauplatz lag, war mit dem Bau von hübschen Einfamilienhäuschen begonnen worden, zu denen immer ein Gärtchen gehörte und die den Arbeitern zu einer geringen Miete überlassen werden sollten.

Diese Umänderungsarbeiten hatten selbst vor dem Gittertor des

Schloßparks nicht haltgemacht. Dieser Park war erheblich vergrößert worden, so daß sich seine Rasenflächen nun bis ins Torfmoor hinunterzogen und in dieses übergingen. Dieser neue Teil des Parks war zu einer öffentlichen Anlage ausgestaltet worden, in der es nicht nur schattige Ruheplätze, sondern auch Sportplätze gab. Natürlich war auch an die Kinder gedacht, die hier Schaukeln, Kletterstangen und Sandkasten fanden, wo sie sich nach Herzenslust vergnügen konnten.

Dieser öffentliche Park war mit Absicht so groß angelegt worden, da er nicht nur für die Arbeiterschaft von Maraucourt, sondern auch für die der andern Dörfer bestimmt war. Hier sollten die Arbeiter und ihre Familien mit den andern zusammenkommen, damit sich alle kennenlernten und sich befreundeten. Es war Herrn Vulfrans Wunsch, sie alle zu einer einzigen Arbeitsgemeinschaft zusammenzuschließen.

Die Geschwindigkeit, mit der diese Neuerungen geplant und ausgeführt wurden, versetzte die Bewohner der Fabrikdörfer natürlich in Aufregung. Daß es auch Leute geben würde, die mit diesen gewaltigen Umwälzungen nicht zufrieden waren, war vorauszusehen. Am unzufriedensten zeigten sich die Zimmervermieter und Schankwirte, die schrien, daß man sie zugrunde richte. War denn der alte blinde Vulfran noch nicht reich genug, daß er nun auch noch das Gastgewerbe an sich reißen wollte und viele Existenzen vernichtete? Wie überall, so hatten auch hier die Unzufriedenen und Schreier ihre Anhänger. Immer wieder kam es vor, daß Herrn Vulfran böse Wörter nachgerufen wurden, wenn er in Perrines Begleitung durch das Dorf ging.

Natürlich fanden diese Umgestaltungen bei Herrn Vulfrans Angehörigen die schärfste Verurteilung. Hatte der Alte durch die Nachricht vom Tode seines Sohnes den Verstand verloren? Wollte er sich und damit auch seine Erben an den Bettelstab bringen? War es nicht höchste Zeit, ihn entmündigen zu lassen? Das kleine Mädchen schien doch nicht so harmlos zu sein, wie man gedacht hatte. Sie konnte ja mit ihm machen, was sie wollte, Beweis genug für die Abnahme seiner Geisteskräfte. Die Gerichte müßten einschreiten. Dieser Zigeunerin konnte es natürlich gleichgültig sein, wenn das schöne Geld mit vollen Händen zum Fenster hinaus und unter die Arbeiter geworfen wurde. Sie hatte ja nichts zu verlieren.

Dieser Zorn, den Perrine oft genug zu spüren bekam, vermochte aber ihr Glück über das Geschehen in keiner Weise zu beeinträchtigen. Jetzt hatte sie auch Freunde, die treu zu ihr hielten. Da war einmal Talouel, der, von jeher ein Verehrer der Erfolgreichen, sich ganz auf ihre Seite gestellt hatte. Daß sie sich die offene Feindschaft der beiden Neffen Theodor und Casimir zugezogen hatte, war für ihn ein weiterer Grund, sich zu Perrine zu bekennen. Es schien ihm auch vom geschäftlichen Standpunkt aus klug zu sein, beträchtliche Summen im Besitz zu investieren, dessen Wert dadurch ja nur erhöht wurde. Wer konnte wissen, ob die Anlagen nicht doch noch eines Tages ihm zufallen würden?

Weit mehr als das ihr von Talouel entgegengebrachte Interesse schätzte Perrine die Freundschaften, die sie nach und nach mit Dr. Ruchon, Fräulein Schönmann und Fabry verbanden. Auch die Arbeiter, die Herr Vulfran den Aufsichtsrat für seine verschiedenen Gründungen hatte wählen lassen, waren ihr wohlgesinnt.

Fräulein Schönmann war schon immer stolz auf ihre Schülerin gewesen, und Dr. Ruchon hatte sein Betragen dem kleinen »Fabrikmädchen« gegenüber bald geändert, als er erkannte, daß es Perrine gelungen war, Herrn Vulfran aus seiner Teilnahmslosigkeit zu reißen und ihn für neue Aufgaben zu begeistern. Fabry, der das junge Mädchen früher kaum beachtet hatte, war zu ihrem eigentlichen Werkzeug geworden. Willig unterzog er sich den Anordnungen, die alle von ihr kamen, hatte sie doch in kurzer Zeit einen großen Einfluß im Hause gewonnen.

»Herr Fabry«, hieß es, »Sie müssen nach Noisiel reisen, um dort die Arbeiterwohnungen zu studieren – Herr Fabry, Sie sollten unbedingt die ›Working men's club Union‹ in England besichtigen – Herr Fabry, in Belgien sind Arbeitersiedlungen geplant worden, die uns wertvolle Anregungen geben könnten.«

Und Fabry reiste ab, um nach seiner Rückkehr mit Herrn Vulfran zu beraten und Pläne zu zeichnen. Bei diesen Beratungen war Perrine anwesend, und wenn sie sich auch mit keinem Wort einmischte, war es für Fabry doch klar, daß Herr Vulfran ganz unter ihrem Einfluß handelte und seine Entscheidungen traf.

Ebenso wie Fabry waren sich die Arbeiter im Aufsichtsrat über die wichtige Rolle klar, die Perrine spielte. Sie sorgten auch dafür, daß Perrine wenigstens in ihrer Gegenwart bei ihren Gängen durch das Dorf nicht durch Spott- und Hohnrufe belästigt wurde.
An diesem Sonntag wurde Fabry von einer mehrtägigen Reise zurückerwartet. Herr Vulfran hatte ihn mit einer Nachforschung beauftragt, über die er kein Wort mit Perrine gesprochen hatte und die er anscheinend vor ihr geheimhalten wollte.
Am Morgen war aus Paris ein Telegramm von Fabry eingetroffen: »Auskünfte vollständig, amtliche Papiere, ankomme Mittag.«
Es war schon halb ein Uhr, und er war noch nicht da, was Herrn Vulfran ganz gegen seine Gewohnheit ungeduldig machte. Früher als sonst war er mit dem Mittagessen fertig, als er dann mit Perrine im Herrenzimmer saß, stand er alle Augenblicke auf, um ans offene Fenster zu treten und in den Park hinunter zu horchen. »Es ist sonderbar, daß Fabry noch nicht kommt.«
»Der Zug wird Verspätung gehabt haben.«
Aber Herr Vulfran wollte diesen Grund nicht gelten lassen. Endlich hörte man auf der von Picquigny herführenden Straße Räderrollen.
»Das ist Fabry!« rief Herr Vulfran erleichtert aus.
Und er hatte sich nicht getäuscht. Eiligen Schrittes trat Fabry ins Zimmer. Schon an der Tür warf er Perrine einen sonderbaren Blick zu, der sie verwirrte, sie wußte nicht, weshalb. »Ein Defekt an der Lokomotive ist schuld an meiner Verspätung.«
»Die Hauptsache ist, daß Sie da sind.«
»Sie werden mein Telegramm erhalten haben?«
»Die wenigen Worte haben mir Hoffnung gemacht, nun aber muß ich Gewißheit haben.«
»Die kann ich Ihnen geben.«
»So sprechen Sie!«
»Darf ich es vor dem Fräulein?«
»Gewiß, wenn Ihre Nachrichten unsere Vermutungen bestätigen.«
Es war das erste Mal, daß Fabry sich erkundigte, ob er vor Perrine sprechen dürfe, was Perrines Erregung nur noch steigerte. Ohne sie anzusehen, begann Fabry: »Wie der Agent, den Sie mit den Nachforschungen betraut haben, festgestellt hat, ist die Person,

deren Spur er mehrmals verloren hatte, nach Paris gekommen. Man hat nun dort in den Registern der Todesfälle nachgeschlagen und eine Eintragung gefunden, wonach im Juni des vorigen Jahres eine gewisse Marie Doressany, Witwe des Edmund Vulfran Paindavoine, verstorben ist. Hier habe ich eine amtlich beglaubigte Abschrift der Eintragung.« Er legte sie in die zitternden Hände Herrn Vulfrans. »Soll ich sie Ihnen vorlesen?«

»Das können Sie später tun. Berichten Sie jetzt weiter.«

»Mit dieser Eintragung habe ich mich nicht begnügt«, fuhr Fabry fort. »Ich habe mich auch an den Eigentümer des Hauses gewandt, in dem sie gestorben ist. Er wird Salzhering genannt. Ich habe ebenfalls mit den Leuten gesprochen, die beim Tod und bei der Beerdigung der armen Frau anwesend waren. Es sind dies eine Straßensängerin, die die Gräfin genannt wird, sowie Vater Karpfen, ein alter Schuhmacher. Sie haben mir bestätigt, daß die Frau aus Erschöpfung und im größten Elend gestorben ist. Dann habe ich den Arzt besucht, der sie behandelt hat. Er heißt Dr. Cendrier und wohnt in der Rue Riblette in Charonne. Er hat die Überführung der Kranken in das Spital angeordnet, doch sie konnte sich nicht entschließen, ihre Tochter zu verlassen. Dann war ich noch bei einer Lumpensammlerin, genannt La Rouquerie, die ich eben in dem Augenblick antraf, als sie von einer Fahrt über Land zurückkehrte.«

Jetzt machte er eine Pause, wandte sich nach Perrine um und grüßte sie, indem er höflich den Kopf neigte: »Ich habe auch Palikar gesehen – es geht ihm gut.«

Perrine hatte sich erhoben. Glücklich lächelnd träumte sie in die Weite, und ihre Augen füllten sich mit Tränen.

»Nachdem ich die Identität der Mutter festgestellt hatte«, führte Fabry seinen Bericht zu Ende, »mußte ich mich noch erkundigen, was aus der Tochter geworden ist. Das habe ich von La Rouquerie erfahren, die mir erzählte, wie sie im Wald von Chantilly einem armen, dem Hungertod nahen Kind begegnet sei, das ihr Esel aufgefunden hatte.«

»Und du«, rief Herr Vulfran aus und drehte sich nach Perrine um, die am ganzen Leib zitterte, »willst du mir nicht sagen, warum sich dieses Kind nicht zu erkennen gab?«

Mit ein paar Schritten stand sie vor ihm, und er fuhr fort: »Willst du mir nicht erklären, warum es nicht in meine offenen Arme kommt?«

»O mein Gott!«

»In die Arme des Großvaters?«

37. Kapitel

Daheim

Fabry zog sich zurück und ließ den Großvater mit seiner Enkelin allein. Die beiden waren so erschüttert, daß sie noch lange Hand in Hand verharrten und nur hie und da ein zärtliches Wort austauschten.

»Mein Kind – meine liebe Enkelin!«

»Großvater!«

Endlich, nachdem sich der Sturm der Gefühle etwas gelegt hatte, fragte er: »Nun sag, warum hast du dich mir nicht zu erkennen gegeben?«

»Habe ich es denn nicht mehrmals versucht? Erinnern Sie sich noch, wie Sie mir eines Tages verboten, niemals wieder von meiner Mutter zu sprechen?«

»Konnte ich denn damals ahnen, daß du ihre Tochter bist?«

»Wenn ich mich sofort als Ihre Enkelin zu erkennen gegeben hätte, wäre es da nicht möglich gewesen, daß ich, ohne angehört zu werden, von Ihnen weggeschickt worden wäre?«

»Wer weiß, was ich getan hätte!«

»Damals habe ich mir fest vorgenommen, mich nach dem Rat meiner Mutter nicht eher zu erkennen zu geben, als bis es mir gelungen wäre, Ihre Zuneigung und Liebe zu erwerben.«

»Und da hast du so lange gewartet! Gab ich dir denn nicht jeden Augenblick Beweise meiner Zuneigung?«

»War es die Liebe eines Großvaters? Ich wagte nicht, es zu glauben.«

»Mit einem einzigen Wort hättest du mir auch alle Nachforschungen nach meinem Sohn ersparen können.«

»Beweist Ihnen das Glück dieser Stunde nicht, daß es so richtig war?«

»Nun ja. Doch sag mir, wie seid ihr damals nach Sarajevo gekommen? Wieso war dein Vater denn Fotograf?«

»Was für ein Leben wir in Indien geführt haben, das wissen Sie –«

»Du mußt du zu mir sagen«, unterbrach er sie, »du sprichst ja jetzt mit deinem Großvater, nicht mehr mit Herrn Vulfran.«
»Oh, Großpapa! Nun also, durch die Briefe, die du erhieltest, ist dir bekannt, wie unser Leben war. Wie wir Pflanzen sammelten und Jagd auf Tiere machten, will ich dir dann später ausführlich erzählen. Dann wirst du dich überzeugen können, wie tapfer mein Vater, wie mutig aber auch meine Mutter war. Denn ich kann dir nicht von ihm erzählen, ohne auch von ihr zu sprechen.«
»Was ich vorhin von Fabry gehört habe, wie sie sich weigerte, ins Krankenhaus zu gehen, um dich nicht verlassen zu müssen, das – das ist nicht ohne tiefen Eindruck auf mich geblieben.«
»Oh, Großvater! Ich weiß, daß du sie noch lieben wirst –«
»Du wirst mir von ihr erzählen.«
»Ja, das werde ich tun. Wir hatten also Indien verlassen, um nach Frankreich zurückzukehren. Aber als wir in Suez ankamen, entdeckte mein Vater, daß ihm auf der Fahrt sein ganzes Geld gestohlen worden war. So blieb uns nichts anderes übrig, als unsere Reise durch Griechenland fortzusetzen, weil das bedeutend billiger war als eine Schiffsreise nach Frankreich. Das Geld, das wir für unseren Lebensunterhalt benötigten, versuchte Vater als Fotograf zu verdienen. Einen Apparat besaß er, und immer wieder fanden wir Leute, die sich fotografieren lassen wollten. In Athen kaufte er einen billigen Wohnwagen und einen Esel, eben den Palikar, der mir dann später das Leben gerettet hat. Es war eine beschwerliche Reise über das wilde Gebirge, wie leicht hätte Palikar auf den schlechten Pfaden verunglücken können! Dann ist Vater in Bousovatcha krank geworden, erlaß es mir, dir heute zu erzählen, wie er gestorben ist! Uns blieb nichts anderes übrig, als die Reise auch nach seinem Tod fortzusetzen. Wenn wir schon vorher wenig genug verdient hatten, so hatten wir nun überhaupt keine Einnahmen mehr. Was haben wir nicht alles durchgemacht und erlitten, bis wir dann endlich im Mai in Paris ankamen.«
Noch während Perrine erzählte, war durch das offene Fenster aus dem Park herauf Stimmengewirr zu vernehmen.
»Was hat das zu bedeuten?« fragte Herr Vulfran verwundert.
Perrine trat ans Fenster. In den Alleen und auf den Rasenplätzen war es ganz schwarz von sonntäglich gekleideten Arbeitern. Und

über der Menge leuchteten bunte Fahnen. Soweit man sehen konnte, bis in die Wiesen hinunter, standen die Männer, Frauen und Kinder dichtgedrängt.

»Was ist das nur?« fragte Herr Vulfran noch einmal.

»Großvater, heute ist doch dein Geburtstag«, gab Perrine zur Antwort. »Die Arbeiter aller Fabriken haben beschlossen ihn festlich zu begehen, um dir so ihren Dank abzustatten für alles, was du für sie getan hast.«

»Ach, wirklich? Wirklich?« Er trat ans Fenster, als ob er die Menge sehen könnte. Sogleich wurde er erkannt. Wie ein Lauffeuer verbreitete es sich von Gruppe zu Gruppe, und aus den vorerst vereinzelten Rufen wurde ein Stimmengetöse von beinahe beängstigender Gewalt.

»Wie furchtbar müßte es sein, wenn sie alle gegen uns wären«, sagte Herr Vulfran leise vor sich hin, sich zum erstenmal klarwerdend über die Stärke dieser Menschenmasse, die er befehligte.

»Das ist wahr, nun aber sind sie glücklicherweise nicht gegen, sondern für uns, weil wir uns zu ihnen bekennen«.

»Und das ist dir zu verdanken, kleines Mädchen. Wie weit liegt jener Gottesdienst in unserer leeren Kirche zurück!«

»Doch höre mich nun an, Großpapa. Die heutige Feier haben wir uns so gedacht: Punkt zwei Uhr werde ich dich auf die Freitreppe hinausführen. Dort werden dich alle sehen können. Aus jedem der Dörfer, wo deine Fabriken sind, wir ein Arbeiter als Abgeordneter zu dir kommen, und in ihrer aller Namen wird Vater Gathoye eine kurze Rede halten.«

In diesem Augenblick schlug die Wanduhr zweimal an.

»Willst du mir nun die Hand reichen?«

So traten sie auf die Treppe hinaus, und bei ihrem Erscheinen erscholl ein ungeheures Freudengeschrei. Dann kamen, wie verabredet, die Abgeordneten die Stufen herauf, und Vater Gathoye trat einige Schritte vor, um mit feierlicher Gebärde seine Sätze herzusagen, die man ihn an diesem Morgen schon mindestens zehnmal hatte wiederholen lassen.

»Herr Vulfran«, hob er an, »wir möchten Ihnen unsere Glückwünsche darbringen und – unsere Glückwünsche darbringen und –«

Er stockte. Vor Aufregung trat ihm der Schweiß auf die Stirn. Aber so sehr er auch mit seinen Armen nachhalf, er brachte kein Wort mehr heraus; die auswendig gelernten Sätze verwirrten sich immer mehr. Endlich gab er es auf. Während er sich mit der Hand über die Stirn strich, stammelte er: »Ach Herr, da hätte ich Ihnen eine schöne Rede halten sollen, und nun fällt mir nichts mehr davon ein. Es tut mir wirklich leid für Sie. Ich hätte Ihnen einfach Glück wünschen und Ihnen im Namen aller danken sollen, von ganzem Herzen.«

So wenig diese Ansprache dem entsprach, was vorgesehen gewesen war, so verfehlte sie ihre Wirkung auf Herrn Vulfran doch nicht. Sich mit der Hand noch immer auf Perrines Schulter stützend, trat er vor ans Treppengeländer und begann mit lauter Stimme: »Meine Freunde, die Versicherung eurer Anhänglichkeit gewährt mir eine

um so größere Freude, als sie mir am schönsten Tag meines Lebens dargebracht wird. An dem Tag nämlich, an dem ich meine Enkelin gefunden habe, die Tochter meines Sohnes, den ich verlor. Ihr kennt sie bereits, ihr habt sie in eurer Mitte an der Arbeit gesehen. Seid überzeugt, daß sie dereinst fortführen und weiterentwickeln wird, was wir gemeinsam begonnen haben. Eure Zukunft und die eurer Kinder liegt wahrhaftig in guten Händen.«

Bei diesen Worten beugte er sich über Perrine, und ehe sie es verhindern konnte, nahm er sie auf seine Arme und hob sie in die Höhe.

Ein Sturm freudigen Beifalls brauste los, und die Jubelrufe der tausend und aber tausend Männer, Frauen und Kinder wiederholten sich immer wieder. Dann aber setzten sich, der Festordnung entsprechend, die Arbeiter in Bewegung, um in nicht enden wollendem Zuge grüßend und winkend an ihrem alten Prinzipal und seiner Enkelin vorüberzuziehen.

»Wenn du doch nur alle die frohen Gesichter sehen könntest!« sagte Perrine.

Und doch gab es einige, die nicht gerade strahlten: die der beiden Neffen. Mit sauersüßer Miene kamen sie nach Beendigung der Feierlichkeit herbei, um ihrer Cousine ihre Glückwünsche darzubringen.

»Was mich betrifft«, meinte Talouel, der sich ihnen anschloß, um ja nicht zu versäumen, der Erbin von Maraucourt einen Beweis seiner Treue zu geben, »was mich betrifft, so habe ich immer vermutet, daß es so herauskommen werde.«

Aufregungen solchen Ausmaßes waren für die Gesundheit Herrn Vulfrans nicht zuträglich, sein Zustand war am nächsten Tag derart, daß Dr. Ruchon geholt werden mußte.

»Nun, so schlimm ist das nicht«, meinte der.

Da fiel ihm Herr Vulfran ins Wort: »Dann sorgen Sie dafür, daß Sie so rasch wie möglich die Operation vornehmen können. Sie müssen doch verstehen, daß ich meine Enkelin sehen möchte.«

»Das kann geschehen«, erwiderte der Arzt. »Bleiben Sie eine Zeitlang schön brav zu Hause, halten Sie Diät, bleiben Sie ruhig, sprechen Sie wenig, und ich verspreche Ihnen, daß bei dem schönen Wetter, das wir jetzt haben, Atemnot, Herzklopfen und

Husten in Kürze verschwinden, so daß dann die Operation mit allen Aussichten auf Erfolg vorgenommen werden kann.«
Was Dr. Ruchon vorausgesagt hatte, traf zu. Einen Monat nach dem Geburtstag erklärten die beiden aus Paris gerufenen Spezialärzte das Allgemeinbefinden Herrn Vulfrans für so günstig, daß dem Eingriff nichts mehr im Wege stehe. Wenn sich das sichere Gelingen auch nie voraussagen lasse, so habe man doch allen Grund, daran zu glauben. Als sie dann in einem verdunkelten Zimmer die Augen untersuchten, stellten sie fest, daß die Netzhaut ihre Empfindlichkeit nicht eingebüßt hatte, was die wichtigste Voraussetzung für die Operation war.
Als man ihn betäuben wollte, wehrte er dies ab. »Nein«, sagte er, »aber ich bitte meine Enkelin, meine Hand zu halten. Sie werden sehen, wie das mich stärken wird. Ist es sehr schmerzhaft?«
»Wir werden durch Einspritzungen den Schmerz lindern können.«
Nach der Operation mußte Herr Vulfran noch sechs Tage mit verbundenen Augen im dunklen Zimmer bleiben, damit die Wunden verheilen konnten. Wie lang wurden diese Tage dem Großvater und der Enkelin trotz der Zuversicht des Augenarztes, der im Schloß geblieben war, um eigenhändig die Verbände zu erneuern. Noch konnten nur durch ein starkes Niesen alle Hoffnungen zunichte gemacht werden.
So durchlitt Perrine von neuem Stunden der Angst und der Qual, wie während der Krankheit ihres Vaters und ihrer Mutter. Sollte sie den Großvater nur gefunden haben, um ihn sogleich wieder zu verlieren? Sollte sie erneut allein und einsam sein?
Aber die Zeit verstrich ohne gefährliche Zwischenfälle. Die Binden konnten entfernt werden und Herr Vulfran erhielt die Erlaubnis, sich im immer noch verdunkelten Zimmer zum erstenmal nach langen Jahren wieder seiner Augen zu bedienen.
»Oh, wenn ich meine Augen gehabt hätte!« rief er aus, nachdem er Perrine lange betrachtet hatte. »Auf den ersten Blick hätte ich in dir meine Enkelin erkannt! Waren hier denn alle mit Blindheit geschlagen, daß ihnen deine Ähnlichkeit mit deinem Vater nicht sofort auffiel?«
Nach vierzehn Tagen wurden die festen Verbände durch lose Binden ersetzt, und eine Woche später konnte mit dem Verbinden

ganz aufgehört werden. Aber erst am fünfunddreißigsten Tag kamen die Augenärzte aus Paris noch einmal nach Maraucourt, um Herrn Vulfran eine Brille zu verschreiben.
Herr Vulfran brannte darauf, seine Fabriken wieder zu besuchen. Da er aber nichts davon wissen wollte, in einer geschlossenen Kutsche ausgefahren zu werden, mußte ein milder Tag ohne helles Sonnenlicht und ohne Wind abgewartet werden.
Endlich brach ein solcher Tag an. Der Himmel leuchtete zartblau, und die Kronen der Lindenbäume waren voller Duft und Bienengesumm. Gleich nach dem Frühstück erteilte Perrine dem alten Bastien die Weisung, Coco vor den Wagen spannen zu lassen.
»Sogleich«, nickte der Diener. Wohl fiel es Perrine auf, daß er dabei ganz eigentümlich lächelte, doch hatte sie keine Zeit, sich darüber Gedanken zu machen, da sie ihrem Großvater beim Ankleiden behilflich sein wollte.
Bald kam Bastien zurück, um zu melden, daß der Wagen vorgefahren sei, und sie gingen auf die Treppe hinaus. Perrine wandte den Blick nicht vom Großvater, der allein vorausging. Sie hatte eben die unterste Stufe erreicht, als ein furchtbares Eselsgeschrei sie veranlaßte, den Kopf zu drehen.
Aber war denn das möglich! Nicht Coco, sondern ein Esel war vor den Wagen gespannt worden, und dieser Esel glich aufs Haar Palikar, nur war er sauber gebürstet, hatte glänzende Hufe und trug ein schönes gelbblaues Geschirr. Mit vorgestrecktem Kopf fuhr er fort zu schreien und wollte mit aller Gewalt zu Perrine, woran er aber vom Stallknecht gehindert wurde.
»Palikar!« Sie sprang ihm entgegen und umarmte ihn. »O Großpapa, welch herrliche Überraschung!«
»Die hast du nicht mir, sondern Herrn Fabry zu verdanken. Er hat ihn von La Rouquerie zurückgekauft, um ihn dir als Geschenk des Büropersonals an die einstige Kollegin zu überreichen.«
»Herr Fabry hat wirklich ein gutes Herz!«
»Ganz gewiß. Und er hat einen Gedanken gehabt, der nicht einmal deinen beiden Vettern gekommen wäre. Er schlug mir nämlich vor, in Paris einen kleinen Wagen für Palikar zu bestellen, der schon in den nächsten Tagen eintreffen soll. Dieser Wagen hier ist zu groß und paßt nicht für ihn.«

Dann stiegen sie ein, und Perrine ergriff das Leitseil. »Was soll nun das Ziel unserer ersten Fahrt sein?«
»Wie kannst du nur fragen! Natürlich die Schilfhütte. Ich muß doch das Nest sehen, in dem du gelebt hast und von dem aus du zu mir geflogen bist.«
Die Hütte lag noch genauso da, wie Perrine sie vor einem Jahr verlassen hatte, inmitten einer grün verwachsenen Wildnis, in die seither kein menschliches Wesen mehr gekommen war.
»Wie seltsam«, sagte Herr Vulfran, »daß du hier, nur zwei Schritte von einer großen Fabrik entfernt, mitten in der Zivilisation, wie in einer einsamen Wildnis leben konntest!«
Nachdem er die Hütte besichtigt hatte, wollte Herr Vulfran vor allem die Krippe in Maraucourt besuchen. Da er die Pläne mit Fabry genauestens besprochen hatte, glaubte er, sie genau zu kennen. Wie freudig war er überrascht, als er von der Halle aus die verschiedenen Säle überblicken konnte: den Schlafsaal, wo die Bübchen in hellblauen, die Mädchen in rosa Bettchen lagen, den Spielsaal, wo sich die etwas Größeren aufhielten, den Waschsaal und die Küche. Vor allem war er entzückt von der Lösung, die die Architekten gefunden hatten und die es den Müttern ermöglichte,

durch breite Glastüren hindurch von der Halle aus auch jene Säle zu überblicken, die sie nicht betreten durften.

Als sie vom Schlafsaal in den Spielsaal kamen, eilten die Kinder auf Perrine zu und streckten ihr mit strahlenden Augen ihre Spielsachen entgegen.

»Allem Anschein nach kennt man dich hier«, lächelte Herr Vulfran.

»Kennen?« rief Fräulein Schönmann, die sie begleitete. »Hier wird sie geliebt, ja angebetet. Sie ist den Kleinen ein Mütterchen, niemand versteht es wie sie, mit ihnen zu spielen und ihnen Geschichten zu erzählen.«

»Erinnern Sie sich noch«, versetzte Herr Vulfran, »daß Sie mir einmal sagten, es sei eine beneidenswerte Eigenschaft, sich aus eigener Kraft zu schaffen, was zum Leben notwendig ist? Nun, mir scheint, es ist noch viel köstlicher, sich für die Bedürfnisse anderer einzusetzen, und darauf versteht sich meine Enkelin ganz ausgezeichnet. Aber noch stehen wir erst am Anfang. Denn mit dem Bau von Krippen, Arbeitersiedlungen und Kantinen ist es noch nicht getan. Wir müssen weitergehen und versuchen, in die Tiefe zu wirken. Es wird sich weisen, welche Wege einzuschlagen sind.«

Als sie in die Vorhalle zurückkehrten, sahen sie eine Frau, die ihr Kindchen im Arm hielt. Sie erhob sich und streckte den Kleinen Herrn Vulfran entgegen. »Schauen Sie her, Herr Vulfran, ist das nicht ein schönes Kind?«

»Ein prächtiges Kind, gewiß.«

»Daß es am Leben blieb, verdanke ich nur Ihnen. Denn ohne die sorgfältige Pflege, die es hier findet, wäre es wie meine drei anderen Kinderchen gestorben. Gott segne Sie und Ihre Enkelin!«

Nach der Krippe besichtigte Herr Vulfran eine der neuen Arbeiterwohnungen, dann die Kantine und eine der Kaffeestuben. Dann fuhren sie nach Saint-Pipoy, Flexelles, Bacourt und Hercheux. Palikar trottete fröhlich dahin, stolz, wieder von seiner kleinen Herrin geleitet zu werden. Sie hatte eine viel mildere Hand als La Rouquerie und stieg nie aus dem Wagen, ohne ihn zu streicheln. Jede Liebkosung beantwortete er, indem er mächtig mit den Ohren wackelte. In den andern Dörfern waren die neuen Bauten noch nicht fertig, sie ließen aber doch schon erkennen, wie alles in naher Zukunft aussehen würde.

Herr Vulfran und Perrine hatten an diesem Tage viel gesehen und erlebt. Nun kehrten sie, in der friedlichen Stille des Abends, nach Maraucourt zurück.
Als sie eben wieder die Höhe eines Hügels erreicht hatten, von wo aus sie die ganze Gegend überschauen konnten und die vielen neuen Ziegeldächer gewahrten, die sich um die hohen Schornsteine scharten, streckte Herr Vulfran die Hand aus: »Sie sind dein Werk, alle diese Wohlfahrtsbauten, an die zu denken ich früher im Fieber des Erwerbs keine Zeit gefunden habe. Wie reich ist mein Leben durch dich geworden, mein Kind, du hast ihm einen neuen Sinn gegeben.« Und er zog Perrine an sich und sah sie glücklich an. »Du hast mich gelehrt, daß die stärkste Macht auf Erden die Liebe ist. Selbst über den Tod ist ihr der Sieg gegeben. Lebt denn nicht in dir die Liebe meines Sohnes – die Liebe deiner Mutter weiter? Doch komm, Perrine, es wird spät, laß uns nach Hause gehen. Und«, fügte er lächelnd hinzu, »um mit Talouel zu reden, vermute ich, daß wir es nirgends schöner haben können als bei uns – daheim.«